28.-

Gerhard Klein · Beim Schicksal zu Gast

GERHARD KLEIN

Beim Schicksal zu Gast

ERZÄHLUNGEN

URACHHAUS

CIP-Kurztitelaufnahme der Deutschen Bibliothek

Klein, Gerhard:

Beim Schicksal zu Gast : Erzählungen / Gerhard Klein. –
2. Aufl. – Stuttgart : Urachhaus, 1986.
ISBN 3-87838-478-5

ISBN 3 87838 478 5
1986 Verlag Urachhaus Johannes M. Mayer GmbH, Stuttgart.

Umschlaggestaltung: Roswitha Quadflieg, Hamburg.
Satz und Druck der Offizin Chr. Scheufele, Stuttgart.

Inhalt

Der Hirte

Schon das erste Mal, als ich als ganz junger Mensch in jene Gegend im Nordosten unseres Vaterlandes kam, fiel mir auf, daß, wenn auf ein kleines Dorf die Rede kam, die Bauern der anderen Dörfer und die Gutsbesitzer entweder halb verlegen die Achseln zuckten oder es auch mit fast respektvollen Bemerkungen bedachten. Es war offenbar eine Neusiedlung. Aber erst viel später, als ich längere Zeit in der Nähe tätig war, kam ich dahinter, was da vorlag. Dort war der Versuch gemacht worden, freies Eigentum und genossenschaftliches Zusammenarbeiten im rechten Gleichgewicht zu vereinen. So konnten früh leistungsfähige Maschinen angeschafft werden, die allen zugute kamen. Eine geschickte Art der Verrechnung geleisteter gegenseitiger Hilfe ermöglichte auch in schlechten Jahren, die Arbeit zu bewältigen oder in Krankheits- und Todesfällen Engpässe bei einzelnen zu überwinden. Was damals noch unerhört war: es gab mitten im Dorf ein schönes Waschhaus mit guten Maschinen, das alle Familien benutzen konnten. Das ehemalige Herrenhaus – das Dorf war ein aufgesiedeltes Rittergut – barg eine Krankenstation, ein Pflegeheim für ganz gebrechliche Alte, ein Säuglingsheim und einen Kindergarten; was aber etwas ganz Besonderes für jene Zeit und jene Gegend war, das Haus enthielt einen Gemeinschaftssaal; dort wurden die Beratungen der Genossenschaft abgehalten, manchmal gab es ein Konzert, einen Vortrag oder eine Theateraufführung. Heute würde man das ein Kulturzentrum nennen. Es wäre noch manches davon zu berichten, aber alles ist ja nun zerstört.

Damals beschäftigte mich vor allem die Frage: Wie konnte dies alles entstehen? Ich bekam bald heraus, daß ein einzelner Mann die Seele des Ganzen war. Er war Bürgermeister und gleichzeitig Vorstand der Genossenschaft. Da ich manchmal beruflich mit ihm zu tun hatte, lernte ich ihn näher kennen. Man spürte sofort an ihm eine Weite des Blicks, eine Sicherheit des Urteils, eine gesammelte Zielstrebigkeit, die ungewöhnlich waren. Bereitwillig ließ er mich Einblick nehmen in die Lebensbedingungen dieser Dorfgemeinschaft. Er faßte Vertrauen zu mir, spürte wohl auch eine tiefere Anteilnahme. So konnte ich eines Tages die Frage wagen, wie dies alles entstanden sei. Im Aussprechen schon spürte ich, daß es eigentlich die Frage nach seinem eigenen Schicksal war, und fast hätte ich gewünscht, geschwiegen zu haben. Eine Zeitlang schaute er sinnend vor sich hin, sah mich dann mit seinen klaren blauen Augen wie prüfend an und sagte lächelnd: »Wenn ich Ihnen das alles erzählen soll, brauchen wir ein wenig Zeit. Und eigentlich kann ich das nur in unserem Schafstall berichten.« Meine Verwunderung bemerkend fuhr er fort: »Dort hat dies alles hier seinen Ursprung. Wenn Sie mögen, kommen Sie Sonntag gegen Abend dorthin.«

Ich kannte das langgestreckte niedrige Gebäude mit seinem überhängenden Rieddach gut, war auch oft der großen Herde begegnet, wenn die Schafe auf den abgeernteten Rübenfeldern die übriggebliebenen Blätter aufnahmen oder wenn sie, wie jetzt auch auf den Wiesen, den Schnee mit den Hufen wegscharrten, um das Dürrgras darunter zu fressen. Oder ich hatte an der Stirnseite des Stalles am Abend das große Tor offenstehen und den Hirten die Herde eintreiben sehen. Wir verabredeten uns. Der junge Hirte hatte an jenem Abend nach einigen am gleichen Tage geborenen Lämmern gesehen. Der Bauer sagte ihm, er könne ruhig nach Hause gehen, er werde eine Zeitlang hier bleiben. Dies schien nichts Ungewöhnliches zu sein. Da lagen nun an die dreihundert Schafe und Lämmer im Schein der Laterne dicht gedrängt beieinander, friedlich wiederkäuend. Hie und da blökte kläglich ein Lamm, das nicht rasch genug die nährende Zitze des Mutterschafes fand. Wir machten uns aus einigen Strohballen einen Sitz. Und nun begann der Bauer in seiner bedächtigen Art zu erzählen:

»Hier in diesem Stall ist meine eigentliche Heimat. Seit ich denken kann, war ich hier bei den Schafen. Mein Großvater war der Hirte. Wie oft bin ich abends auf dem Stroh eingeschlafen, wenn der Großvater noch das Lammen überwachte. Dann saß wohl auch der alte Baron dabei. Als Kind hatte dieser schon mit meiner Mutter gespielt und weilte gern im Schafstall. Er hatte früh den Vater verloren. Oft holte er sich Rat bei seinem Hirten. Und später, als ich ein Knabe war, lebte er schon ganz allein. Frau Baronin war für mich als Kind wie eine Prinzessin aus dem Märchen gewesen. Um sie herum war ein Leuchten, jeder konnte zu ihr kommen, wenn er einen Kummer oder eine Krankheit hatte. Sie hatte eine richtige Apotheke im Schloß, und der Doktor aus der Kreisstadt hielt große Stücke auf sie und nannte sie seine Helferin. Großvater sammelte Kräuter für ihre Tees und Salben, er wußte am besten Tag und Stunde, an denen sie gepflückt werden mußten, um die rechte Heilwirkung zu haben. Ich durfte sie dann ins Schloß bringen, wo sie unter dem Dach sachgemäß getrocknet wurden. Da bekam ich dann immer einen Apfel oder einen Lebkuchen geschenkt und wurde ausgefragt, wie es im Schafstall stünde. Aber sie hatte nicht nur Heilmittel, sondern auch vor allem ein gutes Wort für jeden, der zu ihr kam. Ach so, ich wollte ja erzählen, warum der Herr allein war. Das ist eine traurige Geschichte, und sie hat mein Knabenherz verstört. Es war Winter, der Baron war in der Hauptstadt durch dringende Geschäfte festgehalten; aber die große Treibjagd war angesagt, und da mußte der junge Herr von der nahen Universität kommen, um den Hausherrn zu vertreten. Diese Jagd war ein Hauptfest des Jahres in unserer ländlichen Einsamkeit. Für uns Kinder gab es viel zu schauen, wenn von weither die Gäste in ihren Schlitten und Wagen mit prächtig aufgezäumten Pferden angefahren kamen. Ich durfte damals zum erstenmal mit treiben, obwohl ich erst neun Jahre alt war. Es war ein Hauptspaß, schreiend mit klappernden Blechdeckeln durch die Felder zu stolpern. Der Großvater mochte das nicht gern. Die Ballerei machte seine Herde unruhig, und er mußte sie an dem Tage im Stall lassen. Abends war großer Ball. Und spät in der Nacht hörte ich noch das Knallen der Peitschen, Stampfen der Hufe, als die Nachbarn nach Hause fuhren. Am nächsten Morgen durfte ich neben dem Kutscher sitzen, der den jungen Herrn zur Bahn brachte. Ich seh ihn noch aus dem Schlitten springen und fröhlich Abschied winken. – Neben dem Studieren erlernte er das Fliegen. Das habe ich erst später erfahren, das war damals noch etwas Seltenes. Seine Mutter war darum oft in Sorge. Am Tage darauf hörten wir Motorengebrumm. Ganz niedrig kam ein Flugzeug auf das Schloß zugeflogen und drehte eine Runde. Ich war mit Großvater bei den Schafen draußen. Der Vogel verschwand hinter dem Schloß, und plötzlich hörten wir einen dumpfen Aufschlag. Ich rannte los. Vielleicht war der Flieger zu tief geflogen und hatte einen Baum gestreift? Manche Leute sagten später, sie hätten gesehen, wie er gewinkt habe. Die Frau Baronin war mit ihrem Verbandskasten gleich aus dem Schloß gestürzt, als sie die Nachricht von dem Absturz erhalten hatte. Als ich hinkam, sah ich sie auf der Erde sitzen, das Haupt des Verunglückten im Schoß. Scheu standen wir von fern. Wir sahen, daß es der junge Herr war. Sie hatte keine Träne, nur immer wieder streichelte sie seine Stirn. Dann winkte sie den Leuten. Ganz still und hoch aufgerichtet ging sie neben der Bahre.

Von Stund an schwand sie dahin. Niemand wußte recht, was ihr fehlte. Der alte Doktor kam immer öfter. Er war recht machtlos. Wissen Sie, heute weiß ich genau, wie ein einziges Wort einem Kinde tief in die Seele fallen kann und allmählich ganz Besitz in ihm ergreift; es läßt es nicht mehr los und wird für sein Schicksal bestimmend. Als die

Frau Baronin von uns gegangen war, sagten die Leute, sie sei an gebrochenem Herzen gestorben. Ich konnte nicht verstehen, was gemeint war, aber das Wort wirkte in mir.

Bald bat der Baron meine Mutter, ihm die Wirtschaft zu führen. Sie hatte bei seiner Mutter als junges Mädchen gelernt.«

Ich muß wohl in diesem Moment ein wenig fragend dreingeschaut haben.

»Verzeihen Sie«, fuhr er fort, »ich habe ja noch nicht von meinem Vater erzählt. Das muß Sie mit Recht wundern. Mein Vater war, als ich noch ganz klein war, fortgegangen. Ihm war es zu eng bei uns. Er stammte aus dem Osten, hatte wohl unruhiges Blut. Er konnte sehr lustig sein, spielte wunderschön Geige und war tüchtig und geschickt. Ich habe noch ein kleines Boot, das er für mich geschnitzt hatte, als ich drei Jahre war. Das konnte auf dem Ententeich so schön schwimmen. Beim Abschied sagte er, wir sollten es einmal ganz gut haben, er wolle uns bald nachholen. Er hatte große Pläne, er wollte nach Australien zu den reichen Schafzüchtern. Zuerst kamen öfters Nachrichten voller Hoffnungen; auch schickte er manchmal Geld. Dann wurden die Briefe spärlicher, am Ende verstummte er ganz. Die Mutter hat mir am Anfang immer wieder von ihm erzählt; eine kleine Jahrmarktsfotografie stand auf ihrem Nachttisch, und ich liebte ihn sehr und starrte oft das Bild an, wie er mit blitzenden Augen unter den dunklen Locken mich anlachte. Dann schwieg sie und umhüllte mich mit noch größerer Zärtlichkeit und Fürsorge. Doch wenn der Mond in unsere Kammer schien, sah ich sie manchmal in ihrem Bett liegen mit offenen Augen, aus denen unaufhaltsam die Tränen rannen, und nach dem großen Unglück im Schloß setzte sich in mir der Gedanke fest, sie könne auch an gebrochenem Herzen sterben, davor hatte ich Angst.

Bisher hatte ich es mir gar nicht anders denken können, als daß ich ein Hirte werden würde, wie mein Großvater. Ich durfte ihm schon viel helfen. Wenn er die Lämmerschwänzchen stutzte, durfte ich die Wunden mit Jod bestreichen, durfte ihm das Schaf halten, wenn er es schor, manchmal durfte ich die Herde sogar allein ausführen. Wie er wollte ich treffsicher mit meiner Schaufel den Erdklumpen werfen können nach einem ungehorsamen Schaf, wie er wollte ich geschickt einem Lamm ein gebrochenes Bein schienen können, wie er die heilenden Kräuter finden können, um den kranken Menschen und Tieren zu helfen. Wenn er so in seinem weiten Mantel und dem großen Hut seiner Herde voranschritt, liebte und verehrte ich ihn über alles.

Der Baron ließ mich auf die Mittelschule in der Kreisstadt gehen. Einmal machten wir mit der Klasse einen Ausflug in die große Hafenstadt. Da lagen die Schiffe aus aller Herren Länder. Die weite Welt tat sich mir auf. Auf solch einem Schiff, sagte ich mir, ist mein Vater gefahren. Als ich wieder einmal nachts lag und die Tränen der Mutter sah, überkam es mich wie ein Zwang: Ich mußte fortgehen und den Vater suchen. Was weiß so ein junger Mensch von 16 Jahren von der Welt und von seinem Herzen. Eines Tages ging ich wirklich heimlich fort. Das Bild des Vaters hatte ich mir aus der Kommodenschublade geholt, wohin es die Mutter gelegt hatte. Meine kleinen Ersparnisse nahm ich mit. Ich schrieb nur auf einen Zettel: Liebe Mutter, ich will den Vater finden, ich bring ihn Dir zurück.«

Der Hirte schwieg. Dann schüttelte er den Kopf, als wolle er damit sagen, wir töricht und selbstsüchtig so ein Jüngling handelt. Nach einer Weile fuhr er fort:

»Ersparen Sie mir die Einzelheiten dieser weiten Wege durch die Welt. Sie können sie sich selbst ausmalen. Hätte ich nicht so eine gesunde Natur und so eine liebegetragene Kindheit gehabt, ich wäre wohl untergegangen. Aber es kam auch immer wieder von irgendwoher Hilfe. Ich habe viel gesehen und viel gelernt. Immer wieder zog es mich zu den Bauern und den Viehzüchtern, in den Staaten, in Australien. Dort fand ich auch eine Spur meines Vaters. Er war dort gewesen, sogar länger, aber dann krank geworden und weitergezogen. Vielleicht hat er sich geschämt, wieder zurückzukommen, weil er gescheitert war. Vielleicht war er irgendwo elend gestorben. Nach Hause gab ich regelmäßig kurze Nachricht und schickte Geld. Von dort hatte ich nur zwei- oder dreimal etwas gehört; unsere Leute schreiben nicht gern. Manches mag auch verlorengegangen sein. Kein Wort des Vorwurfs. Nur ein Gebet, daß Gott mich behüten möge. Das ging so sieben Jahre. Was ich eigentlich gewollt hatte, war verblaßt. Der Weg, den ich beschritten, zog mich immer weiter. Aber ohne mir selbst Rechenschaft darüber zu geben, strebte ich wieder dem alten Europa zu.

An einem schönen Herbsttage hatten wir in einem Hafen von Sizilien festgemacht. Ich hatte einen Tag Zeit. Um die Mittagszeit saß ich in der noch kräftigen Sonne auf einem Platz vor der Kirche und träumte vor mich hin. Wo sollte ich noch hin? Was sollte aus mir noch werden? Was suchte ich? Ich war ganz trostlos und todmüde. Mir war, als setze sich jemand neben mich. Ich achtete nicht darauf. Eine wohltuende, sanfte Stimme sprach mich in den altvertrauten Lauten der Heimat an: ›Wollen Sie nicht ein wenig aus der Sonne in die Kühle jener Kirche gehen? Vielleicht finden Sie dort Antwort auf Ihre Fragen.‹ Und schon erhob er sich wieder. Ich schaute ein wenig auf, ich hatte doch gar nichts gesagt! Da sah ich gerade noch ein ganz jugendliches bleiches Antlitz mit leuchtenden Augen. Ich versank wieder in mein Grübeln. Doch das Wort begann in mir zu wirken, und ich ging auf jene kleine Kirche zu. In wie vielen Tempeln, Pagoden, Kathedralen der Welt bin ich schon gewesen; sie hatten in mir wohl Bewunderung erregt, aber mein Herz nicht erreicht. Was sollte ich hier? Ich trat ein, das Licht der Sonne fiel auf einen leuchtenden Mosaik-Goldgrund, der die ganze Apsis erfüllte. Fast war ich geblendet. Das Auge fand Halt an einem großen, gleichschenkligen Kreuz in der Mitte. Und unten auf grünem Boden strebten von rechts und links glänzend weiße Schafe auf das Kreuz zu. Ich konnte den Blick nicht abwenden, ich mußte wie gebannt immer wieder hinschauen. Langsam hob es sich wie ein Schleier von meinen Seelenaugen. Ich sah auf einmal wieder die Heimat, den Großvater, die Mutter. Auf meine Lippen drängten sich die fast vergessenen Worte des Psalmes, den ich als Kind gelernt hatte:

›Der Herr ist mein Hirte, mir wird nichts mangeln‹,

bis hin zu den Zeilen:

›und ob ich schon wanderte im finstern Tal,
fürchte ich kein Unglück, denn Du bist bei mir.‹

Ich wußte noch alles ganz genau und verstand es doch plötzlich ganz neu. Mein Blick fiel auf einen antiken Sarkophag, der an der Seitenwand aufgestellt war, darauf war auf der Mitte die jugendliche Gestalt des guten Hirten gebildet, wie er auf seinen starken Schultern ein Lamm trägt. Ich wurde ganz ruhig und wach. Nun wußte ich meinen Weg. Im Hinausgehen erinnerte ich mich plötzlich daran, was mich hergeführt hatte. Das Gesicht tauchte wieder auf, erschreckt fühlte ich: Das hast du doch schon mal gesehen. Ich zog das vergilbte Bild aus der Tasche, das ich immer bei mir trug. Ja, das war es. Ich lief durch die Straßen, fragte da und dort, zeigte das Bild. Nichts. Die Sirene ertönte vom Hafen, ich mußte weiter.

Erst in Genua konnte ich abmustern. Nun hielt mich nichts mehr. Ich fuhr die ganze Nacht hindurch und einen und einen halben Tag. Im Norden lag schon erster Schnee. Von der Bahnstation aus galt es noch zehn Kilometer zu laufen. Der Wind wehte in meine dünnen Kleider. Ich war nicht auf Schnee eingerichtet. Mühsam kämpfte ich mich voran, Schritt vor Schritt. Ich hatte die ganze Nacht nicht geschlafen. Immer gingen mir dieselben Gedanken im Kopf herum. Ich hatte gemeint, der Mutter helfen zu sollen. Ich hatte nicht gedacht, wieviel größeren Schmerz ich ihr durch mein Fortgehen zufügte. Wie, wenn sie wirklich an gebrochenem

Herzen gestorben war? Ach, könnte ich doch nur schneller vorwärts kommen! Der Wind wurde zum Sturm. Endlich erreichte ich das Gehölz, das nicht weit vom Schafstall liegt. Im Windschatten wurde mir erst bewußt, wie erschöpft ich war. Nur ein wenig wollte ich ausruhen dort, bei der alten Eiche, nur einen Augenblick. Ich setzte mich hin, lehnte mich an den Stamm. Mir war ganz leicht zumute. Ich dämmerte ein. Dort hätten sie mich wohl am nächsten Morgen erfroren gefunden.

Auf einmal hörte ich ganz von fern meinen Namen rufen. Wieder jene Stimme von der Bank, noch einmal ruft es deutlicher und dringender. Ich höre mich noch sagen: Laßt mich ein wenig ruhen, aber im Sprechen werde ich schon wacher. Da dringt ein Laut an mein Ohr, der mir von Kind an vertraut ist und der mich sofort wieder zu mir bringt: das klägliche Blöken eines Lammes nach seiner Mutter. Sofort bin ich hellwach. Mühsam richte ich mich auf und gehe dem Klang nach. Ich finde zwischen gefällten Stämmen, die kreuz und quer liegen, ein kleines Lamm, das sich festgeklemmt hat und dessen eines Bein gebrochen ist. Es war wohl von der Herde weggelaufen, hatte vielleicht im Wald Schutz gesucht. Sorgsam nehme ich es auf und berge es unter meinem Mantel. Ich fühle sein rasch klopfendes Herz. Die Wärme des kleinen Tieres an meinem Herzen gibt mir neue Kraft. Ich stapfe wieder hinaus in den Schneesturm. Da erblicke ich schon die schmalen erleuchteten Fenster des Schafstalles. Mit letzter Kraft kann ich ihn erreichen. Ich drücke die Klinke von der kleinen Tür zum Futterraum nieder, der Wind stößt sie vollends auf. Im Schein der Laterne sehe ich den Großvater und den alten Herrn sitzen. Ich halte dem Großvater das Lamm hin: Da ist es. Wie ich ins Stroh sinke, höre ich einen leichten Aufschrei der Mutter. Sie nimmt meinen Kopf auf den Schoß und sagt immer wieder: ›Daß du nur da bist, daß du nur da bist!‹ Bevor ich ins Bewußtlose versinke, sehe ich noch ihren Kopf über mich gebeugt, und im Schein des Lichtes erblicke ich ihr Haar; ich muß denken: ich war doch nur sieben Jahre fort; als ich ging, war sie noch ganz blond, und nun ist das Haar schneeweiß. Drei Tage und drei Nächte lag ich im Fieber. Immer wieder soll ich gesagt haben: Mutter, ich habe ihn nicht gefunden. Aber er hat mich gefunden und hat mir geholfen.

Als ich wieder auf den Beinen war, ließ mich der Baron rufen. Er sagte mir, daß er ja keine Erben habe. Er sehe nicht ein, daß seine Vettern zu ihren vier Gütern noch ein fünftes dazu bekommen sollten, um dann irgendeinen Verwalter herzusetzen. Er entwickelte mir den lange sorgsam durchdachten Plan, das Gut aufzusiedeln, und fragte mich, ob ich ihm dabei helfen wolle. Mit den Behörden sei schon alles geregelt. Freudig sagte ich ihm zu. Ich durfte noch auf Schulen gehen und mich gründlich im Genossenschaftswesen umsehen. Ganz langsam bauten wir auf mit zweiten Bauernsöhnen und erfahrenen Knechten als Siedler. Gewiß, es gab manche Rückschläge, aber ich glaube, im ganzen ist doch etwas Gutes daraus entstanden. Und so bin ich doch noch«, so schloß er, ein wenig verlegen lächelnd, »eine Art Hirte geworden.«

Der Pfleger

Es gibt Begegnungen, die ebenso ungesucht wie unausweichlich sind. Beim ersten Mal schaute ich nur ein wenig auf, als im Lesesaal des Gebirgskurortes der schwere, schleppende Schritt eines Gehbehinderten laut wurde. Nahm nur im Aufschaun ein einprägsames Profil wahr; unter der hohen Stirne eine kühne Hakennase, ein energisch vorgeschobenes Kinn, kurzgeschnittene weiße Haare. Dann fiel mir noch die Stimme auf, die leise und höflich den Nachbarn nach einer dort liegenden Zeitung fragte, ob sie frei sei. Ein harter, etwas gepreßter Klang war in ihr. Doch war ich zu sehr mit meiner Lektüre beschäftigt, um genauer hinzuhören.

Das zweite Mal kam ich einen schmalen Pfad bergab. Hinter einer Biegung hörte ich wieder den ungleichmäßigen Schritt; ich blieb an der Seite stehen, um den bergan Kommenden vorbeizulassen. Er stieg mühsam, den Blick gesenkt. Mir schien, als trüge er an einer unsichtbaren Last. Mein Gruß ließ ihn aufschauen. Da sah ich sein Antlitz: tief durchfurcht, die zusammengewachsenen, buschigen Augenbrauen schwangen sich über tiefliegende Augen. Aber was waren das für Augen! In ihnen lag so viel Trauer und so viel Güte. Ich überhörte seine fast mürrische Antwort auf meinen Gruß. Der Kopf senkte sich sogleich wieder. Er stieg weiter bergan, indes ich stehenblieb und ihm nachblickte. Was war das für ein Mensch? Fast schien mir meine stumme Frage zu aufdringlich. Aber im Weitergehen mußte ich immer wieder an dieses Gesicht denken, das in so rätselhaftem

Gegensatz zu den Augen stand. Ich hatte eine einfache, fast militärische Kleidung bemerkt, deren Schlichtheit aber vornehm wirkte.

Ein drittes Mal – es war längere Zeit vergangen – konnten wir uns nicht ausweichen. Ich hatte eine Lieblingsbank auf einem lärchenbestandenen Hügel, der über der Schlucht lag, drin der Fluß sich eingegraben hatte und das Tosen seiner herabstürzenden Wasser heraufsandte. Ein weiter Blick öffnete sich auf die Schneeberge. Selten kam jemand hierher. Wieder hörte ich den Schritt, der unverwechselbar war. Ich schaute auf den Weg hinab. Ich überwand rasch in mir den leisen Unmut, der aufsteigen wollte darüber, daß meine Einsamkeit gestört wurde. Der Fremde blieb stehen, wohl seinerseits ärgerlich, daß jemand auf der Bank saß, die vielleicht noch viel mehr die seine als die meine war.

Ich spürte, daß er umkehren wollte. Ich überwand meine Scheu und rief ihm zu: »Kommen Sie ruhig herauf. Hier ist Platz für zwei. Ich werde Sie nicht stören!« Es ging eine Art grimmigen Lächelns über sein Gesicht, er zog wortlos den Hut zum Gruß und setzte sich neben mich auf die Bank. Ich vermied, ihn anzusehen, wandte mich wieder dem Anblick der Berge zu, die im Abendlicht aufglänzten. So saßen wir schweigend nebeneinander, vergaßen wohl auch einander für Augenblicke. Auf einmal stand er auf, schaute mich voll an, neigte grüßend sein Haupt und sagte schlicht! »Ich danke Ihnen.« Dann wandte er sich auf den Heimweg. Ich hatte gar nichts erwidern können. Aber in mir war ein Gefühl, daß etwas Wichtiges geschehen war in dieser halben Stunde.

Bald mußte ich abreisen. Im nächsten Jahr saß ich an einem der trostlosen Regentage am selben Ort in einem beliebten Kaffeehaus, wo es keine Musik gab. Es war recht voll, aber in meiner Nische war ich allein geblieben. Ich war ganz froh, denn ich hatte wichtige Briefe zu schreiben. Auf dem teppichbelegten Fußboden war sein Schritt nicht zu hören gewesen. Aber die Stimme kannte ich sofort wieder, als er sagte: »Verzeihen Sie, darf ich bei Ihnen Platz nehmen? Überall sonst ist besetzt. Ich werde Sie bestimmt nicht stören.« Da konnte ich nicht anders, als hell aufzulachen, als mir so nach langer Zeit das Echo meiner eigenen Worte entgegenklang, aufzuspringen und ihn herzlich wie einen alten Bekannten zu begrüßen. Ein wenig löste sich seine Verschlossenheit. Nachdem wir uns vorgestellt hatten, kam bald ein Gespräch in Gang. Mir fiel auf, daß er äußerst scharf, wenn auch treffend urteilte. Vor allem über die Menschen, die hier heraufkamen und nicht wußten, wie sie ihr vieles Geld ausgeben sollten. Er kam dann auf die oft schwer ringenden Bergbauern zu sprechen in den entlegenen Seitentälern. Mich wunderte, wieso er die Verhältnisse und die Menschen so gut kannte.

Als er sich verabschiedete, schlug er von sich aus ein Wiederbegegnen vor. Er schien aber zu überlegen, wann er frei habe, ohne zu sagen, womit er beschäftigt war. Wir verabredeten einen gemeinsamen Gang zu »unserer« Bank eine halbe Woche später.

Oben angelangt, sprach er zuerst davon, er sei mir damals so dankbar gewesen, daß ich nichts gefragt und nichts gesprochen habe. Er sei ein wenig menschenscheu geworden und sei, was sein persönliches Leben betreffe, völlig einsam. Aber das merkwürdige Zwangsläufige unsrer Begegnung und irgend etwas in meinem Verhalten habe in ihm Vertrauen erweckt. Das hatte er so vor sich hingesagt, das Kinn auf seinen Stock gestützt. Plötzlich richtete er sich auf, sah mich scharf an und sagte: »Beantworten Sie mir bitte eine Frage, aber unbedingt ehrlich, Ja oder Nein: Sehe ich so aus, als ob ich Unglück bringe den Menschen, mit denen ich zu tun habe?« Mich durchfuhr ein Schrecken, denn ich hätte sagen müssen: Ja. Ich wußte plötzlich, daß er das war, was man einen »Gezeichneten« nennt. Dieses zerrissene Antlitz, diese steile Falte über der Nasenwurzel, diese verächtlich herabgezogenen Mundwinkel. Aber dann gab es wieder die Augen, die so ganz anders waren.

Was sollte ich sagen? »Ja und Nein«, antwortete ich ihm. Erschreckt und erstaunt zugleich blickte er mich an. Lange saßen wir so Auge in Auge. Dann senkte er den Blick, und fast müde fragte er: »Seltsam ist das. Der erste Mensch, der ganz offen ist zu mir. Können Sie mir das ein wenig erklären?«

Nun, ich versuchte ihm zu schildern, wie jeder Mensch seine Vergangenheit in seinem Leibe trägt und wie jeder Mensch seine Zukunft in seinem Inneren veranlagt. Erwähnte noch das Wort des Novalis: »Bereiten wir nicht unsere Schicksale seit Ewigkeiten selbst?« Und erwähnte vorsichtig den Gegensatz des Antlitzes und der Augen. Nicht viel sagte ich, aber so viel, daß Fragen offenblieben. Er schwieg zuerst. Dann begann er zu erzählen: »Sie haben nicht nach dem Bein gefragt. Das ist keine Kriegsverletzung. Ich bin kein Held. Vielleicht ein Opfer.« Was mir in den Gesprächen im Kaffeehaus schon aufgefallen war, der klare, fast diagnostische Blick für alles Kranke, wurde mir nun bestätigt. Er erzählte, daß er Arzt gewesen sei. Er betonte ausdrücklich »gewesen«. Schon als Student habe er angesichts der armen Leute, die in den Krankenhäusern ihm begegneten, sich mit den sozialen Fragen auseinandergesetzt. Er habe sich dann bewußt unter den Proletariervierteln im Berliner Osten das schwierigste ausgesucht, um dort eine Praxis aufzumachen. »Ach, was sollte ich die Krankheiten der Leute heilen, wenn ich nicht helfen konnte, ihre Lebensumstände zu ändern, die sie immer wieder krank machten oder sie dem Vergessenwollen im Alkohol in die Arme trieben? Vor allem das Schicksal der Kinder brachte mich oft in Verzweiflung. Kennen Sie die Stelle in den Brüdern Karamasow von Dostojewski, wo Iwan Gott leugnet, weil die Kinder unschuldig leiden müssen in seiner Welt?« Er sei auf diese Weise zu der Überzeugung gekommen, daß nur eine grundlegende Änderung der Gesellschaftsordnung da helfen könne. Er habe sein Auge nicht verschlossen gegenüber den Mißständen, die eine Diktatur des Proletariats mit sich brachte. Aber er habe keinen anderen Ausweg gesehen als eine radikale Revolution. Obwohl er nie irgendein Parteimitglied gewesen sei, war er doch als Sozialist bekannt und bei dem Umsturz in Deutschland als solcher eine Zeitlang in Haft gewesen. Wieder frei, sei ihm von vielen Seiten geraten worden unterzutauchen. »Ich selbst hatte mich nie für so wichtig gehalten. Ich wollte bei meinen Kranken bleiben. Aber die ›andern‹ hielten mich scheint's für wichtig. Eines Abends kam ein Freund und sagte mir, ich müsse sofort weg. Er gab mir falsche Papiere und eine Adresse, an die ich mich wenden konnte. Man kann sich das kaum vorstellen, was für ein weitverzweigtes Netz von Helfern über Deutschland verbreitet war. So nach und nach wurde ich durch Deutschland geschleust; bis ich am Bodensee landete.« Dort habe ich Unterschlupf gefunden auf der Insel Reichenau als Gärtner im Kloster. Er habe Freude gehabt, auf diese Weise wieder so anzuknüpfen an seine Kindheit und Jugend, die er in der Gärtnerei seines Vaters verbracht habe, wo er in jeder freien Stunde tüchtig habe mithelfen müssen. »Es schien so, daß ich dort ruhig leben konnte. Niemand wußte meinen wahren Namen und ahnte meinen Beruf. Nur manchmal wunderten sich die Leute, wie geschickt ich bei einem Unfall eingreifen konnte. Bis eines Tages auf Umwegen eine Botschaft kam, man sei auf meiner Fährte. Da stand ich am Scheideweg. Sollte ich mich fangen und umbringen lassen? Sollte ich versuchen zu entkommen?« Er habe lange geschwankt. Aber dann habe er sich entschlossen zu fliehen. Merkwürdig war, daß keiner der Fischer, denen er gut Freund geworden war, ihm helfen wollte. Jeder habe eine andere Ausrede gehabt. Dem einen war das Boot in Reparatur, der andere behauptete, er stehe unter starker Kontrolle, der dritte hatte eine kranke Frau zu Hause. Nun habe er ja auch kein Geld gehabt wie manche, denen sie geholfen hatten. Es war, als hätten sie Angst vor ihm und seinem Schicksal. Einen gab es, den er erst gar nicht fragte. Der hauste ganz allein, war wortkarg, und die Leute hätten nur mit einer gewissen Scheu von ihm gesprochen. Ein bärtiger Riese, der lange Christoph genannt. Ein Sonderling. Alte Betschwestern, deren es auch auf der Insel welche gab, munkelten, er sei mit bösen Geistern im Bunde. »Je mehr ich überall auf Widerstand stieß, desto mehr erwachte der Lebenshunger in mir, und ich war recht verzweifelt. Bis eines Abends im Garten, als ich jätete, ein riesiger Schatten über mich fiel und eine tiefe, ruhige Stimme zu mir sprach: ›Heute nacht mußt du fort, sie haben nach dir gefragt. Es wird Nebel sein. Geh nicht ins Kloster zurück. Geh zum Ufer. Versteck dich in meinem Boot. Um Mitternacht werde ich kommen!‹ Es war der lange Christoph. Ich schaute nicht auf. Er war auch schon verschwunden.« Er habe volles Vertrauen gehabt. Habe nach seiner Weisung gehandelt. In der Nacht seien sie im Nebel leise mit umwickelten Rudern losgefahren, weiter draußen hätten sie aber den Motor laufen lassen. Plötzlich sei ein starker Wind aufgekommen, der den Nebel zerriß. Da hätten auch schon die Scheinwerfer des Wachbootes sie erfaßt – zwar seien sie schon über der Seemitte gewesen, die die Grenze bildet, als ein Feuerstoß das Boot getroffen und leck geschlagen hätte. Er habe einen Stoß verspürt und sich halb bewußtlos an ein Brett geklammert. Mehr habe er nicht mehr in Erinnerung. Aufgewacht sei er in einem Krankenhaus am Schweizer Ufer. Nur allmählich habe er zu sich kommen können. Das Bein hatte amputiert werden müssen, die Lunge war durchschossen. Ein Schweizer Zollboot hatte ihn aufgelesen. Die Deutschen waren bei dessen Auftauchen verschwunden. Der Leichnam des langen Christoph sei weit im Untersee an Land getrieben worden.

»Ich will schweigen von dem, was die Jahre für mich als Flüchtling und Krüppel brachten. Ich habe viel echte Menschlichkeit und viel bürokratische Enge erlebt. Aber das kleine Land hatte es auch schwer. Es dauerte lange, bis ich halbwegs wieder lebensfähig war. Aber seitdem quält mich Tag und Nacht der Gedanke: ›Weil du leben wolltest, bist du schuld am Tode eines Menschen. Und vielleicht war dies ein besserer Mensch als du.‹ Ich hatte ihn ja nur von ferne beobachtet und immer eine Art Hochachtung für diesen geradlinigen, einsamen Menschen empfunden. Auch fiel mir das eine oder andere ein, was ich von ihm gehört hatte, wie er ohne viel Aufhebens einer armen Frau ihren Garten bestellt, mit einem kranken Fischer seinen Fang geteilt hatte. Vor allem aber hatte ich in den zwei Stunden, die wir allein auf dem See waren, die Ruhe und Sicherheit gespürt, die von ihm ausgingen, die Umsicht bewundert, mit der er das Boot führte. Ich hatte ihm Unglück gebracht. Dabei war er der einzige gewesen, den ich nicht gebeten hatte.« Er schwieg. Ich fragte ihn, ob er nicht als Arzt habe arbeiten können. Er lachte bitter auf und sagte: »Sollte ich die Komödie eines nochmaligen Examens mitmachen? Ich hatte viel gelernt, ich darf sagen, daß ich ein guter Heiler geworden war, ich hatte meinen Eid geschworen und auch gehalten, wenn auch in dieser großen Stadt viele Versuchungen an mich herantraten. Es hätte sein können, daß einer meiner Lehrer einem Ruf in die Schweiz gefolgt wäre und mich noch einmal hätte prüfen müssen. Wenn etwas übernational sein muß, so ist es der Beruf des Arztes. Auch war ich von Zweifeln an mir selbst zerrissen. Das Leben hatte mich geprüft. Ich war durchgefallen.«

Ich wandte ein, daß er nach dem großen Zusammenbruch nach Deutschland hätte zurückkehren können. Dort würden doch Menschen wie er gebraucht. Schroff erwiderte er: »Nein.« Ich drang nicht weiter in ihn. In einem späteren Gespräch kam zur Sprache, daß er sich innerlich gelöst habe von diesem Volk. Er habe nicht verwinden können, wie gerade führende Menschen der Barbarei gegenüber kläglich versagt haben. Auch sei, was er an Deutschen hier in der Schweiz erlebe, nicht dazu angetan, ihm noch eine Hoffnung zu lassen, daß hier eine heilende Mitte erstarke zwischen dem Westen und dem Osten. Es stellte sich heraus, daß er gut orientiert war über alles, was bei uns vorging. Aber all seine Urteile hatten etwas Absolutes, stark Verneinendes; auch die über sich selbst. Oft wirkte er bei aller seiner Haltung und auch Kraft trostlos. Was er eigentlich tue, wollte ich nicht fragen. Er sprach auch nicht darüber. Bis mich eines Tages ein merkwürdiger Zufall auf die Spur brachte.

Ein mir gut bekannter älterer Geistlicher, der unentwegt mit seinem kleinen Auto die entferntesten Höfe aufsuchte, hatte einen Unfall gehabt. Nicht schlimm, aber er mußte länger im Krankenhaus liegen, und ich wollte ihn besuchen. Wie ich sein Zimmer suchte, kam ich am Operationssaal vorbei. Ich stutzte, als ich hinter mir den vertrauten Schritt hörte. Ich sah mich um, und ich sah meinen Freund im weißen Mantel eine Bahre zum Operationssaal fahren. Er sah nur vorgebeugt in das angstvolle Gesicht einer alten Frau und sprach ihr beruhigend zu. Nie hätte ich geglaubt, daß so viel Wärme und Frieden aus dieser Stimme tönen könnte. Er hatte mich gar nicht bemerkt. Ich konnte nicht gleich meinen Besuch machen. Zuerst mußte ich mich sammeln. Mit einem Male verstand ich alles. Dies war also der »Pfleger«, von dem talaus, talein die Leute sprachen, um dessentwillen sie ihre Scheu, ins Krankenhaus zu gehen, überwanden, den manche wie einen Heiligen verehrten, wenn auch viele berichten konnten, daß er sie hart angefaßt und kräftig zurechtgerückt habe. Immer schon hatte ich mir gewünscht, ihn einmal kennenzulernen, und nun war ich mit ihm umgegangen, ohne es zu wissen, war ihm, dem Verschlossenen, sogar ein wenig nahegekommen. Der alte Geistliche, dem ich meine Bewegung nicht verbergen konnte, sagte mir, dieser Mann sei ein Segen für das ganze Tal. Aber jeden Dank wehrte er fast unmutig ab, und niemand wisse Näheres von ihm. Er führe manchmal mit ihm ernste Gespräche über die letzten Dinge und wundere sich immer wieder über seine konsequenten Fragestellungen. Aber zum Glauben habe er ihn nicht führen können. »Es ist etwas Großes, wenn ein Mensch Gutes tut, auch wenn er eine verzweifelte, kranke Seele hat. Er kommt mir vor wie Parzival, der mit Gott hadert und an seinem Versagen leidet, aber überall, wo er auf seiner einsamen Wanderschaft hinkommt, Bedrängten hilft und die Welt ordnet. Er, der Pfleger, ist eigentlich von Natur ein Herrenmensch und ist zum Diener am Nächsten geworden.«

Ich mußte bald abreisen. Bei einem kurzen Zusammensein mit dem Pfleger vermied ich es, auf das Erlebnis im Krankenhaus einzugehen. Wir sprachen über allgemeine, wenn auch wesentliche Dinge. Beim Abschied, der sehr herzlich war, schien er mir noch zerquälter als sonst. Mir war inzwischen bewußt geworden, daß er wohl seiner beschädigten Lunge wegen in dies Hochtal gekommen und dort geblieben war.

Übers Jahr war ich wieder dort. Er wußte, wo ich immer mein Quartier nahm. Und groß war mein Erstaunen, als er mich bald nach meiner Ankunft anrief und sagte, er habe mich von weitem gesehen, habe mich aber mit seinem lahmen Bein nicht erreichen können. Es wäre doch schön, wenn wir uns bald treffen könnten. Ob ich ihn am Krankenhaus um die und die Zeit abholen könne, wir könnten ja dann wieder zu »unserer« Bank gehen. Ich war ganz verwundert über seine Initiative. Vor allem aber war in seiner Stimme ein ganz neuer Klang. Das leicht Gepreßte, das sonst in ihr lag, war einem klaren, offenen Ausdruck gewichen. Ich nahm an, daß unser gemeinsamer Bekannter, der Geistliche, von meinem Krankenhaus-Erlebnis erzählt hatte und er nun nichts mehr verbergen wollte. Als wir uns trafen, erblickte ich einen verwandelten Menschen. Die Stirne entwölkt, die Last, die ihn zu beugen schien, wie abgeworfen. Er schien freier zu atmen. Auch sein Sprechen, das früher oft abgehackt und stoßweise gewesen war, war einer ruhigen, stillen Rede gewichen.

Nach einigem Austausch von inzwischen Erlebtem und auch nach der gewohnten Schweigepause trat ein fast scheues Lächeln auf sein Gesicht, und er begann zu berichten: »Mir ist eine große Hilfe zuteil geworden, und zwar von einer einfachen Witfrau.« In dem Krankenhaus würden auch viele Unfälle behandelt. So sei auch ein junger Mensch eingeliefert worden, der sich als Bergwacht, als er die Abfahrtsstrecke in der Abenddämmerung abgefahren habe, um zu sehen, ob nicht irgendwo noch einer hilflos läge, einen komplizierten Bruch zugezogen hatte. Ein Handwerker, einziger Sohn seiner Mutter, die früh verwitwet war und vier Kinder mit Waschen, Plätten, Flicken, Nähen, Spinnen bei einer winzigen Rente großgezogen hatte. Sie selbst aber sei bald nach dem frühen Tode des Mannes durch die Pflege eines fremden Heuers, der selbst nicht ernstlich daran erkrankte, von der Kinderlähmung angesteckt worden, so daß sie nur mühsam gehen konnte. Ich hatte von der Familie durch den Pfarrer gehört, wußte also genau, von wem er sprach. Nun sei doch beim Sohn eine Operation des Beines notwendig geworden; der sonst kerngesunde Mann sei daran plötzlich gestorben. Das ganze Tal sei in Aufregung gewesen. »Sie müssen wissen«, sagte er, »daß ich in den ganzen Jahren viel habe ausstehen müssen, denn es gab mancherlei Nachlässigkeiten, vor allem bei armen Patienten. Und ich durfte doch nichts sagen. Ich war ja nur ein einfacher Angestellter.

Da stand nun die kleine, zarte Frau vor mir, mit seelenvollen Augen, tränenlos und fragte nur immer wieder: Wie konnte das geschehen! Ich durfte ihr nicht sagen, was ich vermutete. Der Doktor ließ sich verleugnen. Nun war von manchen Seiten an die Mutter herangetragen worden, sie solle den Leichnam untersuchen lassen, um die genaue Todesursache festzustellen. Man knüpfte gewisse Hoffnungen daran, Mißständen auf die Spur zu kommen. Vorsichtig deutete ich eine solche Möglichkeit an. Mir selbst lag sehr viel daran. Zuerst verstand sie nicht, was ich meinte. Dann aber straffte sie sich, schüttelte langsam das Haupt und sagte: ›Dadurch wird mein Sohn nicht wieder lebendig. Das Urteil steht bei einem Höheren.‹ Das Wort traf mich im Innersten. Man muß wissen, daß diese Frau ein Vierteljahrhundert vorher Opfer derselben Nachlässigkeiten geworden war, sonst wäre sie nicht so schwer gelähmt geblieben. Ganz ruhig wiederholte sie: ›Das Urteil steht bei einem Höheren.‹ Dann gab sie mir still die Hand, wandte sich um und ging, auf ihren Stock gestützt.

Dies Wort verläßt mich seither nicht mehr. Es war so, als wäre ein eiserner Reif, der um meine Brust lag, gesprungen, so daß ich wieder frei atmen konnte. Ich merkte, was ich für ein selbstsüchtiger Mensch gewesen war, der immer auf sein Schicksal hinstarrte. Ich gab es seither auf zu urteilen, oder besser gesagt, zu verurteilen, auch mich selbst. Seither habe ich Frieden.«

Er spürte wohl eine unausgesprochene Frage in mir. Er antwortete darauf: »Ich muß hier bleiben, solange ich Kraft habe. Diese Menschen im Tal bauen auf mich. Soll ich dies Vertrauen enttäuschen? Ich will bleiben, was ich seit langen Jahren hier bin: der Pfleger. Aber vielleicht kann jetzt, wo ich frei bin, noch ein wenig mehr Segen liegen auf meinem Tun.«

Wir erhoben uns und gingen schweigend den Pfad hinunter. Bildete ich es mir nur ein, oder war es wirklich so, daß er ein wenig leichter ging als früher?

Unser Doktor

Manchmal muß man etwas tun, wie aus einem inneren Zwang, ohne sich selbst ganz Rechenschaft geben zu können, warum es sein muß. So mußte ich eine Reise in den Süden benutzen, um auf einem umständlichen, mühsamen Umweg in ein entlegenes Dort in den Bergen zu kommen. Gewiß, ein Brief, den ich einige Zeit zuvor erhalten hatte und von dem noch die Rede sein wird, hatte wohl bei dem Entschluß eine gewisse Rolle gespielt. So stand ich nun in der Winterdämmerung vor dem Haus, das das Ziel meiner Reise sein sollte. Noch zögerte ich, zu läuten und einzutreten. Es lag da, inmitten eines verschneiten Gartens, alt, behäbig wie vordem. Vertraut, wie alles ringsum aus der Zeit, in der ich unter absonderlichen Umständen in diesem Dorfe gelebt hatte. Da war noch das weiße Schild, auf dem in altertümlicher, verschnörkelter Schrift »Arzt« stand. Einfach »Arzt«, wie an anderen Häusern »Polizei« oder »Sparkasse«. Kein Name, wie sonst üblich. Der dort wohnte, war in dem Haus geboren, wie auch sein Vater. Das Schild stammte wohl vom Großvater. Jeder wußte, daß dort eben »unser Doktor« hauste, wie er von allen, den Großen und den Kleinen, genannt wurde. Die ganze Fahrt über hatte ich in den Erinnerungsbildern an diesen Mann gelebt.

Ich war in der Verfolgungszeit untergetaucht bei einem Bauern dieses Dorfes. Ich durfte ihm beistehen bei der Bewirtschaftung seiner ausgedehnten Ländereien, die weithin in der Gegend verstreut lagen. Es war ihm gelungen, durch Verbindung von neuen Methoden und alter Bauernweisheit, den Getreide- und Obstbau, der früher in dieser Höhenlage geblüht hatte und zugunsten einer reinen Viehwirtschaft aufgegeben war, wieder zu beleben; sein Saat- und Pflanzgut besonders winterharter Sorten war sehr begehrt. Sein Vater war noch, wie er sagte, »mit seinen zwei Kühen mit dem Güllewägele gefahren«. Er hatte manche heruntergewirtschafteten Höfe übernehmen können. Im ersten Weltkrieg war er vier Jahre lang in russischer Kriegsgefangenschaft gewesen; er hatte im fremden Land viel gelernt. Er und unser Doktor waren seit ihrer Kindheit befreundet. Es dauerte eine Weile, bis ich erwürdigt wurde, an ihren regelmäßigen Zusammenkünften teilzunehmen.

Aber ich hatte mir durch mancherlei Gelegenheit ein Bild von diesem Doktor machen können. Manchmal traf ich ihn, wenn er, seine Instrumententasche auf dem Rücken, spät abends auf seinen Schneeschuhen losfuhr, um bei einer Geburt Beistand zu leisten. Im Sommer sah man ihn dann auf seinem Bauernwägelchen. Man wußte, daß ihn von weither die Frauen rufen ließen. Er wurde mit allen fertig; die Verzagten munterte er auf, die sich anstellten, packte er grob an; auch sorgte er dafür, daß alle auf dem Hofe in Trab kamen, um zu helfen.

Ich erfuhr auch, daß er oft stundenlang bei den Sterbenden saß, wenn der Pfarrer nach beendigter Zeremonie längst fortgegangen war. Sie verlangten nach ihm. Er saß bei ihnen, hielt ihre Hand, sagte wohl manchmal ein gutes Wort, wie: »Bald hast du's geschafft, es ist deine letzte schwere Arbeit hier, hast doch sonst immer alles ordentlich gemacht.« Beten tat er nie, das mochten die andern tun, wenn es leise genug geschah. Er war eben einfach da. Bis zum Ende. Etwas Lösendes ging von ihm aus.

Doch war er manchmal tagelang nicht ansprechbar, wenn ein Patient gestorben war, von dem er glaubte, er hätte gerettet werden können.

Später, als ich ihn näher kannte, sagte er einmal: »Man wird ja hier immer zu spät gerufen. Die Bauern reut das

Geld. Meist hab ich es mit ganz alten Leuten und mit kleinen Kindern zu tun. Da ist man eigentlich Viehdoktor: Die Kleinen können und die Alten wollen nicht reden.« Aber oft tauchte er auf, bevor er gerufen wurde. Vieles wußte er aus einem inneren Ahnungsvermögen.

Da mir daran lag, mit den Leuten Kontakt zu haben, besuchte ich manchmal das Wirtshaus. Da saß man zusammen, die einen politisierten, die anderen spielten Karten. Der Doktor betrat nie das Lokal. Einmal war es, daß plötzlich alles laute Reden verstummte. Ich blickte auf und sah die mächtige Gestalt unseres Doktors in der Türe stehen. Unter den buschigen Augenbrauen blickten die grauen Augen voll Zorn. Da legte ein Bäuerlein, das gern über den Durst trank, die Karten hin und schlich geduckt an ihm vorbei heim zu seiner Frau, die erst vor ein paar Tagen geboren hatte. Kein Wort fiel. Aber den Mann hatte der Doktor schon als Knaben einmal wimmernd mit gebrochenem Fuß im Wald gefunden. Er hatte ihn geschient und den weiten Weg auf dem Buckel heimgetragen.

Nun kam also der Augenblick, wo ich dabei sein durfte, als mein Bauer und unser Doktor zusammenkamen. Da merkte ich, daß ich nicht mal seinen Namen wußte. Den nannte niemand im Dorf. Beim Vorstellen sagte mein Bauer: »Du, der möchte gern deinen Namen wissen.« Er lachte dröhnend und sagte dann: »Sie werden es nicht glauben, aber ich heiße wirklich Thomas Eisenbart«, und sogleich begann er das Lied vom Doktor Eisenbart zu summen, der die Leut' auf seine Art kurierte. Das Zusammensein verlief wie alle folgenden nach einem bestimmten Ritual. Zuerst spielten die beiden zwei Partien Schach. Unser Doktor erklärte mir, das wäre deshalb gut, weil man dabei schweigen und denken müsse, während sonst meist viel geredet und nichts dabei gedacht werde. Ich durfte dabeisitzen, zuschauen oder, wenn ich Lust hatte, mir schweigend etwas anschauen. Das war je nach dem Schauplatz verschieden. Waren wir bei meinem Bauern, so vertraute er mir eine der kostbarsten Mappen seiner Sammlung an. Er war nämlich ein leidenschaftlicher Sammler moderner Graphik. Vielleicht war ihm die Liebe dazu in den Winterweiten der russischen Steppe aufgegangen, wo die Natur, wie er sich ausdrückte, in Schwarz und Weiß zeichnet. Gar manches seltene Blatt, Stiche, Schnitte und Radierungen durfte ich da kennenlernen. Die ganze Zigeuner-Serie von Otto Müller; Kirchner, Heckel, Masereel und viele andere waren vertreten. An den Wänden hingen Kostbarkeiten.

Im Zimmer unseres Doktors dagegen hing kein Bild. Er behauptete, die Leute würden sich doch nie anschauen, was sie an die Wand hängten. Dafür aber waren seltene Pflanzen, kostbare Mineralien und Kristalle aufgestellt. Von der Decke herunter hingen seltsame Wurzelgebilde. In einem großen Aquarium tummelten sich Fische. »Die reden nicht und leben doch«, sagte er von ihnen. Auch er legte mir dann manches zum Anschauen hin. Vor allem zogen mich die Blätter »Kunstformen der Natur« an, die Ernst Haeckel so kunstvoll und mühsam durchs Mikroskop schauend gezeichnet hatte. Einmal zeigte er mir begeistert etwas Neues. Es waren Bilder von Kristallisationen, die sich durch Zusätze organischer Substanz charakteristisch verändert hatten, je nach der Wesensart des zugesetzten Stoffes. Agavensaft oder Mohnsaft, ja sogar menschliches Blut, verschieden nach Abend und Morgen, waren deutlich in ihrer Besonderheit zu unterscheiden. Auch die Wirkung des Kunstdüngers war am Bild von Kartoffelsaft deutlich zu erkennen. »Da ist was dran«, sagte er zu mir, »da kommt man dem Lebendigen auf die Spur.«

So hatte ich meine Beschäftigung, solange sie spielten. Da saßen die beiden Alten sich gegenüber, jeder ein Glas Wein neben sich; manchmal, wenn einer einen besonders gelungenen Zug getan zu haben glaubte, trank er dem Gegner verschmitzt lächelnd zu. Dabei fiel mir auf, welch wunderbar feine, langfingrige Hände unser Doktor hatte; Chirurgenhände oder Musikerhände, mußte ich denken. – Dann, nach Beendigung des Spiels, kam das Gespräch.

Sowie vom Geist die Rede war, trat ein ungläubiges Lächeln auf des Doktors Antlitz. Zwar war er ein großer Verehrer des Paracelsus; auch erkannte er an, wieviel Weisheit in der alten Volksmedizin steckte. »Ich will nicht leugnen, daß in der Welt Geistig-Wesenhaftes wirkt. Aber ich weiß nichts davon. Ich rede nicht gerne über etwas, was ich nicht erfahren habe«, so konnte er sagen. Nie spottete er über heilige Dinge. In die Kirche ging er nicht. Das war ihm alles fremd und seinem Wesen ungemäß. Aber er konnte gut zuhören. Unsere Gespräche gingen immer in die Tiefe. Am Ende des Abends spielte er meisterhaft Beethoven.

Gern gab er den Menschen einen Übernamen. So nannte er mich, als ihn mein Bauer ins Vertrauen gezogen hatte, den Menschenfischer. Unser Pfarrer hieß bei ihm der Herrgottsknecht. Ein anderer im Nachbardorf die Ölflasche. Manchmal zog er mich mit gutmütigem Spott auf: »Na, alter Menschenfischer, laufen Sie immer noch mit dem leeren Netz herum? Ist es Ihnen nicht bald leid?« Man mußte ihm parieren können, das hatte er gern. So sagte ich dann wohl zuweilen: »Es muß noch Platz drin bleiben für Sie, lieber Doktor. Eines Tages kommen Sie doch dran.«

Einmal mußte ich einen verletzten Arbeiter zu ihm zum Verbinden bringen. Wie erstaunt war ich, als er mich in ein ganz modern eingerichtetes Ordinationszimmer führte, das mit allen notwendigen Apparaten versehen war. Ich hatte ihn nur mit seinem hölzernen Hörrohr gekannt, ja gesehen, daß er den Leuten selbst das Ohr auf Herz und Rükken legte, um sie abzuhorchen. Auch kannte ich nur ein kleines, spärlich eingerichtetes Sprechzimmer. Er bemerkte mein Erstaunen und sagte: »Das muß man auch haben. Manche müssen Chrom sehen, um zu vertrauen, daß man ihnen helfen kann. Die Alten und Scheuen kommen ins Stüble. Meist brauche ich die Apparate nur zur Bestätigung dessen, was ich selbst beobachte. Zuerst schaue ich mir die Augen an oder die Haare, studiere die Fingernägel und manches andere.«

Mein Bauer erzählte mir auf meinen Bericht hin, unser Doktor sei draußen in der Welt geachtet. Er veröffentliche manche wissenschaftliche Untersuchung und korrespondiere mit berühmten Professoren. Längst könnte er einen Lehrstuhl innehaben. Doch er wolle bei seinen Leuten bleiben. Das wisse nur niemand hier, und er selbst rede nicht darüber. Nur hie und da fahre ein großer Wagen vor. Dem entstiegen dann Herren mit Brillen und gelehrten Gesichtern. Dann gäbe es stundenlange Konferenzen.

Es gab doch ein Bild im Hause des Doktors. Auf seinem Schreibtisch eine Photographie seiner Frau. Wohl eines aus ihrer Mädchenzeit. Doch sie hatte bis zuletzt so ausgesehen. Ich hatte sie noch kurze Zeit gekannt. Sie war wie ein stilles Leuchten. Stets bereit, für ihn dazusein. Auch wenn er mitten in der Nacht völlig durchnäßt heimkam von einer Entbindung, stand sie schon da und umsorgte ihn. Ihre besondere Liebe galt dem Garten mit seinen Blumen. Es war unglaublich, was diese zarte Frau leisten konnte. Aber sie verlöschte an seiner absoluten, selbstverständlichen Forderung des Einsatzes für alle, der gleichen, die er täglich an sich selbst stellte. Seine Kraft hat für sie nicht gereicht. Sie hätte eine wärmende Hülle gebraucht. Und doch muß er sie sehr geliebt haben.

Es reichte wohl auch nicht für den Sohn. Dieser war so ganz anders als sein Vater, glich eher der Mutter mit seinem zarten Gliederbau, der hohen Stirn, den feinen Zügen. Ich hatte ihn nur selten gesehen. Aber er mußte irgendwie Vertrauen zu mir gefaßt haben. Dann bald nach dem Tode der Mutter kam er wie zufällig bei mir auf dem Felde vorbei. Ich erschrak über seinen zergrübelten Gesichtsausdruck. Wir begrüßten uns, und ich sprach ihm meine Anteilnahme aus. Erst schwieg er lange. Dann begann er leise vom Vater zu sprechen. Ihm gab er die Schuld am Tode der Mutter. »O, diese entsetzliche Sicherheit dieses Menschen, dies alles Beherrschen, alles Können. Diese Selbstverständlichkeit des Daseins. Mir genügt das nicht. Ich will wissen, aber kann man denn etwas wirklich wissen?« Ich ließ ihn sich aussprechen. Er studierte Philosophie und Psychologie. War in den Bannkreis der Existentialisten geraten. Es gab noch ein langes Gespräch. Ich konnte ihm nicht viel helfen, auch wenn es ihm offensichtlich guttat, all dies über seinen Vater einmal loszuwerden. Mein Bauer erzählte mir dann, wieviel Mühe sich der Vater gegeben habe, dem Sohn seine Anschauungskraft, seine Erfahrung zu vermitteln. Aber der Sohn sperrte sich gegen alles, was vom Vater kam. Er verachtete als unwissenschaftlich und primitiv, was nur eine Art demütige Bescheidenheit war. Und doch gab es ein Gebiet, auf dem Vater und Sohn sich immer wieder fanden. Sie musizierten zusammen. Erst zur Freude der Mutter, dann zu ihrem Gedenken.

All diese Erinnerungen hatten mich auf meiner Reise bewegt. Ich hatte beide aus den Augen verloren. Ein neuer Lebensabschnitt hatte mich weit weggeführt.

Aber dann war eines Tages ein ungewöhnlich langer Brief von meinem Bauern gekommen, der mich wieder in die kleine Welt des Dorfes zurückführte. Nach einem Bericht über mancherlei Vorkommnisse im näheren und weiteren Umkreis und der zufriedenen Mitteilung, daß er einige besonders schöne Blätter für seine Sammlung habe erwerben können, kam er auf unseren Freund zu sprechen. Dieser sei einigermaßen verwandelt. Sei sehr milde geworden. Der Sohn, der einzige Mensch, der persönlich zu ihm gehörte, sei im Hochgebirge abgestürzt. Wir wußten, daß er in steter Übung sich zu einem guten Bergsteiger ausgebildet hatte. Die Felsenöde zog ihn wie magisch an. Aber er war ein Alleingänger. Es sei die Nachricht gekommen, daß er vermißt worden war und daß ein mehrtägiges erfolgloses Suchen nach ihm abgebrochen worden sei. Sie alle hätten gebangt, wie unser Doktor mit diesem Schlag fertig werden würde. Einige Tage sei er nicht zu sehen gewesen. Dann sei er plötzlich nach dem Schauplatz des Unglücks abgereist. Aus der Presse sei dann zu erfahren gewesen, daß er dort die Wiederaufnahme der Suche erbeten habe. Man habe dies zuerst als aussichtslos abgelehnt. Aber der Doktor, der nie zuvor in jener Gegend gewesen war, hatte so genaue Angaben über eine mögliche Stelle, wo zu suchen sei, mit deren charakteristischen Merkpunkten gemacht, daß man seinem Verlangen stattgegeben und den Verunglückten wirklich gefunden habe. Er sei in jenem Bergdorf bestattet worden. Der Doktor gehe nun seiner Arbeit nach wie sonst. Neu sei, daß er an jeder Bestattung teilnehme und oft noch lange auf dem Friedhof verweile. Auch die abendlichen Schachspiele hätten sie wieder aufgenommen.

Er selbst – mein Bauer – fühle sich nicht recht wohl. Seine Arbeit hätten die Söhne übernommen. Er werde wohl bald die große Reise antreten.

Mancherlei drängende Verpflichtungen hatten mich versäumen lassen, beiden bald zu schreiben. Da las ich nach einiger Zeit in der Zeitung die Nachricht, daß eine bisher kaum bekannte, umfassende Sammlung moderner Graphik versteigert werde. Da hatte also mein Bauer die Reise angetreten, rascher als wir gedacht hatten. Die Erben, froh über das Kapital, das der Vater zusammengetragen hatte, zerstreuten nun seine geliebten Blätter in alle Winde.

Schwer fiel mir auf die Seele, daß ich den Antwortbrief unterlassen hatte. Das trug wohl dazu bei, daß ich hierher gefahren war und nun vor der Tür des Hauses stand, von dem ich anfangs sprach. In mir lebte die Frage: Was werde ich finden?

Die alte Haushälterin, die schon zu Frau Doktors Zeiten alles betreute, öffnet auf mein Läuten, sie erkennt mich und führt mich herein, als ob ich gestern zum letzten Male dagewesen sei. Ich trete in die Stube. Dort sitzt unser Doktor allein am Schachbrett, wie sonst ein Glas Wein neben sich, und spielt mit einem unsichtbaren Gast. Freudig blickt er auf: »Gut, daß Sie gekommen sind. Ich bitte um ein paar Minuten Geduld.« Er weist auf den Stuhl, auf dem ich früher immer gesessen hatte. Ich sehe, daß die Partie fast zu Ende gespielt ist. Konzentriert spielt er weiter. Ich sehe mich um. Alles ist unverändert. Nur auf dem Schreibtisch steht neben dem Bild der Mutter ein Bild des Sohnes. Doch dann werde ich unruhig. Irgend etwas ist anders als sonst. Da entdecke ich ein Bild an der Wand. Das ist ein Ereignis. Es ist eine Skizze von Rembrandt. Einer jener Versuche des großen Meisters, das Motiv, das ihn immer wieder beschäftigte, zu fassen: Die Jünger von Emmaus erkennen den Herrn, der mit ihnen zu Tische sitzt. Es ist jene Ausführung, wo zwischen den erschreckten Jüngern die Gestalt des Auferstandenen wie ein Strahlenbündel von Blitzen aufleuchtet. Das Ganze tief eindringlich mit wenigen Strichen angedeutet.

Der letzte Zug. Der Doktor steht auf, sieht meinen zum Bild gewandten Blick, lächelt ein wenig und sagt noch einmal: »Ja, es ist gut, daß Sie gekommen sind. Sie werden mich verstehen. Mein lieber Menschenfischer, es war noch Platz für mich in Ihrem Netz.«

Dann kam ein Bericht. Die Nachricht vom Tode des Sohnes habe ihn niedergeschmettert. Zumal die Kluft zwischen ihnen bis zuletzt bestehengeblieben sei. Er habe ihn nie verstehen können, aber sehr geliebt.

Am Abend spät sei er grübelnd am Tisch gesessen beim Schein einer Kerze, die er nach altem Brauch als Totenkerze angezündet hatte. Da sei jemand ins Zimmer getreten. Er habe kaum aufgeschaut, bis der Fremde entschuldigend sagte: »Die Tür war offen; ich sah ein Licht.« Die Stimme habe unendlichen Frieden ausgeströmt, das Antlitz eine lichte Klarheit gezeigt. »Ich bin ein Freund Ihres Sohnes, ich kenne ihn gut«, habe der Fremde weiter gesagt. »Er sagte nicht: Ich kannte ihn gut«, das sei ihm später aufgefallen. Dann habe er sich im Halbdunkel an den Tisch gesetzt, und ein Gespräch habe begonnen. Hier entstand eine Pause. Doch dann fuhr der Doktor fort: »Ich weiß nicht mehr, was er sagte. Vielleicht waren es nur wenige Worte. Aber die Art seines Zuhörens und Fragens ermöglichte mir zu sprechen, was ich nie gesprochen, ja kaum so gedacht hatte. Ein tiefes

Vertrauen trug mich. In mir ordnete sich vieles. Ahnungen wurden Gewißheit. All meine Erfahrungen und all mein Wissen wurden im Sprechen wie auseinandergenommen und wieder neu aufgestellt. Plötzlich verstand ich den Toten. Er hatte sich im Leben verstiegen. Ich war nicht bereit gewesen, ihm zu folgen. Ich hatte ihn alleingelassen. Es mußte alles so kommen. Ich rief aus: O könnte ich ihm helfen! ›Das können Sie doch‹, kam die Antwort des Gastes, ›suchen Sie ihn!‹ Er hatte sich erhoben. ›Bleiben Sie bitte sitzen, ich finde den Weg hinaus, wie ich hereingefunden habe.‹ Lautlos war er verschwunden. Hatte ich geträumt? Nein, noch schwebte der Klang seiner Stimme im Raum. Ich wurde ganz still.

Dann fand ich im Geiste den Toten. Er hat mir viel erzählt. Hat mir genau geschildert, wie das Unglück zustande kam. Auch gezeigt, wo sein Leichnam lag. Die Mutter war bei ihm. Auch sie und ihren Tod lernte ich verstehen. Das war nicht leicht für mich. Seitdem darf ich ihn begleiten. Er fragt mich manches, auf das ich Antworten suchen muß, um es ihm mitzuteilen.

Auch andere Verstorbene kommen. Unser Freund, der Bauer, blättert immer noch in seiner Sammlung, die der Wind ihm wegführen will. Manchen meiner Patienten muß ich klarmachen, daß sie verstorben sind und weitergehen müssen. Was am Grabe geschieht und geredet wird, erreicht sie oft nicht. Mein Sohn muß sich mit ganz neuen Gedanken beschäftigt haben in letzter Zeit; auf dem Nachttisch im Gasthaus lag ein Buch von Christian Morgenstern aufgeschlagen. Darin war ein Zweizeiler angestrichen:

Dies ist das Tor, durch das ich eingetreten
Und alle Dinge wie verwandelt schaue.

Die Überschrift lautet: Reinkarnation. Ich habe gesucht, was damit gemeint ist. Auch das durfte ich finden. So viel Neues für einen so alten Mann wie mich. Dies Bild von Rembrandt wurde mir von einer pharmazeutischen Fabrik in ihrer Werbezeitschrift auf den Tisch gelegt. Es hat mir geholfen zu verstehen, was ich erlebt habe.«

Manche Gespräche füllten die wenigen Tage, die ich bleiben konnte. Ich begleitete ihn auf seinen Gängen zu den Kranken, ich grüßte manchen alten Bekannten und die vertraute Landschaft. Beim Scheiden wußte ich, daß wir uns auf Erden nie wiedersehen würden, aber auch, warum ich hatte herfahren müssen.

Schwester Amélie

Vor längerer Zeit wurde ich von auswärts angerufen. Den Namen verstand ich nicht recht, aber die Stimme kam mir vertraut vor. Der Anrufer bat, mich bald besuchen zu dürfen. Er habe letzte Grüße zu überbringen von Tante Amélie.

Nun wußte ich auch, wer der Fremde war. Arthur, ein Gespiele längst verklungener Kinder- und Jugendtage. Wir verabredeten eine Zeit. Ich war zu bewegt, um nähere Auskünfte am Telefon zu erfragen.

Ich würde ja alles erfahren.

So war sie nun nicht mehr auf der Erde, Schwester Amélie, die für uns Tante Amélie gewesen war. Und da tauchten auch die Bilder auf, die sich dem Knaben tief ins Gemüt geprägt hatten; der große Park mit der kastanienbestandenen Mauer ringsherum in unserem jährlichen Ferienparadies, die Brücke über den Teich, die Laube auf dem ganz mit Rosenhecken umzogenen Hügel, auf den ein gewundener Weg führte, das langgestreckte, im englischen Stil gebaute Herrenhaus. Da stand sie, der die scheue Verehrung und die zärtliche Liebe des noch Jugendlichen gehörte, ganz in Weiß gekleidet, nach Sitte der damaligen Zeit in der Bluse mit hohem Stehkragen, in weitem faltenreichen Rock und weit ausladendem Hut; an sie geschmiegt der große schwarze Neufundländer Wotan; da stand sie und schaute in die untergehende Sonne. Ich fühlte plötzlich wieder ihre Nähe, wie sie sich über den Knaben beugte, der ungeduldig mit ungelenken Händen eine Kirche, die er ausgeschnitten hatte, zusammenkleben und auf dem Karton befestigen wollte. Ihre warme gütige Stimme beruhigte ihn erst, dann zeigte sie ihm, wie er es machen solle, und sogleich gelang das Kunstwerk. Ganz früh am Morgen schlüpfte der Knabe aus dem Bett, wusch sich rasch und zog sich an. Dann wartete er am Fenster, bis er die beiden Gestalten kommen sah, Onkel Richard und Tante Amélie. Sie trug den weiten Reitrock über dem Arm. Das Kind sprang dann aus dem Fenster, eilte auf die beiden zu, bekam einen herzhaften Guten-Morgen-Kuß, und nun durfte es mit in den Stall, wo der Kutscher, ehemaliger Bursche des Herrn Rittmeisters schon die beiden Pferde, Caesar und Cilly, bereithielt. O war der Bub stolz, daß er den Steigbügel halten durfte, und wie bewunderte er die Reiterin im Damensattel, wenn sie mit dem Freund davontrabte zum täglichen Morgenritt.

Aber aus der geliebten Tante wurde dann auf einmal die Johanniter-Schwester, die sie war, wenn er ihr den Korb tragen durfte und sie in die »Kolonie« der Bergarbeiter begleitete zu einer Wöchnerin. Dort zog sie erst einmal die Schürze an, machte alles sauber, kochte, versorgte den Säugling, und die junge Frau durfte sich beruhigt in die Kissen zurücklegen ohne Befangenheit der »Herrschaft« gegenüber, denn als Schwester war Tante Amélie eine von ihnen. Das war noch in der Zeit, da die Kinder zur großen Abendmahlzeit gute Kleider anziehen mußten und nach dem Essen bei der Hausfrau, der alten Mutter Onkel Richards, sich mit einem Handkuß bedankten.

Der Knabe fühlte fast mit geheimer Eifersucht, daß zwischen den beiden ein Einverständnis wob. Erst viel später hat er von ihrem Schicksal erfahren. Seit Jahren hatte Onkel Richard geworben um Tante Amélie. Sie aber war so stark verwachsen mit ihrem Beruf als Krankenschwester, daß sie zögerte. Auch war sie, deren Vater das große Gut im Osten, auf dem sie mit den Pferden aufgewachsen war, stark verschuldet zurückgelassen hatte, verarmt. Als der Freund ins Feld zog, 1914, gab sie ihm ihr Ja-Wort. Aber er wollte sich nicht mit ihr verbinden, bevor er heil zurückkam; Kinder sollten nicht ohne Vater aufwachsen. Auch fühlte sich Schwester Amélie verpflichtet, ins Feld zu gehen.

Sie mögen sich hie und da getroffen haben. Und nun taucht wieder ein Bild auf. In ihrer Tracht weilte Schwester Amélie im Elternhause des Knaben. Sie hatte Trost bei uns gesucht, denn der Freund war gefallen.

Sie hatten gemeinsam die sonntägliche Predigt gehört, sie war beglückt und betrübt zugleich. Betrübt solches entbehren zu müssen, sie, die viel Kraft brauchte, um Verwundete zu trösten, Sterbende über die Schwelle zu geleiten. Da gelobte sich der Knabe, ihr Woche für Woche die Predigten oder Kriegsandachten des Vaters aus dem Gedächtnis niederzuschreiben und zuzusenden. Was er auch lange Zeit tat.

Andere Bilder tauchten auf. Der Krieg war zu Ende gegangen. Tante Amélie war Oberin eines großen Krankenhauses in Berlin geworden. Und nun war ihre kleine Wohnung die Zufluchtstätte zahlreicher »Neffen« und »Nichten« geworden. Unbefangene Geselligkeit entfaltete sich bei ihr, immer hatte sie für die armen Studenten etwas zu essen. Es gab ein Zeichen der ihr Vertrauten, sie läuteten lang-kurz, kurz-lang. Und immer fand sie Zeit, und wenn es nur nach längerem Warten zehn Minuten waren. Sie konnte zuhören, wie selten ein Mensch. Sie hatte eine klare, nüchterne Art, mit wenigen Worten die Probleme auf ihr richtiges Maß zu reduzieren. Selbst noch einigermaßen jung, war sie doch leidgeprüft. Und alle ihre Liebeskräfte verschenkte sie an die Kranken, die Schwestern und an ihre Schützlinge. Sie hatte ein ermunterndes Lieblingswort: »Trocken runterschlukken«. Sie wußte vieles, ehe man es aussprach. Sie konnte viel schweigen.

Zwei junge Menschen hatten ihr besonders nahegestanden. Ihr Patenkind Amélie. Und eben jener Arthur, dessen Besuch ich erwartete. Beide hatte ich aus den Augen verloren. Mit Schwester Amélie selbst waren wohl dann und wann Grüße getauscht worden. Aber die Kriegsschicksale hatten auch uns getrennt. Ich wußte nur, daß sie nach dem Tode des Bruders mit seiner Frau und ihrer alten Mutter hatte aus dem Osten flüchten können, nachdem sie das Gut noch längere Zeit geführt hatte.

Das Patenkind Amélie hatte als Philologiestudentin eine Doktorarbeit über eine mittelalterliche Heilige zu machen. Die Folge davon war, daß sie konvertierte und in ein Kloster strengster Observanz eintrat. Tante Amélie war dieser Weg völlig fremd, sie schmerzte diese Trennung, aber sie hielt innerlich die Verbindung aufrecht, vielleicht wie zu einer Gestorbenen. Denn das Mädchen Amélie wollte ja auch für ihr bisheriges Leben gestorben sein.

Von Arthur wußte ich, daß er als Ingenieur nach Amerika gegangen war, er hatte sich mit aller Kraft hineingeworfen in die Welt der Technik und der Geschäfte. Sicher war auch der Weg Arthurs schmerzlich für Tante Amélie.

Nun saß er bei mir. Merkwürdig, wie gemeinsame Erlebnisse der Kinder- und Jugendzeit oft eine Verbundenheit begründen, die durch noch so langes Getrenntsein nicht vergeht. Da ist es gar nicht nötig, erst Erinnerungen auszutauschen. Scharfgeprägte Züge, tiefliegende Augen, die oft traurig blicken konnten, waren ihm schon in jungen Jahren eigen. Tante Amélie hatte sich seiner besonders angenommen, weil er früh verwaist war.

Zögernd begann er zu sprechen: »Ich wäre wohl kaum zu dir gekommen, aber Tante Amélie hat mich sehr gebeten, zu dir zu fahren und dir zu berichten. Sie meinte, ich solle meine ihr bekannte Abneigung gegen jeden Vertreter des geistlichen Amtes überwinden, sie wisse von dir, und es sei nötig, dir von ihr und dadurch auch von mir zu berichten. Und nun bin ich ganz froh, daß sie mich geschickt hat.«

Er machte eine lange Pause. Ich betrachtete sein Antlitz, das von schweren Kämpfen gezeichnet war; sah aber, daß aus den Augen ein gewisser Frieden strahlte. »Ich muß dir erst ein wenig von mir erzählen«, fuhr er fort, »bevor ich zu Tante Amélie komme. Vielleicht weißt du, daß ich jahrelang als junger Mensch in den Staaten war. Mein Vorhaben, es dort zu etwas zu bringen, gelang mir. Was du nicht wissen kannst, ist, daß ich als Kind fest davon überzeugt war, daß Tante Amélies Patenkind für mich als Lebensgefährtin bestimmt sei. Daß ich als Student immer freundschaftliche Verbindung mit ihr hielt. Aber nie habe ich auch nur die leiseste Andeutung gemacht, daß ich sie liebe, daß ich mich mit ihr verbinden wolle. Fest war ich überzeugt, daß sie es im Grunde wisse, wollte aber nichts voreilig antasten, sondern wollte erst etwas werden.

Dies gelang umfassender, als ich geglaubt hatte. Auch rascher. Nun eilte ich nach Deutschland. Besuche die Eltern. Werbe bei ihrem Vater, dem alten Oberstleutnant, und erfahre: Amélie ist im Kloster. Unwiderruflich hat sie die Welt verlassen. Tante Amélie hat mir damals entscheidend geholfen. ›In gehüteter Umgebung sich geistigen Übungen hinzugeben, nur dazu glaubte sie genügend Kräfte zu haben. Sie wird wohl ihre wissenschaftliche Arbeit in der Stille fortsetzen. Aber vor allem wird sie für andere Seelen beten. Vielleicht auch für deine. Achte dies nicht gering. Vielleicht hat sie etwas nachzuholen.‹«

Er berichtete dann weiter, daß er die junge Freundin Amélie noch einmal sehen und sprechen wollte. Er verschaffte sich eine Besuchserlaubnis. Da saßen sie sich gegenüber. Getrennt nicht nur durch das Sprechgitter. Sie erzählte mit gesenkten Augen, wie es die Sitte gebot, daß sie hier Frieden gefunden habe. Sie konnte ja nicht ahnen, was in ihm vorging, als er sie wiedersah. Er konnte sich nicht versagen auszusprechen, daß er ihren Weg nicht verstehe. Ihre letzten Worte beim Abschied: »Ich werde für dich beten.«

Nur um so verbissener stürzte er sich in die Arbeit. Fuhr viel in der Welt herum, Großprojekte zu planen und ihre Durchführung zu überwachen. Der Krieg kam. Er meldete sich freiwillig. War dann lange in Rußland gefangen. Er hatte niemanden, der seiner gedachte; so glaubte er. Was ihn dort stark bewegte, war die große Leidensfähigkeit des russischen Menschen. In vielen, vor allem auch Frauen begegnete er der Seele dieses Volkes. Aber seine Einsamkeit war immer schwerer zu ertragen. Er beschloß zu sterben. Als er den Entschluß ausführen wollte, hörte er plötzlich eine warme klare Stimme. Sie mahnte, sie rief: »Nein!« und abermals »Nein!« Zweimal setzte er an, zweimal wurde er durch diese Stimme zurückgehalten. Tante Amélies Stimme. Die gab es ja noch! Wie hatte er es vergessen können.

»Heimgekehrt«, fuhr er fort, »wollte ich mit aller Kraft am Wiederaufbau des zerstörten Landes helfen. Bald war ich wieder in wichtigen Stellungen, wurde, wie man so sagt, ein großer Mann. Von Tante Amélie hörte ich nur, daß sie mit ihrer zarten, kleinen Mutter die Flucht überstanden habe. Sie lebte irgendwo, pflegte ihre Mutter bis zum Tode. Besuchte mich dann einmal. Sagte so nebenbei: ›Du warst einmal in großer Gefahr.‹ Aber ich war so sehr gefangen in meiner Arbeit, daß ich erst viel später darauf kam, worauf sie anspielte. Hie und da sandte ich ihr einen Gruß. Jedes Jahr zur Weihnacht durch meinen Sekretär ein großes Paket. Auch wohl mal einen Kunstdruck suchte ich für sie aus, ich wußte, sie liebte so etwas. Sie regelmäßig zu unterstützen, mußte ich mir versagen. Ich kannte ihren Stolz.

Ich selbst lebte mit gespaltener Seele. Ich sehnte mich nach Rußland zurück, in die Weite und Stille Sibiriens. Zu der warmen Menschlichkeit, die dort noch lebte, gerade unter dem äußeren Druck. Ich wußte aber, daß ich nicht zu diesen Menschen und ihrem Schicksal gehören konnte. Ich hatte eben doch eine westliche Seele. Vor der Welt aber, in der ich lebte und wirkte, erfaßte mich immer mehr und mehr ein Ekel. Ein Spruch aus Kindertagen kam mir in den Sinn: ›Was hülfe es dem Menschen, wenn er die ganze Welt gewönne und nähme doch Schaden an seiner Seele.‹ Ja, ich hatte auch Schaden an meiner Seele genommen. Schweren Schaden. Das wurde mir mehr und mehr bewußt.

Eines Tages eröffnete mir mein Arzt, daß ich nur noch kurze Zeit zu leben haben werde. Die Krankheit sei nach menschlichem Ermessen zu weit fortgeschritten und unheilbar. Ich erschrak nicht. Es war mir eigentlich recht so. Ich löste mich nach und nach aus allen Verpflichtungen. Aber ein langes Siechtum erschien mir sinnlos. Ich bereitete ruhig und umsichtig meinen Tod vor. Die Silvesternacht war für ihn vorgesehen. Gab es einen Menschen, dem ich Rechenschaft schuldig war? Da fiel mir Tante Amélie ein. An sie wollte ich einen Abschiedsbrief schreiben.«

Er habe lange gebraucht, bis er ihn fertig hatte. Vielleicht viermal habe er angesetzt. Die Entwürfe immer wieder zerrissen. Zuletzt blieben nur wenige Zeilen übrig. Die sprachen die Gewißheit aus, sie werde ihn verstehen. Merkwürdig sei gewesen, daß er die Tat in der Nacht immer wieder verzögerte. Nicht, als ob er in seinem Entschluß wankend geworden wäre. Aber dies und jenes sei ihm eingefallen, was noch zu ordnen war. Er war allein. Das Personal war in Urlaub geschickt. Alle Welt war in Erwartung des kommenden Jahres beschäftigt. Für ihn sollte es nicht mehr kommen. Er habe die Kerze angezündet. Die Waffe bereitgelegt. Er habe auf den ersten Glockenschlag gewartet. In der allgemeinen Schießerei werde sein Schuß nicht auffallen. Da, mit einemmal habe die Hausglocke geläutet, aber nicht wie sonst, sondern lang-kurz, kurz-lang. »In mir«, erzählte er, »bäumte sich alles auf. Nein, das durfte nicht sein. Jetzt nicht mehr. Aber es war mir klar, daß ich die alte Dame nicht draußen in der Kälte stehenlassen durfte. Rasch zog ich die Schreibtisch-Schublade auf, verbarg darin die Waffe. Sie mag wohl ein wenig offengeblieben sein. Dann ging ich zur Tür. Wirklich stand vor mir, lang und schmal, mit ernstem Gesicht Tante Amélie; in einem viel zu dünnen Mantel. Ich war zuerst fassungslos. Stotterte irgendwelche Worte.

Stumm ging sie an mir vorbei in mein Zimmer, ohne abzulegen. Sah ruhig in die Kerze, blickte mich an, schaute sich im Zimmer um, zog dann die Schublade auf, nahm die Waffe, sicherte sie mit seit Jugend geübtem Griff und versenkte sie in ihrer Tasche. ›Da ist sie besser aufgehoben‹, sagte sie.

›Und nun habe ich einen tüchtigen Hunger von der langen Reise‹, fuhr sie fort. ›Hoffentlich hast du etwas Ordentliches im Hause, wir werden jetzt ein Silvestermahl zusammen halten.‹ Sie ging in die Küche voran, als wäre es das Selbstverständlichste von der Welt, daß sie nun da sei. Da fiel mir erst auf, daß sie ihre Schwesterntracht trug. Ja, sie war zu einem Schwerkranken, an Leib und Seele Kranken gekommen. Von mir war plötzlich alles abgefallen, der eiserne Reif um die Brust zersprang. Ich erinnerte mich, daß Amélie uns Kindern einmal das Märchen erzählt hatte vom Froschkönig, ich hörte die Worte: Heinrich, der Wagen bricht – ach Herr, der Wagen nicht, es ist der Reif von meinem Herzen... Wir hielten ein stilles Mahl zusammen. Sprachen von unseren Erlebnissen im Krieg. Mit keinem Wort berührte sie die Situation, in der sie mich angetroffen hatte. Sie erzählte, wie sie einmal völlig erschöpft im Feldlazarett der Verzweiflung nahe gewesen war. Mehrere Schwestern waren durch Krankheit ausgefallen, von allen Seiten das Wimmern und Stöhnen der Verwundeten, die Ärzte kamen nicht mehr nach. Sie selbst verband nur noch ganz mechanisch; die Front war näher gerückt. Da fiel ihr plötzlich die Stille auf in einer Ecke der großen Scheune, die als Lazarett diente. Sie sah hin und entdeckte einen ihr fremden Mann; wohl ein Sanitäter, aber das müßte ich doch wissen, habe sie gedacht. Sie sah, wie er durch die Reihen ging, dort einem über die Stirn strich, hier einige tröstende Worte sagte, dort einem Gestorbenen die Augen zudrückte. An einer anderen Stelle einem Stöhnenden einen Trunk gab. Friedvolle Kraft sei von ihm ausgegangen. Sie wollte zu ihm, aber da war er wieder am anderen Ende des Raumes. Sie selbst fühlte sich durch seine Gegenwart gestärkt, faßte wieder Mut. Noch in der Nacht mußte die Verbandsstelle geräumt werden. Nie mehr habe sie den Fremden gesehen. Er war verschwunden, aber sein Dagewesensein habe ihr in der schweren Krankheit, in die sie bald verfiel, sehr geholfen. Immer habe sie das Bild vor sich gehabt, sein tröstendes Sprechen, seine sachgemäßen Handreichungen. Sie habe gewußt, wer er war. Sie habe immer an die Worte denken müssen: ›Ich komme wieder zu euch.‹

»Plötzlich mußte ich denken«, fuhr Arthur fort, »wie erschöpft Schwester Amélie sein mußte. Ich geleitete sie in ihr Zimmer. Und auf einmal hatte ich eine Aufgabe. Denn ich mußte sie in der folgenden Zeit pflegen. Die schwere Lungenentzündung, die sie sich auf der nächtlichen Fahrt zugezogen hatte, hat sie nicht überstanden. Gute Gespräche durften wir miteinander haben. Es offenbarte sich, daß sie in der Stunde, in der ich den Abschiedsbrief an sie geschrieben hatte, von einer großen Unruhe überfallen wurde, daß sie sofort zu mir aufgebrochen war. Daß sie die ganze Fahrt über mit äußerster Seelenkraft an mich gedacht, mich versucht habe zu halten.

Sie ließ sich gern ein wenig von mir verwöhnen. Ehe sie erlosch, sagte sie noch, sie sei beruhigt über mich, es werde alles gut. Sie bat mich dringend, zu dir zu fahren. Gestern habe ich sie auf ihrem letzten Wege geleitet. Heute bin ich bei dir. Wie gut, daß es in dieser Welt Schwestern und Tanten gibt, die freie Liebeskräfte haben, die sie nicht im persönlichen Schicksal verbrauchen. Ich bin von ihr gerettet worden. Für immer, sollte dies ›immer‹ auch nur noch eine kurze Zeit sein.«

Es folgten Tage fruchtbarer Gespräche. Merkwürdig ist noch, daß die befürchtete Verschlimmerung seiner Krankheit nicht eintrat. Arthur lebt auch heute noch. Er stellt seine Erfahrungen und Fähigkeiten einem großen Wohlfahrtsverband zur Verfügung.

Der Inspektor

In der Zeit nach dem zweiten großen Krieg führte mich mein Weg öfter in eine Kleinstadt. An manchen Orten hatten sich damals Kreise von Flüchtlingen gebildet, die dankbar waren, wenn man ihrem Suchen zu Hilfe kam. Die betreffende Stadt lag nahe an den Bergen. Ich war froh, aus der zertrümmerten Großstadt ins Freie zu gelangen, den Fluß entlanglaufen zu können, der Wasser vom Gebirge brachte, reines, klares Wasser. Sobald ich mich im Quartier einer alten Lehrerin gemeldet hatte, ging ich los – meist denselben Weg: am Schloß vorbei, welches Amtsgericht, Finanzamt, Oberförsterei beherbergte, durch das Flußtal, dem Wald zu. Je nach Jahreszeit im hellen Licht oder in der Dämmerung. Ziemlich weit draußen lag am Wege der Friedhof. Von hoher Mauer umgeben, ragten alte Bäume. Man begegnete kaum Menschen, aber einen traf ich bestimmt. Es war so, daß ich darauf wartete. Erst hatte ich kaum auf ihn geachtet, nur den landesüblichen Gruß gewechselt. Bald aber fiel mir schon von weitem der elastische Schritt, die aufrechte Haltung, von nahem die sorgsam gepflegte Kleidung auf, vor allem aber der ungewöhnlich höfliche Gruß, mit dem er jedesmal den Hut zog. Sein freier Blick traf mich forschend, ohne aufdringlich zu sein. So entstand allmählich eine vertraute Begegnung. Mein Kommen und seine gewohnte Spazierzeit schienen aufeinander abgestimmt. Ich war meist schon auf dem Rückweg, er kam mir entgegen, bald nahe, bald mehr ferne der Stadt.

Das ging so einige Monate. Einmal war ich früher dran. Es fehlte mir direkt, daß ich ihn nicht traf. Als ich mich dem Friedhof näherte, hörte ich eine Stimme. Erst achtete ich nicht darauf, dann drangen über die Mauer Verse zu mir, wohllautend gesprochen. Ich mußte stehenbleiben:

Wie Gras auf dem Felde sind Menschen
Dahin wie Blätter, nur wenige Tage
Gehn wir verkleidet einher.

Der Adler besuchet die Erde,
Doch säumt nicht, schüttelt vom Flügel den Staub und
Kehret zur Sonne zurück.

Dann tiefe Stille, in der nur das Abendlied der Amsel tönte. Nanu, mußte ich denken, die letzten Strophen von Matthias Claudius' »Säemann« hätte ich hier im Städtchen am wenigsten erwartet, eher ein Vaterunser, zum Heil einer armen Seele gemurmelt. Aber ich war spät dran, mußte mich beeilen.

Ich muß hier einfügen, daß in jenen Nachkriegsjahren in so einer Kleinstadt zwei streng getrennte Menschenkreise lebten, die Einheimischen und die vom Kriegssturm hergewehten Fremden. Letztere waren es, die mich gerufen hatten. Es bestand keine innere, höchstens eine oft schwierige äußere Verbindung zwischen diesen Gruppen. Nur die alte, im ganzen Städtchen hochgeachtete Lehrerin, bei der ich wohnte, bildete eine Ausnahme. Sie gehörte beiden Kreisen an. Spät am Abend nach dem Vortrag fiel mir mein Erlebnis wieder ein, und ich berichtete. Nach einer Weile des Nachsinnens meinte sie, das könne nur der Inspektor Gögelein gewesen sein. Sie kenne ihn gut. Dies sei sogar im wahren Sinne des Wortes gemeint, denn sonst sei es ja in einer solchen Kleinstadt so, daß zwar jeder jeden kenne, aber doch im Grunde genommen keiner vom anderen weiß. Seit ungefähr vierzehn Jahren lebe er hier, stamme wohl aus der Gegend. Seine Vorgesetzten schätzten ihn als pflichtgetreuen

Beamten, er wäre wohl längst befördert worden, hätte sogar Amtmann werden können, aber er weigerte sich. Bei der Bevölkerung sei er sehr beliebt. Zu jedem sei er freundlich, in seiner Amtsstube ständen immer Blumenstöcke. Er sei einer der wenigen, von denen man Rosmarinableger bekommen könne. Und was er zu bearbeiten habe, ginge immer rascher als bei anderen. Der Kantor sei dankbar für seine schöne Stimme und seine Musikalität im Kirchenchor. Aber sonst habe er mit niemandem Umgang, er lebe allein mit seiner alten Mutter. Nach Dienstschluß mache er weite Gänge im Umkreis. Oft leihe er sich Bücher von ihr, die er nach längerer Zeit gewissenhaft zurückbrächte. Dabei ergäbe sich manchmal ein Gespräch, bei dem er Fragen stelle, die von einem verständnisvollen Eingehen auf das Gelesene zeugten. Sie habe ihn schon manchmal zu den Vorträgen eingeladen, aber er habe eine große Scheu, unter Menschen zu gehen. Sie sei wohl die einzige, der er wenigstens einen Spalt seiner Herzenstür öffne. »Ich möchte nicht sagen«, schloß sie, »er sei ein Sonderling, lieber würde ich ihn einen seltenen Menschen nennen.« – Ich mußte ein wenig lächeln, denn Tage zuvor hatte ich sie selbst jemandem gegenüber so genannt. – Das nächste Mal blieb wieder die Begegnung aus. Ich achtete kaum darauf, denn ich war in Gedanken sehr beschäftigt mit dem, was ich am Abend über das Leben mit den Verstorbenen sagen wollte. Nur halb bewußt ging ich, was ich noch nie getan hatte, durch das große schmiedeeiserne Tor in das Innere des Friedhofs. Ich kam in der Nähe der Mauer an ein Grab, vor dem unter einer Trauerbirke in sich versunken auf einem Bänkchen ein Mann saß. Ich wollte ihn nicht stören, aber ich mußte doch ein Geräusch gemacht haben, denn er wandte sich mir zu, und ich erblickte meinen Wanderer. Wie selbstverständlich rückte er zur Seite, lud mich mit einer Bewegung der Hand ein, Platz zu nehmen, und versank wieder in sich selbst. Ich war ein wenig schuldbewußt, daß ich ihn gestört hatte, traute mich aber auch nicht aufzustehen. So war ich zu einer stillen Besinnung genötigt. Nach einiger Zeit richtete er sich auf und sagte in der breiten dialektgefärbten Sparche der Einheimischen, ich möge entschuldigen, er sei noch nicht ganz fertig gewesen. Er stellte sich als Inspektor Gögelein vor. Man habe sich ja schon oft gesehen. Er habe sich immer gefreut, daß auch ein anderer Mensch da draußen herumlaufe. Aber ich sei ja wohl kein Hiesiger. Auch ich stellte mich vor, und nun war es an ihm, sich zu verwundern. »Ja, Sie sind das«, sagte er und fügte ein wenig verlegen hinzu: »Da haben wir ja eine gemeinsame Bekannte. Sie hat mich schon immer zu Ihren Abenden eingeladen, aber ich gehe halt so ungern unter die Leut'‹.« Ich sprach aus, daß wir uns ja auch schon länger kennten, nannte ihm das Thema des Abends und fügte hinzu, daß ich mich freuen würde, wenn er teilnähme. Er ging nicht weiter darauf ein. Wir erhoben uns und gingen zum erstenmal in gleicher Richtung.

Am Abend wollte ich eben anfangen, als ganz leise als letzter der Inspektor in den kleinen Saal kam. Ich spürte sofort beim Sprechen, daß ein Zuhörer ganz anderer Art da war. So etwas merkt man als Redner. Mit gesammelter Aufmerksamkeit, den Kopf mit dem grauen Bürstenhaar ein wenig zur Seite geneigt, lauschte er meinen Ausführungen. Diese gingen zum Teil ganz andere Wege, als ich mir vorgenommen hatte, gleichsam als kämen von ihm Fragen, die ich beantworten mußte. Zum Schluß war er rasch verschwunden.

Von dem Tage an war er immer unter meinen Zuhörern, ging mir aber sonst aus dem Wege. Abgesehen davon, daß wir von jetzt an ein paar Worte wechselten, wenn wir uns draußen begegneten. Einmal aber wartete er auf mich nach dem Vortrag. Er fragte, ob er mich begleiten dürfte. Fast schüchtern bat er, ob ich mich nicht wieder einmal mit ihm draußen auf dem Bänkchen treffen könnte. Er wäre mir sehr dankbar, wenn ich es bei meinem nächsten Aufenthalt möglich machen könnte. Ich sagte zu, wenn das Wetter es erlaube. Es schien auch wirklich einen Monat später die Frühlingssonne. Er erwartete mich stehend, begrüßte mich mit einer gewissen Feierlichkeit. Als wir saßen, fiel mein Blick zum erstenmal auf den Grabstein. In großen Lettern stand da eingemeißelt: MARIA MARKGRAF – 23. März 1933. Sonst nichts. Ich begriff. Es war der Jahrestag des Todes, an dem wir nun zusammen waren. Als wir saßen, begann er zu erzählen. Dabei ging die Stimme fast unmerklich aus der breiten Mundart in ein gepflegtes Hochdeutsch über, ich erkannte sie plötzlich wieder als die Stimme, die die Grabode jenseits der Mauer gesprochen hatte.

»Mit dem Menschen«, begann er, »dessen Gedenkstein hier liegt – törichte Menschen würden sagen: der hier ruht –, ist eine Lebenswende für mich verbunden. Niemand weiß davon, aber einmal muß ich darüber sprechen. Ich war siebzehn Jahre alt, sie vierzehn, da trafen wir uns im Kirchenchor. Sie war ganz neu in die Stadt gekommen. Sie war früh verwaist, bei der Großmutter aufgewachsen, die sie, als die Dorfschule zu Ende war, zu ihrer Tante in die Stadt geschickt hatte. Sie sollte dort bei den Klosterfrauen in die Haushaltungsschule gehen und anschließend bei ihnen das Weißnähen lernen. Ich selbst war aus einem nicht so fernen Dorf viele Jahre im Sommer mit dem Rad, im Winter mit der Kleinbahn aufs Gymnasium gefahren. Mein Vater, Zimmermann und Bauer, wollte mich was lernen lassen. Hof und Handwerk waren dem älteren Bruder bestimmt. Als ich Maria traf, war ich nach dem Einjährigen schon ein Jahr bei einem Rechtsanwalt Lehrling. Neben ihrer Stimme, die von großer Reinheit war, bewegten mich ihre Augen. Groß und dunkel schauten sie noch verwundert und ruhig forschend in die Welt, nicht so wissend und herausfordernd wie die der anderen Mädchen. Dabei bewegte sie sich mit einer in sich ruhenden Sicherheit unter den Menschen. Aber nur selten sprach sie ein Wort. Um so stärker konnte sie zuhören.

Was verband uns? Ich hatte einen Menschen gefunden, der nichts anderes von mir wollte, als mir zuzuhören. Und ich trug zu ihr die ganze Fülle meines Herzens. Was bewegte mein Herz? Dichtung. Immer, wenn ich dem Aktenstaub entronnen war, lernte ich Gedichte, las ich Dramen. Konnte ich Maria einmal wiedersehen, hatte sie bestimmt das letzte Gedicht, das ich ihr aufgeschrieben hatte, auswendig gelernt. So nahm sie teil an meiner inneren Welt.«

Als er schwieg, klangen in mir wieder die Verse der Klageode auf. Er erzählte dann weiter, er sei nach bestandener Lehre in die Hauptstadt zur Verwaltungsschule gegangen und habe unter großen Entbehrungen nebenher Geld verdient, um bei einem alten Schauspieler Unterricht nehmen zu können. Der erklärte ihn für bühnenreif, als er die Schule beendet hatte. »Drei Jahre lang hatte ich in den Ferien oder an den seltenen Wochenenden, die ich in der Heimat verbrachte, alle Hoffnungen, alle Enttäuschungen, alles Wachsen der Kunst zu Maria getragen. Sie hatte sich jedes Stück, das ich studierte, als Reclamheft gekauft. Sie hatte in der Volkshochschule einen Kurs über Literatur belegt. Sie lebte neben ihrer Arbeit bei der Tante und ihrer Näherei nur in meinem Leben mit.« Aber nie sei irgendwie die Rede gewesen von einer gemeinsamen Zukunft. Voller Begeisterung sei er mit dem ersten Vertrag an ein weitentferntes Theater in der Tasche nach Hause gekommen, habe den schweren Kampf mit dem Vater bestanden, der sich den von ihm so sorgsam gebahnten Weg seines Sohnes ganz anders vorgestellt hatte, sei zu Maria geeilt, Abschied zu nehmen. Sie habe kaum etwas gesprochen, wünschte ihm alles Gute, nur ihre Augen seien voll fragender Trauer gewesen. Das habe er aber in seinem Überschwang kaum wahrgenommen. Mit der Versicherung, immer mit ihr verbunden zu bleiben, sei er abgereist.

»Nun«, fuhr er fort, »mußte ich erst einmal einen Namen finden. Man kann als jugendlicher Held nicht gut Joseph Gögelein heißen. Ich nannte mit Frank Faber.« Bei diesem Namen horchte ich auf. Er war mir vertraut, denn er war mit einer großen Hoffnung des Theaters verbunden gewesen. Ich erinnerte mich noch der Aufführung eines wenig wertvollen Stückes von Schmidtbonn: Der verlorene Sohn. Ich sah im Geiste den Hauptdarsteller im Bacchanal taumeln, sah ihn in Lumpen dem Vater zu Füßen fallen, während in damaliger Manier es von allen Rängen tönte: Er ist heimgekehrt, er ist heimgekehrt! Die Leistung des jungen Schauspielers damals war großartig gewesen. Dann kamen von allen großen Bühnen Berichte über seine Erfolge... Dies also war Frank Faber, so sah er jetzt aus! – Er fuhr fort: »Erst schrieb ich oft Briefe, sandte ihr Kritiken, gebrauchte sie noch zum Zuhören, dann waren es nur noch Ansichtspostkarten, und endlich kamen viele mühevolle Arbeit, Entspannung in allerlei Ausschweifungen, Verehrerinnen, Ergreifen neuer Aufgaben, Gastspiele, Rezitationsabende..., wie so das Leben eines erfolgreichen Schauspielers ist. Über all dem hatte ich Maria vergessen. Einfach vergessen. Aber nie kam auch nur ein einziger Ruf, eine Mahnung von ihr.

Eines Tages führte mich eine Tournee ausgerechnet in diese Stadt. Ich hatte gar nicht auf den Plan gesehen, da ja der Manager alles erledigte. Das Stück war gut, unsere Gruppe eine wirkliche Gemeinschaft. Vor der Vorstellung wurde ein Brief in die Garderobe gebracht. Ich öffnete ihn nicht, denn oft kamen viele solcher Briefe. Der Abend forderte von uns allen den letzten Einsatz. Aber wir durchbrachen die Mauer der Gleichgültigkeit und Schwerfälligkeit, die Menschen waren mitgerissen, der Beifall zeigte ihre Begeisterung. Nach der Vorstellung öffnete ich den Brief. Er enthielt nur ein kleines Blatt, auf dem stand: ›Nun muß ich Dich rufen. Komm! M.‹ – Vor mir öffnet sich ein Abgrund. Ich schaue auf die vertrauten, klaren Schriftzüge. Die Jahre dazwischen sind ausgelöscht. Ich eile zu ihr. In dem alten kleinen Stübchen bei der Tante find ich auf dem Lager eine Sterbende. Die großen fragenden Augen schauen mich wie damals beim Abschied an. Aber als ich mich niederlasse, gleitet ein sanftes Lächeln über die ernsten Züge. Sie kann nicht sprechen. Sie hat Kehlkopftuberkulose, mußte also verhungern. Während ich ihre Hand halte, streicht die ihre leise liebkosend über die meine. Sie verlangt Zettel und Bleistift und schreibt: ›Dank Dir, daß Du gekommen bist. Nun wird alles gut.‹ Wieviele Nächte hatte ich durchschwärmt oder mit Freunden im Gespräch durchgegrübelt! Diese ganze Nacht war ich im Heiligtum der Liebe, und ihr Friede erfüllte mich. Wir sprachen nichts, aber die Stille war beredt. Der Morgen brachte den Abschied. Ich durfte die Kameraden nicht im Stich lassen, die Tournee lief weiter. Tief prägte sich mir beim Abschied der Blick ein, den ich damals nicht verstanden hatte: Er war nicht mehr fragend, er war nur noch leuchtend.

Drei Tage später, mitten in der Vorstellung, erschien mir plötzlich ihr Antlitz. Ich wußte, daß sie über die Schwelle gegangen war. In Sekundenschnelle durchfuhr mich der Gedanke: Du bist schuld an ihrem Tod. Du hast ihre große Liebe nicht wahrgenommen. – Nun, ein anständiger Schauspieler schmeißt nicht eine Vorstellung, nur weil er eine innere Schau hat. Im Gegenteil hat die Kritik diese Pause, in der ich entgeistert anscheinend ins Leere starrte, besonders hervorgehoben... Zu ihrem Begräbnis konnte ich nicht fahren. Die Tournee lief weiter, aber dieser Abend war der Wendepunkt in meinem Leben.«

Er berichtete, daß er nach Beendigung der Tournee ein glänzendes Engagement an eine der größten Bühnen abgeschlagen habe. Er habe gefühlt, daß er sein Leben radikal ändern müsse. Er wollte im Dienen sich selbst finden. Aller Rausch der Gestaltung, alles Großartige der Entselbstung im Darstellen, Abend für Abend, sei ihm plötzlich fremd gewesen. Es könnte jemand einwenden, so sagte er, er hätte doch so vielen Menschen mit seiner Kunst noch etwas geben können. Vielleicht, aber der Preis war zu hoch.

Er vertraute sich einem alten Rat an, der ihn schon auf der Verwaltungsschule gefördert hatte. Der vermittelte ihm den Eintritt in den Verwaltungsdienst, half ihm auch später, daß er in diese Stadt versetzt wurde. Er lebe nun hier unter den einfachen Menschen, suche ihnen zu helfen, so gut er könne. Vierzehn Jahre seien nach Marias Tod vergangen. Von Jahr zu Jahr sei ihm mehr aufgegangen, wie sie ihn immer getragen habe. Er höre von ihr so wie Peer Gynt von Solveig auf seine Frage, wo er denn gewesen sei in all den Jahren des Umherschweifens, die Antwort: »In meinem Glauben, in meinem Hoffen, in meinem Lieben«. Er habe nun, nachdem er so lange sie vergessen und ihr untreu geworden war, mit ihr zusammengelebt.

Wir gingen schweigend miteinander zur Stadt. Mehrfach wurde er gegrüßt, dankte in seiner etwas umständlich höfischen Art, wechselte wohl auch hier und da ein Wort mit den Leuten. Er war wieder ganz der kleine Beamte. Mir kam in den Sinn: »... nur wenige Tage gehn wir verkleidet einher«. Die letzte Rolle seines Lebens hat er meisterhaft gespielt.

Bald darauf mußte ich mein Arbeitsfeld weit weg verlegen. Ich kam nicht mehr dazu, mich zu verabschieden. Zu meiner Überraschung erfuhr ich durch einen Brief der alten Lehrerin vom plötzlichen Hingang des Inspektors. In seinem Nachlaß sei das beifolgende Paket für mich gefunden worden. Beim Öffnen fand ich einen Stoß Hefte und zwei Päckchen beschriebener Blätter, die mit Seidenband zusammengehalten waren. Dabei ein Brief: »Lieber Freund – ich darf Sie doch wohl so nennen –, hier sende ich Ihnen das Kostbarste, was ich besitze. Wenn Sie es lesen, bevor Sie es bitte vernichten, werden Sie meinen Weg noch besser verstehen.« Da waren sie, Marias Tagebücher. Oft täglich eine Eintragung, nie ein Wort der Klage, aber Zeugnisse, wie sie weiter mit ihm lebte, sich für ihn bildete. Manchmal Worte von erstaunlicher Einsicht und Reife. Zehn Jahre der Treue. Und in dem Päckchen waren alle die Gedichte gesammelt, die er in ihrer Jugend in säuberlicher Kanzleischrift ihr aufgeschrieben hatte. Gewiß hatte sie alle diese Verse auswendig gelernt.

Nun konnte ich ihn noch besser verstehen, den Inspektor Joseph Gögelein.

Der Fischmeister

Im Gottesdienst war mir schon einige Zeit ein Mann aufgefallen, der mit großer Andacht teilnahm, aber ein merkwürdiges Äußeres hatte, von massiger Gestalt, einem breiten Gesicht und einem großen Schnauzbart, wie man einen solchen nur von österreichischen Korporalen kannte. Leider war er jedesmal schon fort, wenn ich ihn nach dem Gottesdienst sprechen wollte. Und so blieb seine Person lange Zeit für mich ein Geheimnis.

Ich lebte damals in Dresden und fuhr Anfang der dreißiger Jahre einmal mit Freunden aus Bautzen auf ein Rittergut, dessen Besitzer eine berühmte Sammlung von Vogelfedern hatte. Es ging jenen sanften Höhenzügen entgegen, die das Lausitzer Bergland bilden. Die 800 m hohe Lausche ragte hervor, in den Jeschken übergehend, der Oybin mit seinen Felsen war zu sehen. Vor uns dehnte sich die Ebene, die einst Sumpfland war – das bedeutet der slawische Name Lausitz –, vorbei an Herrensitzen mit schlichten Schlössern und manchen Dörfern.

Dort drüben lag Rammenau, wo der Knabe Johann Gottlieb Fichte Gänse gehütet hatte, bis eines Sonntags der Gutsherr ihn hieß, einem durch Wagenschaden unterwegs zu spät gekommenen Gast die Predigt zu wiederholen, was der Knabe ohne weiteres konnte – er war bekannt dafür. Der Gast bat daraufhin, den Jungen mitnehmen zu dürfen, um ihm in Meissen eine rechte Erziehung angedeihen zu lassen; der zufolge wurde aus dem Knaben der große Philosoph. Dies und anderes zog mir auf der Fahrt durch den

Sinn, kam ich doch heute aus einer der sechs Städte: Bautzen, Löbau, Görlitz, Lauban, Zittau, Kamenz, deren Vereinigung 1346 sie stark und blühend gemacht hatte. Es half ihnen, daß Kaiser Karl IV. – die Lausitz gehörte damals zur böhmischen Krone – verbot, zerstörte Raubritterburgen wieder aufzubauen.

Wir überquerten die »Hohe Straße«, auf der sich jahrhundertelang der Handel von Leipzig nach Schlesien und Polen abgespielt hatte.

Der Baron empfing uns erfreut darüber, daß jemand Interesse zeigte an seiner Liebhaberei, war er doch ein bekannter Vogelschutzexperte. Überall sahen wir Nistkästen aufgehängt. Hecken säumten die Felder. Sie boten vielerlei Vögeln Nahrung und Nistplätze. Das gefiederte Volk dankte es ihm durch Vertilgung des Ungeziefers. – Einzigartig war seine Sammlung, die er in vielen Fächern verwahrte. Von jeder Vogelart waren die Schwingen und das Brustgefieder aufgeheftet, kaum eine Feder auch derselben Vogelart war der andern gleich. Stufenweise steigerten sich die Muster. Kein Maler hätte solche Vielfalt erfinden können. Vögel, die sich sonst scheu den Blicken entzogen, mußten ihr verborgenes Artgeheimnis preisgeben, wie zum Beispiel der Sumpfrohrsänger, der Gelbspötter, die Sperbergrasmücke, das Blaukehlchen. Wunderwerkstatt der Schöpfung! Auf einem Gang durch den Park konnte uns der Baron manchen Klang deuten, und was uns als ein Durcheinander von Stimmen erschien, wurde so ein Zusammenklang von Instrumenten, die aus Busch und Baum tönten.

Wir wollten auch zu den Fischteichen gehen, seit Urzeiten ein Reichtum der Lausitz, wo schon die Slawen, die den abziehenden Germanen gefolgt waren, sich auf Fischzucht, Bienenzucht und Töpferei verstanden. Da war auch die spätere deutsche Besiedlung hineingewachsen. – »Ich muß mich jetzt um die Wirtschaft kümmern. Mein Fischmeister wird Ihnen alles erklären«, sagte der Baron. »Er muß um diese Zeit kommen, um die Fische im Kaufgut-

Teich zu füttern. Seine Tochter wird ihn wohl begleiten. Ein liebes Mädchen, aber leider taubstumm.«

Wir näherten uns dem großen Teich. Da bot sich uns ein einzigartiges Bild: Ein Mann stand dort und ein Mädchen mit einem Korb. Sie gab einen langgezogenen, wie pfeifenden Lockruf von sich, mehrfach wiederholt. Von allen Seiten eilten die im Wasser glitzernden Fische herbei, Karpfen mit ihrem breiten Maul, umsäumt von langen Barteln, schwarzgepunktete oder umränderte Schuppen glänzten auf. Sie fütterte die wimmelnde Schar aus dem Korb mit Kartoffeln und Brot. Des Vaters sachkundiger Blick prüfte Größe und Gewicht der Fische.

Wir traten näher. Die beiden drehten sich um und – vor mir stand mein schnauzbärtiger Korporal. Er war der Fischmeister. Wir waren beide gleich erstaunt und erfreut über die Begegnung. Aber mehr war ich im Augenblick gebannt vom Anblick des Mädchens. Nie noch hatte ich so leuchtende, im wahrsten Sinne des Wortes »sprechende« Augen gesehen, wie sie mich aus dem von langen Schwarzhaaren umsäumten, etwas bleichen Antlitz des Mädchens anblickten. Die stummen Fische, die glitzernden Farben und das Sonnenlicht im Wasser, über dem Wasser, um den Teich, das stumme Menschenkind, die wie eins mit den Fischen schien, – dies Bild prägte sich tief ein. Jetzt machte sie einen tiefen Knicks und schaute fragend zum Vater. Aber sie faßte Vertrauen, als sie entdeckte, daß wir uns wie Bekannte begrüßten. Nun sah ich ihn selbst auch vor mir: den Korporalsschnauzbart unter der Knollennase. Unter den buschigen Brauen braune Augen, die einen Tiefenblick hatten, gesammelt ernst, darüber die breite Stirn. Er gab als seinen Namen Jan Petritsch an. Seine Tochter heiße Verena. Ohne daß man ihr Gebrechen bemerkte, folgte sie aufmerksam unserm Gespräch. Sie konnte wohl alles mit den Augen ablesen. Stolz zeigte mir nun der Fischmeister sein Reich. Die Laichteiche, wo er 20 cm tief Holzroste auf Pfählen eingelassen hatte, dicht besteckt mit Fichtenzweigen. Darin hausten im fünften

Jahr ein Rogner und zwei Milchner. Bis zu 300 000 Eiern würde ein Weibchen legen. Nach einiger Zeit könne man 20–25 Schock Brut abschöpfen. Nach dem ersten Sommer kam die dann in einen andern kleinen Teich, wo ältere Fische ihr ein Winterlager bereiteten. »Die Bäume«, erklärte er, »dürfen nicht zu dicht wachsen; ständig muß ich auslichten, damit die Sonne das Wasser erreicht. Licht und Sonne brauchen die Fische. Im Winter wird der Teich, wenn er abgelassen ist, am Boden gedüngt, gesenkte Gräben werden gezogen, wo sich die Fische dann sammeln und gefangen werden.« Er zeigte mir die Wasserpflanzen. »Die halten das Wasser rein, daß es nicht modrig wird, sonst schmecken die Fische schlecht; darum muß immer neues, klares Wasser zufließen. Außer Kerbtieren, Würmern, Larven brauchen die Fische Pflanzenstoffe. Nur das Kaufgut wird noch mit Kartoffeln und Brot gefüttert. Damit die Fische lebendig bleiben und nicht faul werden«, meinte er listig, »gesellen wir ihnen einen Hecht oder eine Schleie zu.« – Man merkte, daß er ein erfahrener Fischmeister war.

Für den Abend konnte ich mich von den gesellschaftlichen Verpflichtungen freimachen. Der Gutsbesitzer und seine Frau, die offensichtlich große Stücke auf ihren Fischmeister hielten, verstanden, als ich ihnen andeutete, warum ich ihn besuchen wollte. Der Fischmeister wohnte in einem richtigen Lausitzer Bauernhaus. Wettergebräuntes Balkenwerk, Strebepfeiler, die der Hauswand vorgebaut waren, bogig verstrebt, an den kleinen Fenstern Blumenkästen. Ein »Umgebindehaus«, wie man es dort nennt. Im Erdgeschoß stand in der großen Webstube noch ein alter Webstuhl. Eine stille Frau, Verenas Mutter, empfing mich freundlich. Ich mußte ihr einfaches Mahl – Pellkartoffeln mit Leinöl und Kaffee – teilen. Als ich nach der Herkunft seines böhmischen Namens fragte, begann der Fischmeister zu erzählen:

Ja, er sei drüben geboren, im Kohlenrevier von Nordböhmen. Sein Vater sei Tscheche gewesen, der sich seine

Frau aus der Lausitz geholt habe. In einem Grenzwirtshaus hätten sie sich beim Tanz kennengelernt. Ihr Vater habe hier in diesem Haus die Leinenweberei betrieben. Sein alter Webstuhl stünde noch. Ich mußte an das schöne handgewebte Leinen denken auf dem Tisch des Barons und an die lichtblauen Flachsfelder.

»Der Großvater«, erklärte er weiter, »ist ein echter Sinnierer gewesen, wie es hierzulande manche gibt. Wenn ich in den Ferien bei den Großeltern zu Besuch war, bin ich manchmal dabeigewesen, wenn andere alte Leute abends zu ihm kamen und Gespräche führten über ein altes Buch, das ihm gehörte und das er wie einen kostbaren Schatz hütete. Ein Buch von Jakob Böhme war es.

Auch von der Gemeinde der Brüder, die um ihres Glaubens willen aus Böhmen und Mähren vertrieben waren und denen Graf Zinzendorf hier in der Lausitz vor langer Zeit eine neue Heimat geboten hatte, sind manchmal welche dabeigewesen.« Ich kannte sie wohl, diese Lausitzer ›Stillen im Lande‹. »Sie haben«, fuhr er fort, »Lieder gesungen und aus der Bibel gelesen.« Das Wichtigste sei ihnen aber wohl das Gespräch gewesen. Der Vater habe sich durch seine protestantische Heirat und auch sonst von der Kirche getrennt. Er selbst habe natürlich drüben in Böhmen in eine katholische Schule gehen müssen. Eines Tages – er sei so gegen 14 Jahre alt gewesen – habe sich der Vater besonders innig verabschiedet, ihm die Hand auf den Kopf gelegt und gesagt: »Bleib brav, mein Bub!« Er habe sich recht darüber gewundert. Dann sei der Vater wie sonst zur Schicht gegangen. Aber er sei nicht wiedergekommen. Vor Ort sei er durch einen Einsturz verunglückt. Die Mutter habe ihm später erzählt, der Vater habe drei Tage vorher unten im Schacht ein Gesicht gehabt, das ihm seinen Tod angedeutet habe. Er habe alles angeordnet und sie angewiesen, sollte er wirklich einmal nicht wiederkommen, möge sie mit den fünf Kindern zurückgehen zu ihren Eltern. Und so seien sie alle hier in die Lausitz gezogen. Die Mutter habe bei der Herrschaft im

Schloß gedient, die Großmutter habe das Hauswesen versorgt. Er sei aufs Gut arbeiten gegangen. Vor allem habe der Baron ihn neben der Landwirtschaft zu seiner Vogelpflege herangezogen. Auf die höchsten Bäume sei er geklettert, um Nistkästen anzubringen, beim Heckenpflanzen habe er helfen müssen. Abends aber sei er dann im Winkel der Stube gesessen, wenn die Männer geistliche Dinge besprachen. Das habe ihn immer besonders angerührt. Er erhob sich und holte aus seinem Wandschrank feierlich den alten Schweinslederband: »Den hat mir der Großvater viel später, als er zum Sterben kam, übergeben.« Ich las den Titel: »Die hochteure Pforte von göttlicher Beschaulichkeit«. Das Mysterium Magnum und wie alles von, durch und in Gott sei, wie Gott allen Dingen so nahe sei und alles erfülle.

Ja, ich wußte, daß Jakob Böhme das vier Jahre vor seinem Tod 1620 geschrieben hat und daß es bald in Holland gedruckt wurde.

Der Fischmeister fuhr fort zu erzählen: »Mit 18 Jahren mußte ich nach Prag in den Militärdienst. Denn vom Vater her gehörte ich ja in die K. und K. Monarchie. Zum erstenmal war ich in einer großen Stadt, und in was für einer schönen! Voll Erstaunen habe ich die alten Kirchen, die vielen Klöster, den uralten Judenfriedhof betrachtet. Dort habe ich durch die Kameraden erst richtig Tschechisch gelernt. Zu Hause und in der Schule ist ja in Deutschböhmen Deutsch gesprochen worden. Durch einen meiner Kameraden bin ich mit den Wiedertäufern in Berührung gekommen. Vieles war mir vertraut vom bibelkundigen Großvater her. Auch hat mich der tiefe Ernst ihrer Frömmigkeit angezogen. Ich war ja ein wenig heimatlos zwischen den Kirchen. Im dritten Dienstjahr war der große Augenblick gekommen, daß ich getauft werden sollte.

Es war der Ostermontagmorgen, als eben die Sonne aufging über der alten Libussaburg oberhalb Prags. Ich wurde in der noch eiskalten Moldau untergetaucht. Ich hatte mich vom Karfreitag an im Gebet und Bibellesen vorbereitet, soweit es der Dienst zuließ, hatte gefastet. Es war mir heilig ernst. Als ich aus der Flut auftauchte, sah ich mich überflossen von Licht. Es ging von einer Gestalt aus, die neben mir stand und mich segnete. Das war nicht der Bruder, der die Taufe vollzogen hat. Es war der große Bruder der Menschen. Ein unendlicher Friede durchzog mich. Der blieb auch, als alles in Bruchteilen von Sekunden verschwunden war. Und er blieb bei mir bis auf den heutigen Tag.«

Als er aus Prag zurückkam, habe ihn der Baron ersucht, dem alten Fischmeister zur Hand zu gehen. Er liebe seither diese ungemein lebendigen stummen Tiere. Sie verstünden sich. Er ahnte, warum der Fisch im reinen Wasser des Lebens zum Wahrbild unseres Herrn Christus geworden war in längst vergangenen Zeiten. Vom alten Fischmeister habe er viel gelernt, ehe er in den ersten großen Krieg habe ziehen müssen, der den Untergang der Monarchie brachte. Gottlob sei er gesund aus ihm heimgekehrt und gerade zur rechten Zeit. Denn er habe den Großvater sterbend gefunden. Seither habe er viel in dem Buch der Bibel gelesen. Auch kämen manchmal die alten Brüder zu ihm. Die Gespräche mit ihnen brächten ihm manchen Gewinn. Ich verstand jetzt besser, warum er auf mich vom ersten Augenblick an solchen Eindruck gemacht hatte. – Die ganze Zeit über war das Mädchen Verena etwas abseits auf einem Schemel gesessen. Und mir war, als verstünde sie alles, was gesprochen wurde, so aufmerksam schaute sie uns an. Er berichtete noch, daß er manchmal in die Stadt fahre, um frische Eier und Geflügel zu liefern. Dabei sei er durch eine Zeitungsnachricht auf unseren Gottesdienst gestoßen, und der Name der Feier habe ihn angezogen. Ich bat ihn, mich doch auf seiner nächsten Stadtfahrt zu besuchen, ein wenig Zeit für ein Gespräch werde er doch erübrigen können. Er sagte zu. Und so ergaben sich ein paar Jahre lang seltene, aber immer wesentliche Gespräche. Ich war tief beeindruckt von dem Seelenweg, den dieser einsame Sucher nur an Hand der Bibel und des Böhme-Buches ging. Wenn ihm auch die noch lebendige Tradition der ›Stillen im Land‹ weitergeholfen hatte. Dann unterbrach der zweite Krieg alles.

Im Jahre 1951 erst konnte ich versuchen, ihn wiederzufinden. Und ich fand ihn im alten Haus mit dem Webstuhl, als wäre ich gestern weggegangen. Wie sonst leuchteten die Blumenstöcke aus dem wettergebräunten Holzwerk. Wie sonst schauten seine braunen Augen stillernst aus dem breiten Gesicht mich an. Und ich fühlte: Dieser Mensch ruhte in sich, wenn auch die Welt um ihn von den Stürmen der Zeit durcheinandergewirbelt war. Nur war er sehr alt geworden. Und er war ganz allein. Auf meine Frage nach Frau und Tochter erzählte er: »Mich haben sie zum Ende noch zum Volkssturm geholt. Als die Russen kamen, war ich weit weg. Ein Junge, der Verena bei den Fischen half, berichtete, wie die ersten Soldaten sich auf den Teich stürzen wollten, ihn ablassen, um die noch viel zu jungen Fische zu sammeln und aufzuessen, da sei plötzlich Verena unter sie getreten. (Sie war ja inzwischen eine voll erblühte Jungfrau von großer Schönheit geworden – ich sag's, wenn sie auch meine Tochter war.)« Sie habe die Kerle nur angeschaut und mit einer bestimmten Bewegung zurückgewiesen. Die Russen bemerkten ihr Leiden und wurden scheu. Solche Wesen waren für sie von Gott gezeichnet, auch wenn sie Bolschewiken waren. Dann habe sie auf ihre Art die Fische herbeigerufen, daß die nur so gestaunt hätten. Sie habe ein Fangnetz ergriffen, habe eine Anzahl Fische herausgefischt und jedem einen größeren Fisch gegeben. Die Russen seien rasch weggelaufen wie vor einer Geistererscheinung. Sie habe den Fischschwarm vertrieben, nachdem sie ein wenig Brot gefüttert hatte. Aber wie nach einer großen Anstrengung sei sie müde und traurig nach Hause gegangen.

Er fuhr fort: »Nachkommende Truppen zerschossen die ›Teichmönche‹, jene Holzkästen zur Regulierung des Wassers, ließen die Teiche ab, plünderten sie und vernichteten so die Frucht jahrelanger Arbeit. Als ich nach Hause kam, fand ich Verena in Tränen am verödeten Hauptteich sitzen.

Seitdem siechte sie dahin. Nichts konnte sie mehr auf der Erde halten, nachdem ihre stummen Freunde verschwunden waren. Meine Frau starb ihr bald nach.«

Er berichtete weiter, er sei nun allein hier zurückgeblieben. Der Baron habe fliehen können, habe alles – das Schloß, das Gut, seine Sammlung – zurücklassen müssen. Als erstes habe er selbst wieder den alten Webstuhl vom Großvater in Gang gebracht. Garnvorräte seien noch dagewesen. Das ging so eine Zeitlang. Mancher war froh, wenn er ein Leintuch bekommen konnte. Das Gut wurde aufgeteilt. »Der Garten und meine paar Äckerlein halfen mir auch durchkommen. Dann kam die landwirtschaftliche Produktionsgenossenschaft, in der allmählich alle zusammengeschlossen wurden. Mich aber zog es wieder zu meinen Fischen. In mühsamer Arbeit, nur von dem Jungen unterstützt, der Verena so verehrt hatte, besserte ich alles aus, reinigte die Zuflüsse, grub die ausgetrockneten, von Unkraut bestandenen Teichböden um, düngte, setzte Wasserpflanzen ein, zimmerte neue Teichmönche. Eines Tages war es soweit, daß wir die Teiche wieder vollaufen lassen konnten. Die Genossenschaft besorgte Brut von weither. Es war wie früher. Alles war in Ordnung – nur Verena fehlte. Aber der Gedanke an sie gab mir Kraft.«

Wir gingen zum Schloß. Es war zerstört. Der Park war gepflegt. Das Schloß war zum ›Volkshaus‹ geworden. In der HO-Gaststätte (HO = Handels-Organisation) konnte man Kaffee trinken. Von weither kamen die Landarbeiter, ergingen sich im Park, fütterten die Schwäne und hatten das berechtigte Gefühl, daß dies alles nun ihnen gehörte. Der alte Lehrer hatte die Sammlung des Barons vor den Russen gerettet und zeigte nun Schulklassen die Vogelfedern.

Heimgekehrt, bereitete Jan Petritsch ein einfaches Mahl. Wieder saßen wir wie sonst im Gespräch zusammen.

Plötzlich sagte er: »Etwas habe ich Ihnen noch nicht erzählt: In einem Ostergottesdienst bei euch, ganz am Anfang, habe ich wieder jene segnende Lichtgestalt gesehen, wie bei der Taufe. Seither fühlte ich, daß ich hier eine Heimat finden werde. Meine geistige Heimat.« – Damals in Prag und seither habe er mit niemand darüber reden können. Er sei froh, jemanden gefunden zu haben, dem er es sagen könne. Dann ging er wieder zum Wandschrank; holte wie damals das alte Buch, legte es vor mich hin und sprach: »Darf ich es Ihnen schenken als Dank für manches? Ich brauche es nicht mehr. Bald darf ich dahin gehen, wo Verena und meine Frau mich erwarten. Hier habe ich mein Werk vollbracht. Den jungen Mann habe ich zu einem tüchtigen Fischmeister erzogen. Er kann alles allein weiterführen.« – Beschämt und beglückt zugleich empfing ich das Unterpfand eines großen Vertrauens und einer durch lange Zeit gewachsenen Freundschaft.

Nach zwei Jahren kam ich wieder in die Gegend. Ich mußte eine kranke alte Dame besuchen, die einsam mit einer stark gehbehinderten Tochter lebte. Ich erfuhr von dem jungen Fischmeister, daß der alte Fischmeister – Jan Petritsch – an einem Ostersonntagmorgen still über die Schwelle des Todes gegangen war.

Der g'schupfte Matthes

Wir lagerten unten am Bach, hatten uns Holz aus dem nahen Wald geholt, schöne trockene Äste, die der Frühlingssturm von den alten, hohen Buchen gerissen hatte. Um ihre Stämme begann von neuem der Efeu zu klettern, kleine rote Blätter an der Spitze. Erstes zartes Grün wagte sich aus den spitzen Knospen hervor, und der Boden war übersät mit den blauen Sternen des treuen Immergrüns, jeder einen frischen Sproß als Speer zur Seite. Nun sprach er wieder mit uns, unser Odenwald, der so verschlossen gewesen war auf unseren Winterfahrten. Und die Märzsonne wärmte uns. So streckten wir uns auf der Wiese aus, die sich verjüngend, an drei Seiten vom Walde umrahmt, den Bach entlang in die Höhe zog. Heute wollten wir noch zur Siegfriedsquelle, und eigentlich suchten wir nun schon den dritten Sonntag in entlegenen Dörfern nach einem leerstehenden Bauernhaus. Wir wollten es uns als Landheim einrichten, wir Wandervögel aus der großen Industriestadt am Rhein in jener noch sorglosen Zeit vor dem ersten Weltbrand.

Zuerst aber galt es, das Mittagsmahl zu kochen. Wer fleißig Holz gesammelt hatte, durfte ruhen; die andern brachten es in rechte Stücke, zwei kamen gerade vom Dorf zurück, wo sie Milch geholt hatten. Ein unterdrückter Ausruf unseres Jüngsten, der gerade mit dem Topfdeckel das Feuer anfachte, ließ uns alle aufschauen. Oben, wo die Sonne den Waldesschatten abgrenzte, erblickten wir eine Gestalt, die sich schwarz gegen alle die so vielfältig abgestuften Grüns abhob. Ein weiter Radmantel umhüllte sie, wie ihn in vergangenen Zeiten die Kutscher trugen. Eine Tasche war umgehängt. Ein riesiger Schlapphut saß über langwallendem silberweißen Haar, das in einen großen Bart überging. In der Hand trug der Mann einen Knotenstock, wie ihn Landfahrer damals gebrauchten. Etwas Hoheitsvolles ging von ihm aus. Erst blieb er wie geblendet stehen, stützte sich auf den Stock, blickte ins Tal hinab, ohne uns zu bemerken. Dann wandte er sich um, wie ein Zittern ging es durch seine Gestalt, und er begann laut zu rufen – Worte konnten wir nicht verstehen –, drohte mit dem Stock ins Walddunkel, beschrieb mit dem Arm wie beschwörende Gebärden, als kämpfe er mit unsichtbaren Gewalten.

Wir blieben stumm und blickten gebannt auf das fast unheimliche Schauspiel. Da fiel unserem Jüngsten klirrend der Deckel auf den Stein der Feuerstelle. Jäh fuhr der Alte herum, wurde uns gewahr, zuckte wie erwachend zusammen, strich sich mit einer schmerzlich müden Gebärde über Stirn und Augen und floh mit schnellen Schritten zur Seite wieder in den dunklen Wald.

Unsere Spannung löste sich. »Das war sicher der g'schupfte Matthes«, sagte unser Führer. So hatten wir ihn endlich einmal gesehen, wenn auch nur von weitem. Die Bauern hatten sich schon gewundert, daß wir ihm noch nie begegnet waren. In jedem Dorf hatten wir ja ein paar Freunde, die uns, wenn es zu kalt oder naß zum Zelten war, in ihren Scheunen zum Schlafen auf dem Heu aufnahmen. Saßen wir dann am Abend auf der Tenne und sangen beim Schein einer Stallaterne unsere alten Lieder, kamen sie zu uns, die Alten und die Jungen, und man erzählte sich was. Und da war manchmal auch die Rede auf diesen wunderlichen Mann gekommen, von dem niemand wußte, wer er war und woher er kam. Stets war er schwarz gekleidet, peinlich sauber; nie hatte ihn jemand abgerissen gesehen. Wortlos tauchte er auf, sehr höflich, fast demütig grüßend, indem er den Hut abnahm. Dann ergriff er vielleicht eine Axt, Holz zu spalten, oder nahm auf der Wiese einen Rechen oder eine

Gabel und half beim Futtereinbringen. Nie betrat er ein Haus. Er war dankbar, wenn er unter dem Scheunendach mit dem Eßnapf sitzen konnte, den ihm die Bäuerin brachte, und sich unter seinem weiten Mantel im Heu zum Schlafen legen durfte. Ehe noch der Bauer am Morgen nach dem Vieh sah, war er meist schon weitergezogen. Nur singen hörte man ihn manchmal in der Nacht mit einer wunderschön vollen, aber, wie die Mädchen sagten, traurigen Stimme.

Manch einer hatte ähnliche Szenen beobachtet wie wir. Er müsse wohl nicht richtig im Kopf sein, meinten alle. Daß er Matthias heiße, hatte der alte Gendarm herausgebracht, der einmal seine Papiere prüfte. So hieß er halt im ganzen Land der g'schupfte Matthes.

Doch nie hätte ihn je einer verspottet. Ein mit Ehrfurcht gepaartes Mitleid brachten ihm die Leute entgegen. Oft war er wochenlang aus der Gegend verschwunden, um dann wieder plötzlich wie selbstverständlich aufzutauchen. Sommers wie winters wanderte er so. Fast böse wurde er, wenn ihm jemand Geld schenken wollte.

Irgendwo mußte eine kleine Quelle sein, die ihm das Nötigste zubrachte. Aber niemand wußte etwas Genaues über ihn. War aber ein Kind im Wald verirrt oder lag ein Knecht mit hilflos gebrochenem Bein, weil ihm beim Holzführen die Pferde durchgegangen waren, saß ein Mädchen am Bach und weinte seinen Kummer aus – immer war er auf einmal da, hilfreich und umsichtig, tröstend. Da sprach er dann auch ein paar Sätze; in einem klaren, feinen Deutsch, sagten sie, nicht wie unsereiner. Der Not gegenüber verlor er auch alle Scheu. Aber sowie er alles zurechtgebracht hatte, verschwand er sofort wieder, jedem Dank ausweichend.

Und doch sollte gerade unsere kleine Gemeinschaft mit ihm näher in Berührung kommen.

Es war um die Johanniszeit desselben Jahres. Wir hatten einen Platz gesucht und gefunden für unser Sonnenwendfeuer, hatten mit dem Förster verhandelt und vorsorglich schon Holz gesammelt. Das Zelt war aufgeschlagen für die Nacht. Wir hatten redlich gearbeitet und waren müde. Die Sonne war hinter der kahlen Kuppe, die unser Feuerplatz sein sollte, untergegangen. Während die späte Dämmerung uns umfing, hörten wir einen wundersamen Gesang. Die Verse waren uns vertraut, gehörte doch Eichendorff zu unseren Heiligen; aber die Weise kannten wir nicht. Wir wußten gleich, wer da sang: »Komm, Trost der Welt, du stille Nacht! / Wie steigst du von den Bergen sacht, / die Lüfte alle schlafen, / ein Schiffer nur noch, wandermüd, / singt übers Meer sein Abendlied / zu Gottes Lob im Hafen.«

Wir griffen nach unseren Instrumenten, leise stimmten wir mit den Geigen, Klampfen und der Flöte mit ein – so etwas konnten wir ja –, die übrigen summten mit, als die zweite Strophe erklang: »Die Jahre wie die Wolken gehn / und lassen mich hier einsam stehn, / die Welt hat mich vergessen, / da trats du wunderbar zu mir, / wenn ich beim Waldesrauschen hier / gedankenvoll gesessen.«

Und dann bei der dritten Strophe sangen wir mehrstimmig mit: »O Trost der Welt, du stille Nacht! / Der Tag hat mich so müd gemacht, / das weite Meer schon dunkelt, / laß ausruhn mich von Lust und Not, / bis daß das ew'ge Morgenrot / den stillen Wald durchfunkelt.« – Regungslos saßen wir; wir hatten ihn gesehen, wie er oben an einen Baum gelehnt stand. Ganz einfach und natürlich rief er uns zu: »Habt Dank! Schlaft gut!« Dann hörten wir seine sich entfernenden Schritte am Knacken der Äste, am Schlagen der Zweige des Unterholzes. Keiner von uns sprach mehr an diesem Abend.

In der Woche darauf saßen wir ums Sonnwendfeuer oben auf der Kuppe. Wir hatten unser Lied »Flamme empor!« gesungen, hatten um den Holzstoß den Ring gebildet, der gleichzeitig ein heilig ernstes Gelöbnis ausdrückte, gemeinsam für eine Erneuerung kämpfen zu wollen. Wir waren übers Feuer gesprungen. Nun saßen wie schweigend, schauten in die Glut. Ach, wir konnten ja noch gemeinsam beredt schweigen damals. Da stand er plötzlich hochragend mitten unter uns, barhaupt, das wettergebräunte Antlitz umrahmt vom wallenden Weiß der Haare und des Bartes, vom Feuer erleuchtet. Hoch wölbte sich die Stirn über einer edlen Nase, und aus den Augen blitzte ein Glanz, der uns mächtig anzog. Nun sahen wir ihn doch einmal ganz nahe. War es der Wanderer, der dem ganzen Gebirge den Namen gegeben hatte?

Und dann sprach er sehr gesammelt zu uns, wie nie noch ein Lehrer oder ein Vater zu uns gesprochen hatte. Unmöglich, die Worte wiederzugeben. Ihr Sinn fiel tief in unser Herz. Es war wie ein Aufruf und ein Vermächtnis zugleich; ein starkes Vertrauen und eine Hoffnung auf uns waren darin. Wie wenn er uns beschwören wollte, daß wir dem, was in uns lag, was wir als Auftrag in dies Leben mitgebracht, die Treue halten sollten. Auch in allen kommenden Ungewittern.

Wir waren aufgestanden, näher zusammengerückt, so daß er uns gegenüberstand. Er hatte eigentlich nur wenige Sätze gesprochen. Aber sie hatten Gewicht. Die letzten Worte prägten sich mir unauslöschlich ein: »Folget eurem Führer, dem Engel mit dem Schwert, Michael!« Fast leise, eindringlich sagte er dies. Er trat zu jedem einzelnen von uns, reichte ihm die Hand und – wir waren ja noch Knaben und Jünglinge – machte über uns eine segnende Gebärde. Ruhig nahm er Hut, Stock und Tasche auf und verließ uns.

Der Spätherbst war gekommen. Wir hatten im Laufe des Sommers in einem kleinen Dorf ein Haus gefunden, das leerstand. Wir hatten es uns selbst Sonntag für Sonntag hergerichtet, mit Hilfe der Handwerker den Herd und den Kachelofen in der Stube instand gesetzt, Betten gezimmert, Strohmatratzen gestopft.

Immer an Allerheiligen hatten wir drei Tage frei. Das waren unsere liebsten Wanderungen. Die letzten Äpfel wurden von den Bäumen geholt. Wir stapften raschelnd durch das rote Buchenlaub, das in der milden Herbstsonne am Boden leuchtete. Wir zogen voller Freude zu unserem Landheim, um es richtig einzuweihen.

Im Graben der Landstraße hockte ein Mann. Ganz in sich zusammengesunken. Wie erschraken wir, als wir unsern Matthes mit Mühe wiedererkannten! Die ganzen Monate seither war er unsichtbar gewesen. Ach, es war ein Bild des Jammers, wie er ohne Bart, mit kurzgeschorenem Haar, bleich und hohlwangig dasaß. Nur Mantel und Hut waren vertraut. Unser Führer erkannte sofort, daß der Mann schwerkrank war. Die Augen glänzten fiebrig, der Atem ging rasselnd. Mit einem matten Lächeln und einem leichten Heben der Hand begrüßte er uns. Er ließ alles mit sich geschehen, wie ein Kind, was sonst nie möglich gewesen war. Zwei von uns legten seine Arme über ihre Schultern, nachdem wir ihn mit Tee aus der Feldflasche erquickt hatten.

Es war nicht mehr weit bis zu unserem Dorf. Dankbar ließ er sich im Landheim auf die große Eckbank betten, wir machten Feuer, gingen leise ab und zu, alles zu beschicken, was notwendig war. Bald sank er in einen tiefen Schlaf.

Am nächsten Morgen schien es ihm besserzugehen. Bruchstückweise erfuhren wir, was geschehen war. Ein neuer Landrat hatte den Ehrgeiz, auch im entferntesten Winkel seines Bezirkes durchzugreifen, um seine sogenannte Ordnung zu halten. Die Gendarmen, die Matthes kannten und achteten, mußten aus Furcht vor ihrem Vorgesetzten ihn erst verwarnen und dann schweren Herzens, da er ohne festen Wohnsitz war, festnehmen. Drei Monate wurde er wegen fortgesetzter Landstreicherei ins Gefängnis gesteckt. Wie lange war er vorher Wanderer und Helfer gewesen? Niemand weiß es. Dieser jähe Wechsel der Lebensgewohnheiten und die Beraubung seiner Freiheit zerbrachen ihn an Leib und Seele.

Am Tage bevor wir ihn fanden, war er entlassen worden. Wir beschlossen, daß er bei uns bleiben solle. Gleichsam als Herbergsvater. Eine gute Bäuerin aus der Nachbarschaft wollte sich seiner annehmen. Er lag ganz friedlich bei uns, seine Augen bekamen ihr altes Leuchten wieder, die

Wangen ein wenig Farbe. Manchmal konnte er ein paar Stunden aufstehen. Am ersten Advent wollten wir wiederkommen.

Da kam er uns sogar auf der Treppe zum Haus entgegen. Unser Singen hatte ihm unser Kommen angezeigt. Aufrecht stand er da und führte uns herein. Alles blitzte vor Sauberkeit. Es war schön warm in der Stube. Neben Herd und Ofen lag Holz aufgeschichtet. Milch war besorgt, und die Kartoffeln waren gewaschen. Er war ein guter Hausvater. Aber immer mußte er husten, und der Atem ging schwer.

Wir holten Tannenzweige aus dem Wald, flochten den großen Adventskranz, der auf dem Tisch liegen sollte – die Stube war zu niedrig, ihn aufzuhängen –, eine dicke rote Kerze steckten wir auf.

In ihrem stillen Licht sangen wir den Advent ein. Matthes lag wieder auf der Bank und lauschte mit verklärtem Antlitz. Nach ein paar andern Liedern sangen wir das alte Paderborner Wallfahrtslied: »Meerstern, ich dich grüße, o Maria hilf.«

Bei den ersten Tönen richtete er sich auf und begann in unser Singen hinein den alten Hymnus zu sprechen: »Ave maris stella / Dei mater alma / atque semper virgo / felix coeli porta.« Wir fühlten das Besondere des Augenblicks, sangen leise weiter, und immer klarer, deutlicher begleitete er unsern Gesang mit seinem Sprechen. Er kam zu der Strophe: »Vitam praesta puram / iter para tutum / ut videntes Jesum / semper collaetemur.« (»Schenk uns reines Leben, laß uns sicher wandeln, daß wir Jesum schauend immer uns erfreuen.«) Plötzlich stockte er, ich sprang hin, ihn zu stützen, ließ ihn sanft aufs Lager gleiten. Ein schwerer Hustenanfall schüttelte ihn, es kam Blut. Unser Führer schickte die anderen schlafen, einer sollte nach dem Arzt im Nachbarort telefonieren. Wie beide blieben allein bei ihm. Wir spürten ihn im Fieber glühen, aber er lag mit gefalteten Händen, die wunderbaren großen blauen Augen wie auf eine uns unsichtbare bleibende Gestalt gerichtet, seltsam ruhig, dabei immer nur mühsam, aber deutlich die Worte wiederholend: »Unversehrt – unversehrt – unversehrt«.

Dann ging der Schatten über sein Antlitz, er schloß die Augen, streckte sich, seufzte tief, und das Haupt sank zur Seite.

Zum erstenmal umfing mich Knaben die Weihe des Sterbens. Als der Arzt kam, konnte er nur noch den Tod feststellen. Vier von uns erbaten sich telefonisch Urlaub von der Schule. Wir trugen nach drei Tagen selbst den Sarg zum Friedhof. Obenauf lag unser Adventskranz, mit vier Kerzen besteckt. Von allen Dörfern ringsum waren die Menschen zur Bestattung gekommen, wie zum Grabe eines Heiligen. Der alte Dorfpfarrer fand das rechte Wort für den Heimatlosen, der endlich heimgefunden.

Später erfuhren wir von ihm, der dem Schicksal des g'schupften Matthes ein wenig nachgegangen war, daß jener wohl in jungen Jahren ein geweihter römischer Priester gewesen sei, aber aus unbekannten Gründen sein Amt und die Menschen verlassen habe. Doch höre ich heute noch manchmal seine mahnende Stimme jener Johannisnacht.

Das Mädchen Makarie

Das geschah in den Zeiten vor dem ersten großen Krieg. Ich durfte Ostern meist aufs Land in ein richtiges schwäbisches Pfarrhaus. Palmsonntag war immer Konfirmation. Da gingen die schwarzgekleideten Mädchen mit dem Spitzentaschentuch und der Zitrone auf dem Gesangbuch zur Kirche mit meinem Onkel Sebastian und die Buben mit dem Buchsbaumsträußchen im Knopfloch. Aus jedem Haus kam ein Kuchen zum Pfarrer. Und die Kirche war übervoll, und alle waren sehr gerührt. Zwischen Tante Lina und meinem »Bäsle« saß ich im Pfarrstuhl und schaute auf die Kinderschar, die meine Spielgefährten waren und plötzlich so feierlich entrückt schienen. Der alte Lehrer Häberle orgelte kräftig, und da es ein behäbiges Dorf am Fuße der Alb war, gab es auch einen Kinderchor. Und da geschah es, daß ich eine Stimme hörte, die hob sich heraus aus dem Kreis der anderen, silberhell, süß und doch stark, daß ich nichts mehr vernahm von der Predigt und dem Treuegelöbnis und der Einsegnung, sondern nur mit geschlossenen Augen saß und wartete, ob sie noch einmal erklingen würde. Und als die ganze Gemeinde in schleppender Breite den Schlußchor sang, da schwebte sie wieder über den Tönen der anderen, und ich wußte nun in meinem Knabenherzen: so singen die Engel.

Kaum konnte ich erwarten, daß wir heimkamen, und schon bestürmte ich die gute Tante mit Fragen nach der Sängerin. Die tat erst so, als wüßte sie gar nicht, was ich meinen könnte, und nachdem sie mich ein wenig hatte zappeln lassen, sagte sie nur wie beiläufig: »Ach, das wird dem Häberle sein Enkelkind Mariele gewesen sein.« Nun war ich ganz verblüfft und drang in sie, wer das sei, denn ich wußte nur, daß der alte Lehrer seit langem einsam verwitwet im Schulhause wohnte und daß die einzige Tochter irgendwo ganz weit weg verheiratet sei. Ja, eigentlich heiße sie gar nicht Mariele, sondern habe einen ganz komischen Namen, den kein Mensch im Dorf aussprechen könne, und da fingen auch die Bäsle schon an zu kichern. Doch der Onkel griff ein und sagte ganz ernst: »Sie hat einen sehr schönen Namen, sie heißt Makarie, und das ist dasselbe, was wir sagen, wenn wir die Seligpreisungen immer anfangen mit ›Selig sind‹ – aber unsere Bauernkinder nennen sie halt Mariele. Ihre Eltern haben wohl Goethe sehr verehrt.« Ich saß stumm dabei und wiederholte nur immer im Sinn den Namen. Natürlich, nur so konnte das Wesen heißen, dem diese Stimme zu eigen war. »Ja, und sie ist eigentlich eine Baronesse«, fiel das ältere Bäsle ein, »und ihr Vater hat ihre Mutter kennengelernt als Student in Tübingen und hat sie auf sein Gut entführt weit oben in Rußland, das heißt eigentlich in Estland.« Und sie sei jetzt ganz allein gefahren, den Großvater zu besuchen, aber sie sei ja auch schon fünfzehn.

Diese Osterferien waren überglänzt von der Begegnung mit diesem Mädchen. Zuerst mußte ich mich daran gewöhnen, daß sie mit am ausgelassensten tollen konnte in den gemeinsamen Spielen. Das paßte nicht recht zu meinem Engelsbild. Aber natürlich, wenn sie dann in ihrem fremden Sprachklang erzählte von Schlittenfahrten und Fuchsjagden, von weiten Ritten mit dem Vater, verstand ich schon, daß sie die Anführerin der ganzen Kinderschar war bei jedem Spiel und bei manchem Streich.

Aber plötzlich war sie manchmal dann verschwunden, und ich mußte lange suchen, bis ich sie fand, entweder unter der großen Trauerweide auf dem Kirchhof oder oben bei der Burgruine auf der äußersten Kante der zerfallenen Mauer. Da saßen wir oft schweigend lange beisammen, und sie war wohl dankbar, daß meine scheue Ehrfurcht stille blieb. Des Knaben Sinn war verwirrt, wenn sie ihn lange anschaute aus den dunklen Augen, die in so seltsamem Gegensatz standen zu dem goldblonden Haar, das, nur von einem Goldreif gehalten, ihr auf die Schultern fiel.

Einmal nahm sie meine Hand und sagte: »Weißt du, ich will dich Brat nennen, das heißt Bruder und ist russisch.« Eine heiße Welle des Dankes durchflutete mich. Und dann erzählte sie mir unter dem Siegel der Verschwiegenheit, manchmal komme die verstorbene Großmutter und erzähle ihr Märchen. Wunderschöne Märchen. Aber dem Großvater dürfe sie sowas nicht sagen, da werde er ganz böse. Und neulich sei ihr etwas ganz Wunderbares geschehen. Sie habe mit nach Tübingen gedurft, weil der Großvater zur Bezirkslehrerversammlung ging. Da sei sie allein auf dem Neckar Boot gefahren gegen Abend. Weiter weg von der lärmenden Brücke sei plötzlich ein alter Mann, bartlos, mit hoher Stirne und silbernen Locken, am Ufer gestanden. So einen altmodischen langen Rock habe er angehabt mit hohem Kragen. Er habe ihr gewinkt und ihr dann sehr höflich beim Aussteigen geholfen. Auf einer steinernen Bank seien sie zusammen gesessen, und da habe er so wunderschöne Verse gesagt, daß sie habe weinen müssen. Er habe ihr noch die Hand geküßt und sei dann langsam mit gesenktem Kopf unter tiefen Seufzern im Dämmern von ihr gegangen.

Am nächsten Tag waren die Ferien zu Ende. Die ganze Zeit blieb wie ein schöner Traum als kostbarer Schatz im Herzen des Knaben. Manchmal hörte er im Traum die Silberstimme erklingen. Es kam bald der große Krieg, die älteren Freunde fielen auf den Schlachtfeldern in Flandern, die Kindheit versank.

Der Knabe kam als junger Student wieder nach Tübingen. Wer weiß heute noch, wie uns nach dem Zusammenbruch der Wille zur Erneuerung auf der Seele brannte? Die verschiedensten Kreise trafen sich und rangen miteinander.

Denn über die Wege waren wir nicht einig. Plötzlich, eines Tages am Tor des alten Universitätsgebäudes, traf ich sie wieder, das Mädchen Makarie. Groß und ernst stand sie vor mir, und als hätten wir uns gestern getrennt, gab sie mir die Hand: »Da bist du ja, Brat.«

Die Eltern waren beide in der Revolution ermordet worden. Sie selbst floh mit Hilfe eines treuen, alten estnischen Knechtes über Finnland nach Schweden. Der alte Großvater lebt im Ruhestand auf einem kleinen Dorf in der Nähe, nur noch beschäftigt mit seiner Geige und seinen Versteinerungen. Sie lebt bei ihm, führt den kleinen Hausstand und fährt täglich mit dem Rad in die Stadt. Sie studiert Griechisch und Archäologie, dazu Kunstwissenschaft. Bald darauf durfte ich sie besuchen. In ihrem Zimmer hingen zwei große Bilder. Die Sixtinische Madonna von Raffael und eine schöne Abbildung jenes antiken Reliefs aus der Villa Albani in Rom: Orpheus und Eurydike mit dem Totengeleiter Hermes. In der Ecke, fast versteckt, ein Bild des greisen, kranken Hölderlin. Sie lebte ganz in seinen Dichtungen, wußte fast jede Zeile auswendig. Einmal, als sie mir eine der großen Hymnen sprach, fiel ein Blick auf jenes Bild. Nachher sagte sie mir: »Nun weiß ich, Brat, wer der traurige alte Mann war damals am Neckar.«

Auch hier wollte niemand recht sie mit ihrem Namen nennen. Der Kreis, der sich oftmals bei ihr traf, nannte sie Diotima. Von ihr ging eine große Wirkung aus auf die Seelen der jungen Menschen. Selbst die lauten, ewigen Wandervögel, die einfach nach dem Krieg so weitermachten, wie sie vorher gelebt hatten, wurden still in ihrer Nähe. Und jene ganz jungen, in den blutigen Schlachten verstummten, ja versteinerten Freunde lösten sich ein wenig, wenn sie rezitierte oder wir gemeinsam Madrigale und Motetten sangen. Die Silberstimme war geblieben. Am Sonntag spielte sie jetzt die Orgel, die die Gichtfinger des Großvaters nicht mehr meistern konnten. Sie sprach nur wenig, dann aber mit großem Einsatz des Herzens; Friede strömte von ihr aus.

Das ging so einige Zeit, bis im nächsten Semester ein neuer Mensch an der Hochschule und in einer anderen Gruppe ehemaliger Wandervögel auftauchte, der uns merkwürdig beunruhigte, obwohl er sich äußerst zurückhielt. Woher er kam, was er erlebt hatte, war undurchsichtig. Später konnte ich mir zusammenreimen, daß er wohl jung in Rußland in Gefangenschaft geraten war, dort die Revolution erlebt hatte und innerlich von ihr mit fortgenommen wurde. Sein Studium war ganz aufs Politisch-Volkswirtschaftliche gerichtet. Ich nannte ihn bei mir nur den »Dunklen«. Doch fühlten wir uns seltsam zueinander hingezogen. Er spürte wohl in mir große Begeisterungsfähigkeit und den Helferwillen. Ich ahnte in ihm den vom Schicksal Geschlagenen und Gereiften. Gern wanderten wir zusammen.

Einmal waren wir im Abendlicht aufgebrochen, den Höhenrücken entlang, der hinter dem Tübinger Schloß beginnt. Es war im November, wohl am Allerseelentag. Stundenlang konnten wir damals noch schweigend zusammen gehen, und Gespräche keimten aus dem Dunkel des Schweigens. Der Mond ging auf, als wir noch im Wald waren. Plötzlich erblickten wir am Waldrand im Silberlicht die Wurmlinger Kapelle vor uns; sie schwebte wie ein Geisterschiff im Nebelmeer, das den Fuß ihres Hügels umwallte. Lange blieben wir gebannt stehen. Dann gingen wir durch die weiße Flut hinüber, saßen auf der Friedhofsmauer im herben Duft der Chrysanthemen und schauten auf die Lichter, die auf den Gräbern brannten. Und nun brach es plötzlich aus dem dunklen Freund heraus, als wolle er mit seinen Worten die Stille zerschlagen, die er nicht mehr ertragen konnte.

Ein wilder Haß gegen alles, was uns umgab, sprach aus ihm. Er lehnte es ab als sentimentales Getue mit den Toten, den Lebenden müsse geholfen werden, sie müßten zu ihrem Recht kommen. In großen Zukunftsvisionen schilderte er den Aufstand der Massen, die Neuordnung der menschlichen Gesellschaft. Ich fühlte auf dem Grunde dieses Hasses die Sehnsucht nach dem erneuernden Geist. Aber ich wehrte mich im Gespräch verzweifelt und vergebens gegen den Vernichtungswillen, der aus ihm wirkte. Ich war ja noch so jung. In meiner Not sagte ich das verhängnisvolle oder besser gesagt schicksaltragende Wort: »Weißt du, du mußt Makarie kennenlernen, die kann dir vielleicht helfen.«

Was soll ich sagen von der Zeit, die nun folgte? Es kam, wie es kommen mußte. In ungeheurer Intensität begegneten sich die beiden. Sie waren kaum noch sichtbar. Er wurde gelöster, menschlicher; voller Tatkraft, aber auch nur noch zielbewußter. Sie noch stiller, aber leuchtend in ihrem liebenden Ringen um diese Seele. »Ach Brat«, sagte sie mir einmal im Anfang dieser Zeit unter Seufzern lächelnd, »was hast du mir da aufgeladen! Doch man muß ja das Dunkle hell lieben.«

Aber die seltenen Male, die ich bei ihr sein durfte – ich wartete stets auf ihren Ruf –, wurde ich immer sorgenvoller. Sie erschien so durchsichtig zart, die vorher so lebensvoll kräftig gewesen. Meist saßen wir erst still beisammen. Dann bat sie mich – und dies war neu bei der Griechin –, ihr aus dem Evangelium vorzulesen. »Nur lesen, nicht reden«, bat sie dann. Einmal sagte sie: »O Brat, ich brauche einen Helfer, einen ganz starken, denn« – und nun kamen wieder Hölderlin-Verse von ihren Lippen – »Manches mag ein Weiser / oder treu anblickender Freunde einer erhellen; / wenn aber ein Gott erscheint, / auf Himmel und Erd und Meer / kommt allerneuernde Klarheit.« Aber immer mehr legte sich ein Schatten über sie. Ein andermal bat sie um Novalis-Gedichte. Als ich die Marienlieder las, deutete sie auf die Madonna, und wie um sich selbst Trost und Mut zuzusprechen, sagte sie vor sich hin – wieder aus Hölderlin – »Und wenn in heiliger Nacht / der Zukunft einer gedenket und Sorge für / die Sorglosschlafenden trägt / die frisch aufblühenden Kinder / kommst lächelnd du und fragst, was er, wo du / die Königin seiest, befürchte.«

So ging der Winter dahin. Ohne helfen zu können, ahnte ich, daß eine Entscheidung nahte auf Tod und Leben.

Über den »Dunklen« kam so um den Februar eine große Unruhe. Manchmal suchte er mich noch auf. Redete in mysteriösen Andeutungen von großen Dingen, die bevorstünden. Oft war er für Tage verschwunden. Plötzlich war er ganz weg, ohne Abschied. Es war wohl ein geheimer Ruf an ihn ergangen.

Ich wartete auf ein Zeichen von Makarie. Aber lange erfolgte nichts, bis der Großvater zu mir kam und mich bat, ich möge doch nach ihr schauen. Makarie sei schwer erkrankt an einem Fieber, und es wolle und wolle sich nicht bessern. Nun gab es auch nicht mehr die Spur eines Lächelns zum Empfang. Aller Glanz, alles Leuchten der schönen Seele war verschwunden. Nur todernste Augen starrten mich an aus dem bleichen Antlitz. »O Brat« – kaum konnte ich die schwache Stimme verstehen –, »ich habe so große Schuld. Die kann mir nie vergeben werden. Meine Liebe war nicht stark genug. Ich habe ihn nicht halten können. Und habe doch auch nicht mit ihm gehen dürfen auf seinen dunklen Wegen. Oh, was soll ich sagen, wenn man seine Seele von mir fordern wird?« Ich konnte nur ahnen, was vorgegangen war. Ich blieb die Ferien über da. Ging fast täglich zu ihr. Immer mehr schwand sie dahin. Manchmal trugen wir sie in den Garten; da saß sie und lauschte den Vögeln mit geschlossenen Augen. Dann schreckte sie plötzlich auf: »O Brat, ich habe ihn allein gelassen. Du weißt doch – allein zu sein und ohne Götter ist der Tod!« Tagelang lag sie mit dem Gesicht der Wand zugekehrt. Immer weniger mochte sie reden oder Speise zu sich nehmen. Schweren Herzens fuhr ich auf eine dringend notwendige Reise, ungewiß, ob ich sie bei meiner Rückkehr noch am Leben finden werde. Als ich fern war, trat eine Wende ein. Später erzählte mir der Großvater, er habe sie einmal allein lassen müssen für kurze Zeit. Der Arzt war krank, ein Vertreter sollte nach ihr schauen. Der Alte eilt zurück, um diesen nicht zu verfehlen. Er meint von ferne, eine Gestalt das Haus verlassen zu sehen. Was er dann dort vorfindet, beschäftigt ihn so sehr, daß er gar nicht mehr fragen kann. Makarie sitzt aufrecht im Bett mit leuchtenden Augen, dann beugt sie sich über seine Hand, unaufhaltsam rinnen die Tränen, sie ist ganz aus ihrer dunklen Verkrampfung gelöst – aber von diesem Tage an stumm, völlig verstummt. Der Verfall der Kräfte scheint von da an aufgehalten, wenn sie auch noch viel zu schwach ist, aufzustehen. Wie ich zu ihr komme – es war wieder November –, nimmt sie meine beiden Hände und strahlt mich an. Dann legt sie ihren Finger auf meinen Mund und schüttelt das Haupt. Nicht fragen – so will sie mir bedeuten. Aber sie weist auf das Buch, und wieder lese ich ihr aus dem Evangelium. Aufmerksam lauscht sie und ist ganz da, ganz frei. Sie freut sich wie ein kleines Kind, als ich ihr den Apfel mit dem Licht bringe von unserer Adventfeier; im Vorjahre hatte sie noch mit ihrem dunklen Freund an ihr teilgenommen. Und ich muß an das Mariele denken aus meiner Knabenzeit.

In der Adventszeit zogen wir mit einem alten Weihnachtsspiel in die Dörfer. Vor dem Chor der alten gotischen Kirchen bauten wir ein Gerüst auf. Darauf sang die Kumpanei, jeder mit einer Kerze in der Hand, ihre Lieder zu dem Opfer der Hirten, zu dem Zug der Könige. Im Dorfe, wo Makarie wohnte, spielten wir auch. Es ging ihr soweit besser, daß wir wagen konnten, sie auf einem Stuhl zur Kirche zu tragen. In Decken gehüllt sitzt sie ganz vorne, das stumme Mädchen Makarie mit den goldenen Haaren. Das Spiel geht über die Verkündigung zur Christgeburt. Alle scharen sich um die Krippe und singen: »Jesulein, schönes Kindelein, wie liegst du gar verlassen...« Wir sind ganz auf die Mutter mit dem Kind gerichtet. Es kommt der dritte Vers des Liedes: »Nachtigall, komm auch herbei, / laß dein Stimm' erschallen, / singe diesem Kindelein / eines zu Gefallen, / setz dich auf sein Krippelein, / Josef, der wird's wiegen ein.«

Da – bei den ersten Tönen dieses Verses erklingt plötzlich über unseren Stimmen die vertraute Silberstimme, Makarie richtet sich auf, tut die Decken von sich, geht ganz langsam vor mit gefalteten Händen, und hell und klar singt sie mit uns das Lied zu Ende. Gebannt stehen alle eine Weile schweigend, der Großvater und ein Bauer stützen die Schwankende und tragen sie hinaus. Wir spielen weiter. Nachher schaue ich bei ihr herein, sie schläft tief mit geröteten Wangen. Wir müssen weiter, um noch im Nachbardorf zu spielen am gleichen Abend.

Am nächsten Morgen steht Makarie auf, als wäre nie etwas vorgefallen; sie kann wieder sprechen. Bald auch hilft sie im Haus, beteiligt sich am Backen der Weihnachtsgutsle, ist freundlich und froh wie früher.

Nach ein paar Tagen komme ich, um Abschied zu nehmen. Ich kann nach Weihnacht nicht mehr zurück ins Semester, eine größere Aufgabe will vorbereitet sein. »Nicht fragen, Brat«, empfängt sie mich. »Alles ist gut. Keiner ist je allein, das weiß ich jetzt.« Ein kleines Brieflein gibt sie mir zum Abschied. Darauf steht: Für Brat zur Weihnacht.

Ich habe sie nie wiedergesehen. Sie hat nicht weiterstudiert. Sie ist Gemeindeschwester geworden; hat viele alte Menschen über die Schwelle geleitet, vielen jungen Müttern beigestanden. Manchmal erreichte mich noch ein Gruß von ihr: ein Säckchen getrockneter Birnen oder in der Adventszeit Strohblumen und Fichtengrün – sie wußte, wie sehr ich alles liebte, was man so auf dem Lande hat. Dankbar empfing sie ein Gedicht, das ich ihr aufschrieb, oder ein altes Büchlein, das ich für sie beim Antiquar erstand. Doch nach wenigen Jahren schon nahm sie eine Grippeepidemie hinweg, das Mädchen Makarie.

Ihr Brieflein zum Abschied damals hatte ich unterm Weihnachtsbaum aufgemacht. Diese Verse standen auf einem Blatt:

> Ach im Finstern ich sitze und harre sehnlich des Retters,
> Starre ins Dunkel der Nacht, ob nicht ein Licht mir erscheint.
> Da berühret lind eine Hand die brennenden Augen

Und die Stimme ertönt: Siehe, ich bin bei dir.
Sanfte Helle erglänzt vom Antlitz des göttlichen Bruders,
Wandelt das arme Gemach mir in ein Heiligtum.
Stets nun erhellt das Licht im Herzen die Augen der Seele,
Daß ich schaue, wenn auch tiefes Dunkel mich hüllt.

Der blinde Peter

Nach einer langen Fahrt durch weite Ebenen, durch dichte Wälder, über die großen Ströme hinweg, die nach Norden fließen, war ich am Abend auf dem einsamen Gutshof in Ostpreußen angekommen. Es war mir ein wenig bange. Ich fühlte gleich, wie hier im Osten alles anders ist. Die Weite will einen mit sich fortnehmen. Man muß sich in sich selbst gründen, um sich behaupten zu können. Der Sonntagmorgen brachte einen kurzen Rundgang durch die Ställe und Scheunen. Die Fahrt zur Kirche mit der Kutsche ermöglichte gleich ein Kennenlernen der weiten, zu dem Gute gehörigen Felder und Koppeln. Plötzlich wurde die Aufmerksamkeit vom Entgegennehmen der freundlichen Erklärungen des Gutsherrn abgelenkt. Vor uns erschienen auf der Landstraße drei schwarze Gestalten. Vom ersten Anblick an hatten sie etwas Wunderliches. Links ein langer Hagerer, ständig heftig gestikulierend, rechts einer schräg nach außen gehend, auf den Stock gestützt, das linke Bein lahm. In der Mitte ein kleiner, rundlicher, äußerst beweglicher Greis. Alle drei in ihren schwarzen Sonntagsröcken. »Da können Sie gleich unsere heiligen Drei Könige kennenlernen«, sagte der Gutsherr. Wir luden sie hinten auf den Wagen auf, nahmen sie mit zur Kirche. Das vorher so lebhafte Gespräch der drei verstummte in der Nähe des Herrn, aber ich sollte ja mit ihnen noch viel zu tun haben.

Der erste, lange war unser Kompostmeister. Das Wunderbare an diesen großen östlichen Gütern war dieses, daß jeder Mensch, auch ein solcher mit großen körperlichen Gebrechen, eingeordnet werden konnte in den lebendigen Organismus des Hofes. Joseph war taubstumm, aber er konnte sehr gut vom Munde ablesen, und der Herr hatte einen guten Griff getan, als er ihm die Betreuung aller Misthaufen und Kompostanlagen übertrug. Da sah man ihn denn über die Felder gehen, einen kleinen Holzkasten unter dem Arm, einen dicken Stab mit einer eisernen Zwinge und einem Querholz oben als Stock benutzend. Traf man ihn dann bei einem der auf den Feldern aufgeschichteten Dunghaufen, so zeigte er einem würdevoll die tiefen Löcher, die er in ganz genau gleichen Abständen bohrte. Geheimnisvoll nahm er nun aus seinem Kasten die Präparate, und seine ausgesprochen lebendige Mimik versuchte einem deutlich zu machen: jetzt kommt die Eichenrinde, dann kommt der Löwenzahn und auch die Schafgarbe und so nacheinander die verschiedenen Heilpflanzendrogen, bis er zuletzt das Baldrianfläschchen herauszog und oben in die Mitte verspritzte. Ich fühlte, wie der taube Joseph tief durchdrungen war von der Wichtigkeit seines Tuns. Und wenn er gar einmal unsere gefangenen Russen beim Umsetzen eines solchen Dunghaufens antraf, wurde er fast zornig, wenn sie es nicht ordentlich machten, nahm einem die Gabel weg und machte es ihm vor. Er konnte es auch vorzüglich, das bewiesen die langen Reihen der gut mit Erde durchmischten und abgedeckten, Grabhügeln ähnlichen Haufen hinter den Ställen; das gehörte auch zu seinem Amte, den Mist, den die Schweizer nur schnell hinauskarrten, ordnungsgemäß aufzusetzen. Dabei gab es dann immer halb ernsthafte, halb scherzhafte Streitereien mit seinem Mitkönig, dem krummen Jakob. Das steife Bein hatte dieser vom ersten Krieg. Verheiratet war er mit der Liese, einem sehr alten Pferd, das aber leichte Arbeiten noch verrichten konnte. Man bringt nicht so gern ein Tier, das lange gedient hat, zum Schlachter, sondern gibt ihm das Gnadenbrot. Sie fuhren zusammen die Milch und auch kleine Wagen voll Erde, die der Jakob dann dort ablud, wo der Joseph sie nicht haben wollte.

Am wichtigsten wurde mir aber der Dritte im Bunde. Er war uralt. Keiner wußte, wie alt. Ich schätzte ihn über neunzig. Der blinde Peter war schon auf dem Gut aufgewachsen. Er wohnte abseits am Waldrand in einer kleinen Kate. Aber den ganzen Tag war er unterwegs, sich ohne Mühe zurechtfindend, kannte er doch jeden Stein, jeden Baum, jeden Zaun. Er genoß bei allen ein großes Ansehen. Man sagte, er wisse mehr als andere Leute, vor allem, er höre vieles, was sonst niemand erlauschen könne; ich habe viel von ihm gelernt. Es konnte geschehen, daß er plötzlich neben einem auftauchte, wenn man so am Abend, die Arbeit des nächsten Tages überdenkend, heimging. »Nun, Inspektorchen«, sagte er dann, »was werdet Ihr wohl morgen tun?« Es war ein stiller Winterabend, grau verhangen, verhältnismäßig milde. »Ich denke, wir fahren in den Forst mit all unseren vierzig Russen, Stubben roden, wir brauchen Holz für unsere Leute.« – »Nun«, gab er zur Antwort, »wird wohl nicht sein«. Wer ihn länger kannte, hätte sich daraufhin eine andere Arbeit ausgedacht. In der Nacht brach ein fürchterliches Unwetter los, und am Morgen waren alle Hohlwege verschneit. Denn wenn es auch nicht so viel Schnee gibt auf den Feldern, so treibt ihn der Wind doch an manchen Stellen meterhoch zusammen, und wir hatten mit allen Russen den Tag über die Straßen freizuschaufeln, was wir ja schon des Militärs wegen tun mußten. Oder einmal erinnere ich mich, daß wir sonntags gemütlich beim Kaffee sitzen und der Vorknecht des Stalles hereingestürzt kommt: »Die Pferde sind aus der Koppel ausgebrochen und sind im Rübenfeld.« Den Knecht ließ ich eines der Kutschpferde besteigen, die im Stall standen; was an Leuten erreichbar war, wurde zusammengetrommelt, und dann ging es auf die Jagd. Diese achtundzwanzig Arbeitspferde hielten uns natürlich zum Narren, wir versuchten sie einzukreisen, aber immer wieder lachten sie uns wiehernd aus und stürzten in eine andere Ecke. Wir waren schon ziemlich außer Atem, es fing an dunkel zu werden. Plötzlich merkte ich, wie sie die

Ohren spitzten und nach einer bestimmten Richtung schauten. Hoch oben zeichnete sich gegen den Abendhimmel eine kleine Gestalt ab. Es war der blinde Peter, der mit halblauten, kurzen, herrischen Rufen sie wie beschwörend zusammenholte, und friedlich folgten sie ihm zum Hof.

Kurz vor meiner Ankunft war Peters Frau gestorben, und es war mir eine Sorge, wie er so allein durchkommen sollte. Manchmal schickte ich ihm eines von den Polenmädchen zum Aufräumen, aber das meiste hielt er selbst in Ordnung. Eines Morgens kam er zum Milchholen und sagte: »Inspektorchen, ich brauche jetzt mehr Milch.« – »Das ist gut, Peter«, sagte ich, »daß Ihr Milch trinkt, das tut alten Leuten wohl.« Er schaute mich, wenn man von einem Blinden so sagen darf, ganz entgeistert an. »Aber Inspektorchen, Milch brauche ich doch nur für den Brei. Zum Trinken ist Korn gut. Aber wir sind jetzt mehr Leute. Und überhaupt, wenn Ihr wieder in die Stadt kommt, kauft einmal ein Paar Schuhe so für einen Buben von sechs bis sieben Jahren und auch tüchtig Nähzeug; ich habe noch viel alte Sachen zum Herrichten«; und er knüpfte aus seinem Taschentuch ein paar Fünfmarkstücke und ließ mich stehen. Nun, ich traf ihn bald wieder und bekam langsam heraus, was geschehen war: Er hatte friedlich in seiner Stube gesessen und sein Pfeifchen geraucht, es war schon Nacht, als er ein Geräusch an der Tür hörte. Er ruft, niemand antwortet, er macht die Tür auf, liegt da auf der Schwelle, das fühlt er, eine Frau, er führt sie herein, sie hat einen Knaben bei sich. Nun können unsere alten Leute da oben im Osten alle ein wenig Polnisch, denn alle Jahre waren ja die polnischen Wanderarbeiter zur Ernte gekommen. Mühsam brachte er aus der Frau heraus, daß sie mit ihrem Knaben einzig überlebend geblieben war bei einem Strafgericht, das über ein Dorf hereingebrochen war im Zusammenhang mit den Partisanenkämpfen; alle Männer, Frauen, Kinder, Greise ermordet, das Dorf angezündet. In sinnlosem Schrecken war sie losgegangen, immer weiter nach Westen, mitleidige Menschen hatten ihnen hier und da etwas zu essen gegeben. Ich sah die Frau selbst, ich mußte mich ja um alles kümmern, was im Gutsbezirk vorging. Der Knabe hatte große, erschreckte Augen, die einen erschauern ließen. Ganz selbstverständlich hatte der blinde Peter die Sache in die Hand genommen, hatte ihr gesagt, sie solle bei ihm bleiben. Sie sprach kaum etwas, aber sie hatte voll Dank ganz still alle Arbeit übernommen, und plötzlich war da wieder eine Familie im Haus. Sie konnte bei uns halbtagweise arbeiten und so für sich und ihr Kind das Nötigste verdienen. Es entstand ein wunderbares, fast zärtliches Verhältnis zwischen dem Knaben und dem Greis. Wie ein Hündchen lief er ihm überallhin nach, brachte ihm dies und das. Der Blinde betastete es und sagte ihm, was es für eine Blume, für ein Stein oder für ein Tier sei. Abends saßen sie zusammen, und der Alte unterrichtete den Knaben. Manchmal ging ich hinüber und hörte zu. Der blinde Peter gehörte zu den immer seltener werdenden Menschen, die so ziemlich die ganze Bibel auswendig kennen. Aber wie lebendig konnte er alles erzählen. Manchmal war auch von Zwergen die Rede oder von den Nixen. Alte Sagen und Märchen kamen dran. Aber wenn der Blinde von den Zwergen sprach, genau schilderte, wie sie ausschauten, wo sie wohnten, was sie taten, daß sie tatsächlich einen König hätten, dann mußte ich immer denken: Der kennt sie, der kann sie wirklich schauen. Von Zeit zu Zeit ermahnte der alte Peter den kleinen Marek sehr ernsthaft, er dürfe nie zum schwarzen Teich gehen. Das müsse er ihm versprechen. Und dann erzählte er von einer Nixe, die in diesem Teich wohne. Vor allem bei Vollmond würde sie einem erscheinen. Aber man müsse sich sehr vor ihr hüten, und er beschrieb sie in ihrer Schönheit, so daß einem ganz unheimlich zumute wurde, und man fühlte, daß er sie gut kannte. Dabei fiel mir ein, daß die einzige Gegend in dem ganzen Gutsbezirk, wo ich den Peter nie angetroffen habe, eben jener schwarze Teich war, während er doch sonst überall herumstrich. Ich fragte so den einen oder anderen unserer alten Leute darüber, den

Schmied, den Stellmacher; aber die Menschen da oben sind ja recht verschlossen, schon gar einem Fremden gegenüber. Doch konnte ich ihren Andeutungen entnehmen, daß der schwarze Teich im Leben des blinden Peter eine gewisse Rolle gespielt habe. Ich reimte mir zusammen, daß es wohl sein Wildererbezirk war, daß es da wohl mal einen Zusammenstoß gegeben habe. Man konnte nie von ihm herausbekommen, wodurch er denn blind geworden war. Aber das schien auch damit zusammenzuhängen.

Einmal in der Adventszeit ging ich wieder zu seinem Häuschen. Ich schaute durchs niedere Fenster, drin saßen die drei beim Schein einer Kerze, und der alte Peter lehrte den Knaben ein altes Adventslied. Ich höre noch heute die dünne Greisenstimme und das kräftige Singen des Knaben. Ich habe später nachgesehen, was für ein Lied es war, und ich möchte die erste und letzte Strophe mitteilen:

Herr Jesu Christe Gottes Sohn,
der du vom hohen Himmelsthron
herab bist kommen in die Welt
und uns zu gut dich eingestellt.
Hilf, daß wir leben würdiglich
und in dir sterben seliglich,
daß wir lieben und loben dich,
hier zeitlich und dort ewiglich.

An dem Abend bin ich nicht hineingegangen, sondern habe mich still nach Hause begeben, angerührt von dem Frieden, der inmitten der Wirren des fürchterlichen Krieges von dieser armseligen Hütte ausging.

Und nun komme ich zu der Nacht, von deren Ereignissen ich eigentlich erzählen wollte. Es war ein ganz stiller Wintertag gewesen, die Abendsonne schien gelb aus den Wolken. Die Birken standen im Frost und hüllten ihren weißen Leib mit ihren schlanken Zweigen ein. Wir hatten die Gräben geleert und die Erde als Kompost zusammengefahren. Ich war früher als sonst in meine Stube gegangen, die

Winterabende sind ja der Lohn des Landmanns für die Mühe des Jahres. Plötzlich höre ich, wie an meine Tür nicht gepocht, sondern getrommelt wird. Halberstickte Rufe und Schreie: Pan Inspektor, Pan Inspektor! Es war Marjuscha, die tränenüberströmt mit aufgelösten Haaren, mir entgegenschrie: Marek fort, Pan Peter fort, alle fort, weiß nicht wo. Sie war den ganzen Tag auf dem Hof gewesen, beim Weihnachtsbacken zu helfen. Nun war das natürlich auffällig. Dem Alten konnte ja etwas zugestoßen sein, eine Schwäche, oder er hat sich ein Bein gebrochen. Aber daß der Knabe auch verschwunden war, war bedenklich. Also die Leute zusammengetrommelt, die Russen aus dem Bunker, Laternen her, ein Schlitten angespannt und auf die Suche gegangen. Nach allen Richtungen schwärmten wir aus. Wir riefen, keine Antwort. Wir suchten Spuren im Schnee, nichts zu entdecken. Die Mutter wurde immer verzweifelter. Da kam mir plötzlich, ich weiß nicht wie, der schwarze Teich in den Sinn. Also zogen wir in die Richtung des Waldstückes, in dem er lag, und bald entdeckte ich auch einen Feuerschein. Das war nun mitten in der Nacht durchaus etwas Auffälliges. Wir gingen näher und blieben wie erstarrt stehen. Hat man sich durch Stunden die grausigsten Bilder vorgestellt, ist man von Furcht, daß etwas passiert sei, geplagt worden und trifft dann auf etwas, was man sich auch im Traume nicht hätte vorstellen können, so weiß man nicht, ob man lachen oder weinen soll. Im Wald war eine jener Rindenhütten, die als Unterschlupf für die Waldarbeiter dienten. Oben ein Loch, daß der Rauch abziehen kann, in der Mitte eine Feuerstelle zum Wärmen. Vor einem lustig flackernden Feuerchen saß auf einem Holzklotz der blinde Peter in Hemdsärmeln, auf seinem Schoß ein großes Paket. Das entpuppte sich als der Knabe, der in die lange Jacke des Alten eingehüllt war. Auf einem Holzhaufen im Inneren der Hütte lagen die Kleider des Knaben zum Trocknen ausgebreitet. »Pssst«, machte er, »er schläft.« – »Gut, daß Ihr gekommen seid, Inspektorchen, bis gerade eben war ›Er‹ noch da.« –

»Wer ›Er‹?« fragte ich ganz verdutzt. »Wer ›Er‹!« fuhr er mich an; »nun, ›Er‹.« Ich schüttelte den Kopf, es war wirklich keine Zeit für Gespräche. Ich nahm den Knaben in den Arm, gab dem Peter meinen Mantel. Wir gingen zum Schlitten und fuhren zum Gutshof. Der Knabe war am Morgen vergnügt und gesund.

Den blinden Peter hatte es erwischt, wir mußten ihn mit einer schweren Lungenentzündung ins Krankenhaus bringen. Sooft sie konnten, wanderten seine beiden Mitkönige zu ihm, saßen stumm und erschreckt bei dem Greis, der in hohem Fieber lag, und beteten. Als die Krise vorüber war, konnte ich endlich mit ihm sprechen. Es klang alles so einfach, wie er es erzählte. Er war allein in der Stube gesessen, der Knabe war fortgegangen; der Alte glaubte, er sei bei seiner Mutter, da hörte Peter plötzlich seinen Namen rufen von draußen, immer wieder eindringlich rufend: Peter, Peter, das Kind! Da sei er aufgesprungen, habe noch einmal gelauscht, wieder dieselbe dringliche Aufforderung, zu kommen, er meinte zu hören: Nimm ein Seil mit! Er zieht seine Jacke an, er greift nach dem Wäscheseil, er weiß ja, wo alles liegt in seiner Stube, er eilt hinaus. Er spürt deutlich, da steht jemand, er hört mahnen: Komm! Und wie er nun geht, er geht ja immer im Dunkeln, spürt er den Schritt neben sich, ihm vertraut er sich an, er gibt die Richtung. Allmählich merkt er, daß er in eine Gegend kommt, in der er lange nicht war, aber der Schritt neben ihm ist ein sicherer Führer. Dann hört er plötzlich schwache Rufe: Pan Peter, Pan Peter! Es ist die Stimme des Knaben. Er merkt, der Knabe ist am schwarzen Teich. Peter geht nahe hin, wirft einige Male vergebens das Seil, bis der Knabe es erreicht, zieht ihn langsam heraus. Man darf eben einem Kind nicht von einer wunderschönen Nixe erzählen, die man bei Vollmond sehen kann, und ihm dann verbieten, hinzugehen. Marek war zum Teich gegangen, war eingebrochen, hatte sich gerade noch an einem Strauch am Ufer festhalten können, war aber viel zu schwach, um sich herauszuarbeiten. Nun stand der blinde

Mann im Frost mit dem durchnäßten Knaben, ihn nach Hause tragen konnte er nicht. Wieder spürte er die Stimme neben sich: Komm zur Hütte! Da weiß er, was er tun muß. Er hat ja immer ein Feuerzeug und eine Pfeife in der Tasche. Bei der Hütte macht er ein Feuerchen, zieht den Knaben aus, wickelt ihn in seine Jacke, so wie wir ihn gefunden haben. Lange sei »Er« noch bei ihm gesessen, viel hätten sie gesprochen und »Er« habe gesagt, es sei nun vieles wieder gut geworden. Ach, man ist ja so töricht, wieder mußte ich die Frage stellen: Peter, wer denn? Aber der Peter war etwas verwandelt, nicht mehr so herrisch und so spöttisch wie sonst immer. Man kann eigentlich sagen ernst-heiter. Ein wenig vorwurfsvoll antwortete er: Aber Inspektorchen, Er natürlich.

Der Peter ist damals nicht gestorben. Er hat noch eine Zeitlang mit dem Knaben und der jungen Frau oben in seiner Hütte gelebt. Dann ist der Sturm aus Osten gekommen und hat uns alle verweht. Aber manchmal, wenn ich so bedrückt von all der ausweglosen Wirrnis in der Welt mich frage, wer soll denn hier helfen, wer kann denn dies wenden, dann höre ich seine helle, klare Greisenstimme mir sagen: Aber Inspektorchen, Er natürlich.

Andrey

Wir verstanden uns vom ersten Tage an, da ich im letzten Kriegsjahr als Verwalter auf das niederbayerische Gut kam. Ich hatte ja nur einen einzigen deutschen Arbeiter, den alten Joseph, meinen Treckerfahrer. Die andern alle ein buntes Gemisch aus Europas Völkern. Im Walde zwei Franzosen, tüchtige Waldarbeiter aus den Ardennen; bei den Pferden ein Serbe; im Stall eine große Polenfamilie; und dann kamen zum Rübenhacken und zur Heuernte Trupps kriegsgefangener Russen, die uns die Zuckerfabrik auslieh. Meinen Andrey aber und seine Babuschka, die hatte ich als Mädchen für alles. Wie mag es ihnen jetzt ergehen, drüben in den weiten Ebenen Kanadas? Vielleicht fühlen sie sich dort an die Weite ihrer Heimat erinnert, die sie verlassen mußten.

Zum erstenmal schaute ich in seine hellen blauen Augen, als ich ihn auf der Dungstätte aufsuchte. Keiner hätte so liebevoll und genau den Mist auseinandergeschüttelt und aufgeschichtet wie er. Es war ihm sicher ganz neu gewesen, daß man den Mist als kostbares Gut gewissenhaft pflegen könne, ihn mit Erde abdeckte und zu Mieten aufsetzte. Aber nun war es sein Stolz geworden. Da stand er barfuß auf dem dampfenden Haufen, stetig fortarbeitend, statt beim Herannahen des »Herrn« wie die anderen plötzlich Feuereifer vorzutäuschen. Ein Wort des Lobes ließ ihn aufblicken. Und dieser Blick ging mir ins Herz. Güte und Trauer und Friede und Gelassenheit – all dies sprach aus ihm.

Er nickte nur freundlich und arbeitete weiter. Er sprach selten. Ich war überrascht von seinem verhältnismäßig fließenden Deutsch. Sein schon ergrautes Haar war in der Stirn geschnitten.

Es ergab sich, daß ich den beiden Alten ein Kämmerchen für sich anweisen konnte. Denn ich spürte bald, wie sie litten unter dem engen Zusammenwohnen mit den andern.

Sie hielten es peinlich sauber. In der Ecke hatten sie ein kleines Kreuz, wie es die Russen auf der Brust zu tragen pflegen, über ein mit weißem Papier bezogenes Stück Pappe gehängt. Immer standen in alten Konservendosen Blumen davor.

Ich wußte, daß er der einzig ehrliche Mann auf dem ganzen Hof war. Denn in der Not damals stahl jeder alles, was er brauchte, und es machte Mühe, soviel wie möglich unter Verschluß zu halten.

Nur eine einzige Ausnahme machte Andrey. Und dies geschah mit meinem stillen Einverständnis. Durch häufige Luftangriffe setzte oft das elektrische Licht aus. So mußten im Stall immer Kerzen bereitliegen. Andrey, der bei den Pferden mithalf und vor allem die Fohlen zu betreuen hatte, wußte, wo ich die Kerzen hinlegte, und die waren eben immer überraschend schnell verbraucht. Ich ahnte, wofür, und ließ ihn gewähren.

Zum erstenmal kamen wir ins Gespräch im Spätherbst bei der Zuckerrübenernte.

Es war höchste Eile geboten, der Frost drohte uns zuvorzukommen. Wer irgend konnte, mußte mithelfen. Auch alle Polen waren mit draußen. Es ging schon gegen Abend, doch war es wie verhext. Immer wieder redeten die Leute aufgeregt und schauten zum Himmel. Ich dachte erst, sie fürchteten Tiefflieger, die damals manchmal die Landleute auf den Feldern beschossen.

Nur Andrey und seine Babuschka arbeiteten still vor sich hin, die Messer blitzten, die Blätter flogen auf einen Haufen, die Rüben auf den andern. Ich muß mir versagen, Andreys köstliche Sprache wiederzugeben; es würde kaum gelingen.

Als ich zu ihnen kam, schaute er so schräg von unten her zu mir auf, seine Augen blickten belustigt, erst deutete er auf die Polen und dann auf seine Stirn: »Herr, ärgere dich nicht, sie sind dumm und gottlos dazu. Da meinen sie, die Sonne werde hüpfen im Untergehen und kreisen am Himmel, und die Mutter Gottes werde erscheinen. Und das sei das Zeichen, daß der Krieg bald aus. Was nutzt, wenn Krieg aus und die Menschen bleiben böse? Kommt bald ein neuer. Leute schauen nach außen. Sollten schauen nach innen. Wäre besser.« Und emsig arbeitete er zu.

Nachdenklich ging ich weiter. Was war das für ein Mensch! Wie anders war er als die dialektisch geschulten Russen, die durch die Rote Armee gegangen waren, mit denen ich mich oft unterhielt.

Er aber konnte mir manchmal ohne Wort, durch eine Geste des Grußes, durch einen Blick, durch ein Kopfschütteln helfen, wenn ich voll Sorgen über den Hof ging.

Ich mußte in die Stadt, Saatgut besorgen bei der Genossenschaft. Ich wollte Andrey eine Freude machen. Aber es gab ja nichts zu kaufen.

Da sehe ich in einem Tändlerladen ein Heiligenbild, eine russische Ikone. Ein Soldat mochte sie heimgeschickt haben. Ich erstand sie und steckte sie in meine Tasche.

Ich war recht froh auf der Heimfahrt. Das Bild mit dem im Feuerwagen gen Himmel fahrenden Elias, der seinen Mantel herabwarf auf den Elisa, der unten pflügte, erfüllte mich ganz.

Andrey lief mit flinken Schritten herbei, mir Pferd und Wagen abzunehmen. Ich zog mein Bild aus der Tasche: »Das habe ich für dich, freut euch dran.«

Er wickelte es aus, erbleichte, schlug ehrfürchtig ein Kreuz, und wie der Blitz war er verschwunden. Ich saß etwas verdutzt auf meinem Wagen und mußte wohl oder übel mein Pferd selbst abschirren. Bald darauf tauchte er schuldbewußt auf, griff nach meiner Hand, sie zu küssen, und Tränen liefen ihm über sein Gesicht. Reden konnte er nicht.

An dem Abend legte ich ein ganzes Paket Kerzen in den Stall, das auch prompt am nächsten Tag verschwunden war.

Es kam die Adventszeit. Der Nikolaustag fiel auf einen Sonntag. Seit Tagen sah ich schon die Babuschka waschen und putzen, sie hatte den kleinen Tisch und die zwei Hocker in den Hof getragen und scheuerte sie blank, die Strohsäcke wurden neu gefüllt; ich merkte, etwas war im Gange.

Da kamen auch schon die beiden Samstag nach Feierabend zu mir, blieben verlegen an der Tür stehen, und endlich brachte Andrey vor, der Herr Verwalter möge es doch nicht falsch auffassen, aber ob der Herr Verwalter ihnen nicht die Ehre geben möge, morgen, am Fest des heiligen Nikolaus, zu ihnen zu kommen.

Ich sagte zu. Ordnete an, daß ihnen von dem Weißbrot, das wir verbotenerweise sonntags für unsere Leute buken, ein größerer Leib zugeteilt werde, und sagte, ich werde ihnen auch eine Flasche Wein mitbringen, die ich geschenkt bekommen hatte. Aber ich hätte eine Bitte. Er möge mir doch erzählen, wie er hierhergekommen sei. Das ginge schon zu machen, meinte er, und strahlend zogen die beiden ab.

Nie werde ich diese Winterabendstunde vergessen. Im Lichte vieler Kerzen strahlte das Heiligenbild, umrahmt von grünen Zweigen, in der Ecke. Über den Tisch war ein weißes Hemd gebreitet – sie hatten ja nichts, die Armen. Auf dem Blechteller lag das Brot, und die Tassen standen für Gläser da.

Ich wagte kaum einzutreten, so feierlich war es in der kleinen Kammer.

Nach einem langen russischen Gebet setzten wir uns zu Tisch.

Und dann erzählte er. Von dem einsamen Dorf in den Wäldern, von der Hütte des Großvaters, wohin er nach der Revolution geflüchtet war, vom Krieg, der immer näher kam. Sie wollten bleiben. Was soll schon armen Bauern geschehen. Die Juden im Dorf, sie hatten eine kleine Gemeinde dort, sogar mit einem Bethaus, waren geflüchtet. Nur der Vorsteher, der alte Abraham, wollte nicht fort. Hier seien die Gräber seiner Ahnen und seiner Kinder, hier wollte er sterben.

»Wir lagen abseits, aber die Deutschen konnten doch kommen. Wir haben ihn dann halb mit Gewalt genötigt, im Walde sich zu verstecken. Wir haben dort so Vorratskeller in der Erde. Dort haben wir es ihm wohnlich gemacht, und alle paar Tage brachten wir ihm zu essen. Vielleicht, dachten wir, geht der Krieg bald vorbei, und er kann wieder in sein Haus. Oft hörten wir ihn laut beten, wenn wir im Wald waren.

Aber er wurde immer trauriger und schwächer. Und einmal, als ich ihn fragte, was ihm fehle, sagte er: ›Was soll ich leben, wenn ich meinem Gott nicht dienen kann. Nur einmal noch möchte ich die heilige Braut, den Sabbat, würdig empfangen – aber hier geht es ja nicht.‹ Ich spürte, wie sein ganzes Herz an dem Gedanken hing. Ich sagte ihm, es werde ja jetzt früh dunkel, und schon lang sei kein Deutscher mehr im Dorfe gewesen, und er möge sich am Abend zu meiner Hütte schleichen, die am Walde liegt, und was ich bereiten solle.

Sieben Kerzen erbat er und ein Brot und etwas Wein.

Und so kam es. In der hinteren Kammer hatte ich das Mahl bereitet, alles so gedeckt wie jetzt hier. Die Kerzen brannten, in der Ecke hing unser heiliger Elias, so wie jetzt hier. Dann kam er mit seinem wallenden weißen Bart. Wie Abraham selbst, als er die Engel Gottes zu Tisch bat, war er anzuschauen. Aber das sorgsam verhängte Fenster machte er frei. ›Wie soll denn‹, so sagte er vorwurfsvoll, ›der heilige Prophet, der immer über die Erde wandert, die Ankunft des Messias vorzubereiten, sehen, daß hier der heilige Sabbat gefeiert wird. Stellt noch einen Teller und Becher für ihn hin, daß er sieht, wir haben ihn erwartet. Und die Tür darf nicht verschlossen sein.‹

Es war nicht möglich, ihm zu widersprechen. Und dann begann er einen Gesang, zu dem wiegte er sich mit dem Oberkörper, die Augen geschlossen mit verklärtem Antlitz.

Ich rief Gott und alle Heiligen an, daß sie uns beschützen mögen. War er auch kein Christ, so war es gewiß keine Sünde, ihm vor seinem Tode geholfen zu haben, daß er Gott dienen könne auf seine Weise.

Und wir saßen beim Mahl, und er erzählte von uralten Zeiten.

Und dann geschah es halt: plötzlich von allen Seiten Motorengeräusche, Rufe.

Ich wußte schon gleich, das sind die Deutschen, sie durchsuchen das Dorf.

Er schien nichts zu merken. Begann wieder zu singen. Da klopft es hart an der Tür. Wir sitzen versteinert. Ein schwerer Schritt durch die Stube. Die Kammertür wird aufgestoßen. Da steht ein Soldat mit großem Bart voller Reif, schon ein älterer Mann. Das Gewehr im Anschlag. Unser alter Vater Abraham erhebt sich feierlich. Mit großer Geste weist er auf den leeren Stuhl, das bereitstehende Gedeck.

Uns steht das Herz still. Was wird geschehen? Ja, die Engel waren da. Der Deutsche lehnt das Gewehr an die Wand. Ganz still schaut er auf die Kerzen, das Bild; setzt sich, trinkt den Becher Wein (ein Offizier hatte mir die Flasche geschenkt, als er im Quartier bei uns lag), ißt vom Brot. Macht ein Kreuz. Wischt sich den Mund, verbeugt sich ein wenig vor dem Alten, schüttelt leise verwundert im Hinausgehen den Kopf, die Tür fällt zu. Es ist ganz still.

Die Kerzen sind heruntergebrannt.

Der Alte betet laut einen Lobgesang. Wird wohl ein Psalm gewesen sein.

Wir bringen ihn zurück in seine Höhle. –

Herr, wie groß war die Freude, als Ihr uns das Bild brachtet! Wir sind so dankbar! Wir haben wieder den Engel bei uns, der uns schützt.«

Auf meine kurzen Fragen erfuhr ich, daß einer sie verraten hat und daß sie noch einmal kamen und Andrey zwangen, sie in den Wald zu führen. Aber sie fanden den Alten nur tot. Ein seliges Leuchten lag auf seinem Antlitz.

»Uns aber haben sie halt mitgenommen. So sind wir hier.«

Auch unsere Kerzen brannten herunter. Ich konnte ihnen sagen, daß ich eigentlich von Beruf Priester sei und nun einen Segen sprechen wolle für uns, für den alten Abraham, für die ganze kranke, wunde Welt.

Und ich ging weg von diesem wackligen kleinen Tisch in der Kammer wie nur je von einem Altar.

Als ich über den beschneiten Hof zurückging, der Mond kam über dem Wald hoch, und zurückschaute nach dem kleinen Fenster der Kammer, da mußte ich daran denken, wie ein Sänger, der das Leid und das Dunkel des ersten großen Krieges nicht hatte tragen können und der deshalb damals schon zugrunde ging, einer, der die Schatten und die Trauer kannte wie wenige – wie Georg Trakl uns ein Gedicht hinterlassen hat; und ich mußte es vor mich hinsagen, dieses Gedicht von einem »Winterabend«:

Wenn der Schnee ans Fenster fällt,
Lang die Abendglocke läutet,
Vielen ist der Tisch bereitet,
Und das Haus ist wohlbestellt.

Mancher auf der Wanderschaft
Kommt ans Tor auf dunklen Pfaden.
Golden blüht der Baum der Gnaden
Aus der Erde kühlem Saft.

Wanderer, tritt still herein;
Schmerz versteinerte die Schwelle.
Da erglänzt in reiner Helle
Auf dem Tische Brot und Wein.

Brokowitsch

Es war unmöglich, ein Auge voll Schlaf zu finden jene lange, kalte Winternacht hindurch in der Rotkreuzbaracke auf dem zerstörten Bahnhof. Es gab ja so wenig Züge und keine Anschlüsse zwischen den Zonen. Nur gut, daß es diese Baracken gab, in denen man die vielen Stunden durchwarten konnte. Man konnte kaum Platz finden, um auf seinem Köfferchen zu sitzen. Alles war gedrängt voll. In der Mitte brannte eine einzige schwache elektrische Birne, die an einem Draht baumelte. Ihr Licht war kaum zu sehen in dem Dunst von Menschen und Zigaretten.

Da saßen sie auf ihren Bündeln oder lagen auf dem Boden, die vielen Heimatlosen, die durchs Land zogen. Dazwischen einige Soldaten, Heimkehrer, die lange schon in Gefangenschaft gewesen waren und nun hilflos in diese Welt und auf diese Menschen starrten, die sie nicht verstanden. Manchmal klagte ein Kind, das die Mutter dann beschwichtigte. In einer Ecke spielten Halbwüchsige Karten, in einer anderen entstand plötzlich ein Wortwechsel, wohl ein politischer Streit. Es war in jenem so überaus kalten ersten Nachkriegswinter. Die Nacht war lang genug, um manchem nachzusinnen. Draußen lag die fast völlig zerstörte Stadt. Ich war damals ganz in der Nähe im Obstbau tätig gewesen. Oft hatten wir kaum aufgeblickt, wenn wieder einmal das helle Sirren der Silbervögel in höchster Höhe über uns vernehmlich wurde und sie, Geschwader um Geschwader, nach Norden flogen, um Tod und Vernichtung zu bringen. Einmal aber hatte kurz darauf der Boden gebebt, so daß alles um uns herum erzitterte. Die nahe Stadt wurde vernichtet. Wie konnte ich wissen, daß es auch den Freund traf, der dann mit Hunderten von Opfern drüben im Massengrab seine letzte Stätte fand. Einen Augenblick hatte es triumphierend aufgeblitzt in den Augen meines Begleiters. Rasch hatte er sich abgewandt, seinem Pflug und seinem Pferde zu, daß ich es nicht sehen solle. Mich wollte er gewiß nicht kränken, dazu waren wir uns schon zu nahegekommen. Und ich trug meine Leiter zum nächsten Baum, ihn zu beschneiden. Ganz deutlich standen nun diese schwarzen, glühenden Augen vor mir, blitzende Falkenaugen über der kühn geschwungenen Nase, unter dem schwarzen Kraushaar. Und doch hatte ich sie oft auch unendlich traurig und beschattet in die Ferne blicken sehen voll Sehnsucht nach der Heimat.

Brokowitsch war ein junger serbischer Kriegsgefangener, der bei uns als Bauer arbeitete. Etwas Stolzes, Edles lag in seiner Haltung. Eine ganz klare Ablehnung. Lange sprach er nie ein Wort von sich aus. Er gehörte dem Volke an, das innerlich ungebeugt und ungebrochen jahrhundertelange Knechtschaft durch die Türken ertragen hatte, das immer noch die Lieder sang von den Helden, die in der unglücklichen Schlacht auf dem Amselfelde, die das Schicksal des Volkes besiegelte, mit der Freiheit untergingen. Schweigend verrichtete er seine Arbeit. Er liebte die Erde und die Tiere, darum erfüllte er seine Pflichten gewissenhaft. Er war ein guter Bauer. Selbst wenn es die Erde und die Tiere des Feindes waren. Wir waren oft allein draußen. Und allmählich entstand ein Einvernehmen zwischen dem, der oben auf der Leiter oder den Ästen stand, um den Baum in Zucht zu nehmen, der wild wuchern wollte, und dem, der den Pflug führte, um die schwarze Erde aufzubrechen, die die Saat aufnehmen sollte. Vielleicht spürte er bald, daß ich auch so eine Art Gefangener war, der nicht hierher gehörte, daß die Machthaber auch meine Feinde waren. Bald aßen wir immer gemeinsam unser Vesper; der eine betete für beide, der andere schlug das Kreuz. Und allmählich erfuhr ich mehr von ihm. Die Verständigung ging nicht schwer. Er war ja schon lange genug in Deutschland, und überdies war sein Mädchen eine Deutsche, eine junge Lehrerin aus der Batschka. Eigentlich war er Student, wollte Ingenieur werden. Die Eltern bewirtschafteten den heimatlichen Hof für den Bruder. Der sollte Erbe werden. Von ihm erzählte er gern. Er liebte ihn sehr. Bald kannte ich das ganze kleine Gut, ihre Sitten und Gebräuche. Auf alle mögliche Weise erfuhr er manches von zu Hause. Der alte Vater mußte alles allein machen mit dem Knaben, die Knechte waren in die Berge geflohen. Begeistert berichtete er mir von dem Befreiungskampf. Ich habe viel von ihm erfahren. Wie eine uralte Feindschaft durch das Land wütete, oft ein Dorf das andere ausrottete. Bruderkrieg, der seine Wurzeln in ferner Vergangenheit hatte, als Rom Kroatien kirchlich in Besitz nahm, während Serbien griechisch blieb. Wie man im Kriege diesen alten Haß benutzt hatte, die einen gegen die andern auszuspielen. Selbst noch im Gefangenenlager hatten die griechisch-orthodoxen Christen zu leiden.

Während ich in meinen Erinnerungen so weit gekommen war, immer diese blitzenden Falkenaugen im Sinn, seine lebendige Gebärdensprache und ein bestimmtes Zurückwerfen des Kopfes vor Augen, trat plötzlich vor meinen Seelenblick der zarte, kleine, feingliedrige alte kroatische General, den ich vor meiner Abreise lange in seinem Emigranten-Dachstübchen gesprochen hatte. Er war mir schon aufgefallen, wie er Sonntag für Sonntag rechts vorne im Gottesdienst saß, nun hatte ich ihn besucht.

Wie einer, der sich tief schämt, in alte Blutsleidenschaft zurückgefallen zu sein, hatte er mir erzählt von den Jahren, als er den trügerischen Versprechungen geglaubt hatte, daß sein Volk frei werden könne. Und doch sollte es nur schlimmer versklavt werden, als es die Serben unter den Türken waren. »Daß ich noch mit Ihnen reden kann, kommt daher, daß ich schon gestorben bin. Als man die über hunderttausend meiner Landsleute, darunter Frauen und Kinder, auslieferte, die im Lager bei Salzburg gesammelt waren nach ihrer Flucht, wohl wissend, daß sie alle ermordet würden, schien es sich bei mir nicht mehr zu lohnen, denn ich lag im Sterben. Und nun darf ich leben, um für sie zu beten und alles wieder ins Rechte zu denken.« Was wohl Brokowitsch zu ihm sagen würde, mußte ich denken.

Manchmal war dieser auch fröhlich, dann sang er wilde, schwermütige Weisen. Ein Lied schien er besonders zu lieben. Er sang es öfter als andere. Ich ließ es mir von ihm erklären. Dann fand ich später den Text in einer Übersetzung des österreichischen Dichters Anastasius Grün. Ich will es aufschreiben, weil es so viel aussagt über die Seele meines Kameraden:

Auf dem schwarzen Berge
Brennt ein helles Feuer,
Dran vorüberreiten
Dreimal zehn der Helden.

Dreimal zehn der Helden
Auserlesner Krieger;
Einer unter ihnen
Ist gar schwer verwundet.

Bitt um Gott Euch, Brüder,
Laßt mich hier nicht liegen,
Doch hinaus mich führet
Nach dem ebnen Felde.

Dort bei Sankt Johannes
Grabt mir eine Grube
Tief für meine Büchse,
Breit für meinen Säbel.

Aber laßt mir draußen
Meine Hand die rechte,
Aber breitet drinnen
Meinen Reitermantel.

In das Grab mir leget
Rosmarins ein Sträußlein,
An den Arm dann bindet
Mir mein Pferd, den Rappen.

Rößlein um mich traure,
Da 's nicht will die Liebste.
Trauern würd auch Liebchen,
Wenn's die Arme wüßte.

Brüderlein, dich bitt ich,
Wenn du gehst vorüber
An dem weißen Hofe,
Bleibe stehn und sag ihr:

Daß ich mich vermählte
Mit der schwarzen Erde,
Daß ich mich vermählte
Mit der grünen Wiese.

Das hatte er auch damals gesungen, als wir über den See ruderten zur heiligen Insel. Ich wollte ihm einmal eine Freude machen. Da wir nicht nur schönes Obst anbauten, sondern auch aus dem faulen Obst guten Schnaps brannten, hatte ich mir eine Flasche ausgebeten. Mit der hatte ich dem Wachhabenden im Dorfe klargemacht, daß wir im Auftrage unseres Herrn etwas Wichtiges auf der Reichenau zu besorgen hätten. Und so wanderten wir mit einem gestempelten Schein über den Bodanruck, fuhren über den See. Waren einmal frei. Wir wanderten nach Oberzell. Diese Welt war meinem Brokowitsch vertraut. Er lauschte, wie ich ihm die uralten Fresken deutete, wo der Herr zu schauen ist, der nicht richtet, sondern aufrichtet und hält.

Dieser Tag hatte uns besonders verbunden. Aber bald mußten wir uns trennen. Man hatte es nicht gern, wenn die Gefangenen sich zu sehr heimisch fühlten. Er kam in ein anderes Dorf. Auch ich hatte noch andere Wege vor mir. Beim Abschied versicherte er mir, er werde bald wieder zu

Hause sein, er wisse es genau, und dann werde es ein schöneres und besseres Jugoslawien geben als zuvor.

So sann ich in dieser Nacht dem Menschen nach, durch den ich ein ganzes Land in meine Seele hatte aufnehmen dürfen. Und unwillkürlich begann ich die Weise seines Lieblingsliedes, die sich mir fest eingeprägt hatte, zu summen, einzelne Strophen leise zu singen.

Da stand plötzlich ganz hinten in der Ecke einer auf. Ich achtete nicht weiter darauf, auch konnte man in dem trüben Licht kaum etwas erkennen. Aber eine Stille, die auf einmal im Raume entstand, ließ mich aufschauen. Es war jene Stille, die entsteht, wenn ein Blinder tastend durch den Raum geht. Mein Herz setzt einen Augenblick aus, so erschrecke ich. Das ist doch unmöglich, denke ich. Ruhig und sicher, nur wenig geführt von einem jungen Mädchen, kommt Brokowitsch auf mich zu. »Das kannst nur du sein«, sagt er, als er vor mir steht. Und ich schaue in die erloschenen Augen, deren wilden, strahlenden Glanz ich so geliebt habe, diese Falkenaugen. Ich springe auf, nehme ihn in die Arme und stammle: »Brokowitsch, wie kommst du hierher?« Die Umliegenden machen etwas Platz, wir kauern uns auf den Boden. Ach, es war eigentlich eine ganz einfache Geschichte, und sie war bald erzählt. Hauptsächlich berichtete das junge Mädchen, seine Braut.

Als der Krieg aus war, war Brokowitsch einfach losgezogen, ohne einen offiziellen Transport abzuwarten. Es war ja nicht weit vom See zum Balkan. Zu Hause fand er nur noch die Mutter und den jungen Bruder. Der Vater war in den Partisanenkämpfen als Geisel erschossen worden. Stolz zeigte der junge Bruder, wie er alles halbwegs in Ordnung gehalten hatte, soweit die Kriegswirren es zuließen. Brokowitsch blieb nun zu Hause, bald fanden sich auch einige Knechte wieder ein, es galt Vieh aufzuziehen, Pferde erwarb man als Beutetiere.

Aber bald wehte der neue scharfe Wind auch in ihr abgelegenes Tal. Der Hof und das Land sollte nicht mehr der

Familie gehören wie seit Jahrhunderten. Als die Leute aus der Stadt angefahren kamen, standen die Brüder samt den Knechten mit geladenem Gewehr am Hoftor und riefen: »Niemand kommt hier herein, oder wir schießen.« Und dann kam es, wie es kommen mußte. Der Bruder tot, er schwer verwundet. Man hat den Blinden nach der Genesung ziehen lassen. Die Braut führte ihn. Er hatte nun endgültig die Heimat verloren. Sie waren zum See gekommen, weil da Menschen lebten, die ihn kannten.

Nun ging der Rest der Nacht schnell herum. Auch ich mußte erzählen von dem, was ich inzwischen erlebt hatte. Ich nahm die beiden nach der großen Stadt mit, wo ein Ausländerlager war und sich eine Universität auftat für Leute aus dem Osten. Seine junge Frau las für ihn, schrieb für ihn mit, und er konnte bald sogar ein Examen bestehen.

Manchmal saßen wir in dem kleinen Dachstübchen zusammen bei dem alten kroatischen General. Und es wurde da eine Brücke gebaut zwischen denen, die Jahrhunderte Todfeinde gewesen waren und stellvertretend für ihre Völker sich in einem neuen Geiste zusammenfanden. Aber die Lebenskraft des Kameraden war doch gebrochen. Eine Grippeepidemie raffte ihn dahin, bevor sie auswandern konnten. Nun war er »vermählt der schwarzen Erde, vermählt der grünen Wiese«.

Stephan

Weit schwingt sich die Autobahn über die tief eingeschnittenen Täler der Elster, der beiden Mulden und anderer Flüsse, die vom Erzgebirge der Ebene zustreben. Wenn auch mächtige Spitzkegel der Abraumhalden fremd in das vertraute Land zwischen Sachsen und Thüringen ragen, von der fieberhaften Suche nach Uran zeugen und von einer neuen Zeit künden, die über uns hereingebrochen ist – es bleiben doch die Felder dieselben und die vielen kleinen Orte, erfüllt von emsiger Werktätigkeit. Und es grüßen von ferne die Türme Zschopaus und erinnern an den großen Mystiker Valentin Weigel. Erst nach seinem Tode fand man die Werke, die der lutherische Pfarrherr im Verborgenen geschrieben hatte. Und im Dunst der Schlote ahnt man das Zwickau Thomas Münzers; er wußte, daß die Reformation nur der allererste Anfang eines Neubeginns war. Aber wie alle Schwärmer wollte er selbst schnell herbeiführen, was durch Jahrhunderte wachsen muß.

Auf dieser Fahrt erblickte ich auch das mächtige Massiv der Augustusburg, die mit ihren vier Türmen, ihren zwölf Sälen und ihren 365 Fenstern von Hieronymus Lotter für einen Fürsten errichtet worden war. Und wie sie auftauchte im Abendlicht, da durchklang mich ein Name – »Stephan«, mußte ich ihn leise wiederholen. Und fast beschämt mußte ich hinzufügen: »Und Katharina«. – Dreißig Jahre versanken. Und lebendig gegenwärtig standen sie vor mir, die sich dort oben auf der Burg schicksalhaft begegnet waren.

Jedes Jahr zur Sonnwendzeit trafen sich die Gemeinden der religiösen Erneuerungsbewegung in Sachsen dort auf der Burg, um das Johannisfest zu begehen. Eine kurze Andacht zur Begrüßung, dann ein Spiel in der Dämmerung. Nachts das große Johannisfeuer, bei Sonnenaufgang die heilige Handlung im Freien, dann wohl noch mancher Beitrag, der in lebendiges Gespräch mündete – unvergeßliche Höhepunkte der Jahre.

In jenem Jahre lagerten die Freunde in einer Mulde, und am Rande eines Feldes, über ihnen, scharf sich abzeichnend gegen den dämmrigen Himmel, standen sich die zwei Gestalten gegenüber, deren Streitgespräch die Jahrhunderte überdauert hat: der Ackermann und der Tod. Johann von Saaz hat es 1412 aufgezeichnet nach dem plötzlichen Tode seiner jungen Frau. – Ich hatte Stephan gebeten, den Tod zu sprechen. Die messerscharfe Logik, mit der er den Kläger zurückwies, entsprach seinem Wesen.

Der Sohn einer alten jüdischen Patrizierfamilie aus Frankfurt, in die aber schon seit Generationen anderes Blut geflossen war und die seit der Goethezeit schon ganz im deutschen Kulturleben wurzelte, hatte jene feingeschnittenen Züge mit den etwas traurigen Augen, die solchen Menschen eigen ist, die im Bewußtsein leben, nirgends ganz dazuzugehören, immer nur Zuschauer zu sein. Seine hohe Gestalt war ein wenig gebeugt, als läge die Last von Jahrtausenden auf ihm. Aber er hatte bei allem scharfen Verstande ein ganz kindliches Gemüt. Ein wenig scheu war er, der Student der Sozialwissenschaften und Betriebslehre an der Technischen Hochschule, in unseren Jugendkreis gekommen. Früh verwaist, war er unabhängig. Brüder seines Vaters lebten in England. Alles Kultische war ihm fremd. Immer wieder mühte er sich, zu der Gestalt des Christus einen Weg zu finden. Manchmal sagte er zu mir: »Weißt du, ich stehe vor dem Tor, ich kann die Schwelle nicht überschreiten, aber ich kann auch nicht weggehen. Laß mich dort stehen und durch den Türspalt hindurch teilnehmen.«

Aber wenn wir um Goethes Farbenlehre oder die neuen Sozialimpulse der Dreigliederung Steiners uns mühten, dann war er ganz dabei, da hatte er Zugang und rang aus seinem naturwissenschaftlichen Bewußtsein heraus um lebendiges Denken.

Da stand er nun im langen grauen Gewande, und seine schmalen, feingliedrigen Hände gaben den Worten des unerbittlichen Gesetzes bestimmende Klarheit. Unvergeßlich aber dann die demütige Gebärde des Hauptes, das sich am Ende dem versöhnenden Richterspruch Gottvaters beugt.

An jenem Johannisfest muß es gewesen sein, daß er Katharina begegnete. Aus den Wäldern des Gebirges kam sie, Tochter eines alten Obersteigers, voller Lebenskraft und voller Lieder, scheu in ihrer reinen Zurückhaltung, kräftig zupackend, wo es zu ordnen und zu helfen galt. Vielleicht haben sie kaum ein Wort miteinander gesprochen. Aber sie haben sich erblickt, so grundverschieden sie waren. Oder vielleicht gerade deshalb. Als Katharina bald darauf nach bestandenem Abitur nach Dresden kam zur pädagogischen Hochschule, sagte sie mir einmal, es wäre ihr damals bei den Worten des Todes durch und durch gegangen, und sie habe so Mitleid haben müssen mit ihm, der diese Kräfte zu verwalten habe.

Die Zeit ging weiter, das »tausendjährige Reich« brach an. Stephan, der hauptsächlich bei uns verkehrte, berichtete wohl von gelegentlichen Anrempelungen auf der Hochschule, die er aber nicht ernst nahm, ebensowenig wie die Warnungen seiner Verwandten aus dem Ausland. Bis jener Tag kam, wo er zum Dekan der Fakultät gerufen wurde, der ihm seine große persönliche Hochachtung aussprach, aber zu seinem großen Bedauern ihm mitteilen mußte, daß er als Nichtdeutscher nicht weiterstudieren könne.

Vollkommen betäubt muß er auf der Treppe draußen gestanden haben. – Er nicht Deutscher? Unschlüssig, wohin er sich wenden solle, gleichsam nach allen vier Himmelsrichtungen fragend ausschauend. So fand ihn Katharina, die zufällig vorbeikam und mit dem Spürsinn der liebenden Frau sofort überschaute, was vorlag. Ohne zu fragen, lud sie ihn ein, mit ihr zu fahren, sie wolle einige Tage nach Hause. Willenlos vertraute er sich ihr an, ließ es geschehen, daß sie zu ihm fuhren, sie seine Sachen packte wie für eine große Reise. Und nun begann für Stephan die vielleicht glücklichste Zeit seines Lebens. Sie fanden bei einer alten Bergmannswitwe ein Zimmer für ihn. Der alte Obersteiger sagte nur: »Sie sind also der Stephan, seien Sie willkommen.« Bald entschloß er sich, sich in den Lebenskreis der Menschen dort einzufügen. Er betrachtete diese Arbeit als Praktikum, das sein Studium ergänzte.

Unter Tag fragte niemand, wo er herkam. Die Autorität seines bald väterlichen Freundes schützte ihn. Weite Wege in den Wäldern mit Katharina am Sonntag, gemeinsames Singen am Abend, winterliche Schnitzarbeiten machten bald aus ihm einen Erzgebirgler. Seine Briefe waren glücklich: »Ich bin endlich auf der Erde angekommen«, schrieb er, »ich erlebe meine Hände und Füße.« Die schwere Arbeit und das einfache Leben machten ihn gesund. Als er einmal kam, uns zu besuchen, war er kaum wiederzuerkennen.

Katharina, aus dem Gefühle heraus, ihn im Anfang nicht allein lassen zu dürfen, war für ein Semester beim Vater geblieben. Der einsame Mann war dankbar, die Tochter wieder im Hause zu haben. –

Wie ein Blitz traf mich kurz vor Weihnachten die Bitte Vater Steinerts, zu kommen, um seine Tochter zu bestatten. Ich eilte ins Gebirge. Da lag sie im Sarg, ganz zart und durchsichtig und unendlich friedsam. »Wo ist Stephan?« fragte ich. »Fort.«

Nach der Beerdigung, an der nicht nur das Dorf teilnahm, sondern zu der viele Menschen aus der ganzen Umgebung gekommen waren, saßen wir in der großen Stube, und der Vater erzählte. Es hatte sich doch ein Judas gefunden. Sie waren rechtzeitig gewarnt worden. Es gab eine verschworene Gemeinschaft des Widerstandes. Stephan mußte über die Grenze. Ein entfernter Verwandter hatte einen Bauernhof in der Nähe des Fichtelberges. Dort sollte er Pferd und Schlitten bekommen. Katharina wollte ihn begleiten, bis er in Sicherheit war. Was dann eigentlich geschehen war, wußte der Vater selbst nicht. Schwer fiebernd war Katharina zurückgekehrt, konnte nur noch berichten, daß die Flucht geglückt war. Nach wenigen Tagen hatte trotz aufopfernden Einsatzes des Arztes die doppelseitige Lungenentzündung das blühende Mädchen hinweggerafft.

Der Vater war sehr gefaßt. Wie allen alten Bergleuten war ihm die andere Welt vertraut. »Es war wohl so recht«, sagte er. »Die Mutter hat sie geholt, ihr Leben war erfüllt, sie wäre nie mehr glücklich geworden.«

In der Stube war nach Sitte der Gebirgler in einer Ecke ein großer Weihnachtsberg aufgebaut. Unter den vielen selbstgeschnitzten Figuren, den Hirten, den Schafen, den Engeln, den Königen, fiel mir in einer Ecke etwas auf: Herodes, seine Trabanten und der Teufel. Das gab es sonst nicht. Auf meinen fragenden Blick sagte Vater Steinert: »Das hat Stephan geschnitzt. Er wollte es unbedingt. Er sagte, die gehören dazu.«

Mein Herz war schwer, als ich abfuhr. Schicksalsrätsel lasteten auf ihm.

Der Krieg kam. Die Zeit des Verbotes unserer Gemeinden. Jahre der Arbeit als Bauer. Am Ende noch Monate als Soldat. Das Ende der Kämpfe erlebte ich in der Lausitz. Unsere Abteilung überquerte noch in der Nacht der Kapitulation das Lausitzer Bergland nach Böhmen. Dann wurden wir auseinandergesprengt. Mit einem Wagen voll Verwundeter fuhr ich nach Leitmeritz ein, als das Lager von Theresienstadt gerade geöffnet war und die Scharen halbverhungerter Juden sich ergossen über die zurückflutenden versprengten Soldaten. Sie hatten Plünderungsfreiheit; Tschechen, Russen sahen teilnahmslos zu. Im Trab an das Ende einer russischen Fahrkolonne angehängt, konnte ich meine Kameraden schützen, nur die dunklen Blicke brannten sich in meine

Seele. Da plötzlich entdeckte mein Blick eine schmale Gestalt auf der Treppe eines Hauses stehend, leidgezeichnet, aber unbewegt, mit unendlich traurigen Augen über das ganze Toben schauend: »Stephan«, durchzuckte es mich, aber ich verwarf den Gedanken, schon war ich mit meinem Wagen vorbei, und die nächsten Tage brachten so viel Schwieriges und eine gnädige Bewahrung vor der Gefangenschaft, daß das Erlebnis bald wieder versank.

Dankerfüllt bauten wir unsere Altäre wieder auf. Was kümmerte es uns, daß es wenig zu essen und im so sehr kalten Winter kaum etwas zu heizen gab. Viele kamen wieder, viele waren durch die Bomben und durch die Kämpfe hinübergegangen, neue Menschen fanden sich zu uns.

Wir spielten zum erstenmal wieder unsere alten Weihnachtsspiele. In der Aula der halbzerstörten Schule war es sehr kalt. Aber die Herzenswärme und das Glück der Gemeinsamkeit ließen es uns kaum spüren. Der Saal war überfüllt. So kam es, daß ich, als Sternsinger in der Kumpanei stehend, erst spät die Gestalt Stephans erblickte, der ganz hinten an der Tür lehnte. Ganz still blickte er, von innen her leuchtend, er war ein alter Mann geworden mit weißen Haaren.

Ich nahm ihn mit in meine kleine Stube. Und da saßen wir die Nacht beisammen, jeder hatte die Hälfte eines Ringes, die fügten wir nun zusammen.

Ich mußte ihm von Katharinas Tod berichten. Schweigend saß er lange. Dann begann er, zögernd erst und dann immer lebendiger, ganz der Erinnerung hingegeben, zu berichten. Sie waren zu jenem Bauern gekommen. Der hatte Furcht, war zwar bereit, Pferd und Schlitten zu geben, wollte aber nicht selbst mitkommen. Katharina fuhr nun mit, versprach, alles wohlbehalten zurückzubringen. Er beschrieb ihnen den nächsten Weg zur Grenze, der auch der einsamste war, links am Fichtelberg vorbei. – Als sie aus dem schützenden Tal heraus waren, begann Schneegestöber, das allmählich zum Sturm sich steigerte. Wer je auf einem Gebirgskamm den Schneesturm erlebte, weiß, wie schwer es ist, sich dagegen zu halten und die Richtung zu bewahren. Schon waren sie ganz verzagt, das Pferd wollte nicht weiter, als plötzlich aus dem Dämmer eine Gestalt vor ihnen auftauchte, mit wenigen Worten zeigte der Mann, der wie ein Waldarbeiter wirkte, daß er ihr Vorhaben erriet. Aber er mußte ihnen sagen, daß sie vom Wege abgekommen waren. Er erbot sich, ein Stück mitzufahren, setzte sich hinter ihnen auf den kleinen Fahrersitz, überließ aber Stephan weiter die Zügel. Das Pferd schien neue Kräfte zu haben, der Sturm ließ ein wenig nach. Von Zeit zu Zeit, wie im Selbstgespräch, ließ der Begleiter einige kurze Sätze vernehmen. Sie hüllten die beiden ein in einen warmen Strom der Zuversicht. Er sprach in der symbolschweren Sprache der Stillen im Lande von der Aufgabe des Bösen in der Welt, flocht auch einmal das Bild des Herodes ein und vom Teufel, der ihn lenkte, und beide seien doch nur Werkzeuge gewesen, daß das Kindlein dorthin gelangte, wo es hin sollte. Ein Zuruf von ihm ließ das Pferd stehen. Er wies auf einen dunklen Waldsaum, vielleicht fünfhundert Meter links, bedeutete Katharina, bis dorthin zu fahren; im Walde läge nicht zu viel Schnee, dort könne dann Stephan gehen, er werde bald über der Grenze sein, und eine Entdeckung wäre dort nicht zu befürchten. Er hob die Hand halb grüßend, halb segnend und bog nach rechts ab. Nach wenigen Schritten hielt Stephan wieder an, er wußte selbst nicht, warum, lief zurück zu der Stelle, wo sie sich von dem Fremden getrennt hatten, es war deutlich zu sehen, daß der Schlitten hier gehalten hatte, das Pferd hatte den Schnee zerstampft. Er sah in die Richtung, in der jener verschwunden war. Makellos und unberührt lag der Schnee, nicht die geringste Spur war zu sehen.

Er eilte zurück, die Zeit drängte, er konnte nur halb sich bewußt machen, was er erlebt hatte. Der Abschied brachte das nie ausgesprochene Wort unbedingter Zusammengehörigkeit. Katharina fuhr zurück – er wurde bald von tschechischen Grenzwachen aufgegriffen und war vorläufig gerettet. »So hat sie doch ihr Leben für mich geopfert – und nun weiß ich, daß sie es war, die mich weitergeführt hat.«

Bald war auch dieses Land keine Zuflucht mehr. Er wurde gefaßt, und er war es gewesen, der auf jener Treppe gestanden hatte. Auch er hatte mich gesehen. Er war entsetzt gewesen über das, was er kaum wußte, über den Wahnsinn, der nun weitertobte. – Er gehörte ja nirgends hin im Ghetto, er war nie Jude gewesen im strengen Sinne. Aber er fand jene kleine Gruppe, die im Verborgenen sich sonntäglich um die heilige Handlung scharte, ohne alles Zeichen, nur aus dem Gedächtnis gesprochen und doch so geisteswirklich, daß er mir nun sagen konnte: »Das Tor hat sich aufgetan für mich, ich brauche nicht mehr draußen zu stehen, ich darf im Innern des Heiligtums mitbeten. Ich wußte genau, wer uns beide in jener Sturmnacht gerettet hatte.«

Er war nur in die große Stadt gekommen, um alles zu ordnen. Er hatte zufällig in der Zeitung von dem Spiel gelesen. So hatte er mich gefunden. Der Ring hatte sich geschlossen. Der Weg war nun erhellt. Am nächsten Tag fuhr er nach Übersee.

Zu dritt waren wir, als wir beide in dieser Nacht zusammensaßen.

Der Knabe Beatus

An einem grauen Novembertag des Jahres 1945 saß ich auf einer Bank im Englischen Garten in München. Das Ringelspiel, das Kinder-Karussell, das mich als Kind begeisterte, der chinesische Turm, in dessen Schatten ich früher mit der Großmutter Schokolade getrunken hatte, waren zerstört. So trostlos schien die Welt noch nie. Zwar standen noch auf den kleinen Erhöhungen die Baumgruppen wie sonst, säumten die Sträucher die Wege; wenn auch hie und da ein Bombentrichter klaffte und einige Stämme geborsten waren. Sie waren wenigstens geblieben. Aber sonst...? Scharen von Krähen zogen kreischend zu ihren Schlafbäumen drunten im Aumeister. Und die Verse des deutschen Dichters Franz Werfel, der in der Verbannung in Amerika sicher auch mit an Heimweh gestorben war, kamen mir in den Sinn, die Verse seines Gedichtes »Madonna mit den Krähen«, das so beginnt:

Es ist November in der Welt.
Der Baum hebt nackt sein Krüppelbein.
Gebüsch bebt, bettelnd hingestellt.
Vereinsamt stiert der Meilenstein.
Frech wie ein Strolch auf brachem Feld
Die alte Vogelscheuche lungert.
Die Mutter schleppt sich querfeldein.
Das Kindlein friert, das Kindlein hungert...

und so endet:

Nicht Korn und Haselnuß gibts mehr.
So kahl war kein November noch,
Und keine Nacht so liebeleer
Wie diese, die jetzt näher kroch.
Die Schwärze schlurft aus Schlucht und Loch.
Maria haucht, ihr Kind zu wärmen,
Und beugt sich tief, wenn immer noch
Die Krähn sie wahnsinnsschrill umschwärmen.

Ja, so mußte ich denken, Dichter sind Wahrsager. Drüben über dem Klein-Hesseloher See gingen erste Lichter an, im Offizierskasino der Amerikaner. Ob einer von ihnen wußte, daß ein Amerikaner, ein Mister Thompson, den Anstoß gegeben hat zu der Gründung dieses wahrhaft dem Volke dienenden großen Parkes? Er war über England nach Bayern gekommen. Der Kurfürst ließ ihn vom Kaiser zum Grafen Rumford ernennen. – Ich ging langsam auf den See zu. Da war plötzlich auf dem schon halbgefrorenen Wasser eine heftige Bewegung. Von allen Seiten stürzten Vögel herbei, Schwäne, Enten, Wildgänse und kreischende Möwen.

Ein Knabe, hochaufgeschossen, stand am Ufer. Mit weitausgebreiteten Armen, ohne einen Laut, schien er die gefiederten Gäste herbeizurufen. Und dann fütterte er sie aus einem umgehängten Brotbeutel, sorgsam bedacht, daß nicht nur die Starken, Unverschämten, sondern alle ihr Teil erhielten. Er trug eine viel zu weite und große Lederbundhose – sicher die seines Vaters –, darüber einen selbstgestrickten Pullover. Seine blondgelockten Haare zerzauste der Wind.

Ich sah die tiefblauen Augen, das schmale edle Gesicht und erkannte ihn wieder. Ein Bild, das sich mir tief eingeprägt hatte, tauchte auf. Es war einer jener unvergessenen Abende in der halbzerstörten Universität gewesen. Die Aula, notdürftig hergerichtet, die Fenster zum Teil noch mit Brettern verschlagen, der einzige halbwegs brauchbare Saal in der ganzen großen Stadt, war dichtgedrängt voller Menschen. Auch ich hatte nur auf den Stufen des Seitenganges Platz gefunden. Es war kalt. Die meisten, die da zum Teil in dünnen Mänteln saßen, hatten sicher Hunger. Lautlose, andächtige Stille empfing das mächtige Tönen der achten Symphonie Anton Bruckners. Tränen standen vielen in den Augen. Dem Elend entrückt, Seelennahrung empfangend, lauschte die Menge. Mein Blick fiel auf ein Paar, das schräg unter mir saß. Eine Mutter, die den Arm wie schützend um ihren Knaben gelegt hatte. Das straff in der Mitte gescheitelte tiefschwarze Haar umrahmte ein schmales, weißes Gesicht, aus dem dunkle Augen unendlich müde und traurig blickten. Der Knabe lehnte seinen blonden Lockenkopf an ihre Schulter. Sehr gesammelt und wach verfolgte sein Auge den Dirigenten, hörte gleichsam auch mit den Blicken. Beide waren ärmlich, aber ordentlich gekleidet.

Und nun stand derselbe Knabe vor mir. Er strahlte mich an und rief in die Schar auf dem Wasser: »Aus is!«

Ich fragte ihn, ob er denn nicht selbst Hunger habe und woher er denn das viele Brot habe. »Von den Amis natürlich. Bevor sie es verbrennen, hol ich mir immer davon. Die Vögel brauchen doch jetzt im Winter etwas. Die Wachtposten lassen mich in Ruhe. Dafür zeichne ich ihr Bild, das schicken sie dann nach Hause. Sind auch so weit weg von daheim. Nur ein wenig mehr Papier sollte man haben.« Mir fiel auf, wie er mit mir reines Hochdeutsch sprach. Wir gingen nun zusammen weiter. Ich fragte ihn, woher er denn so gut zeichnen könne? »Der Professor gibt mir Unterricht.« Er erzählte, wie er zweimal in der Woche den Tag über bei dem alten Professor sei, ihm die Wohnung sauber mache, sich anstelle mit den Marken beim Einholen. Und dafür dürfe er zeichnen und malen. »Er ist doch der Lehrer meines Vaters«, sagte er stolz. Als ich Näheres fragte, ahnte ich, daß ich den Professor gut kannte: »Hat er so eine gebogene Nase und eine Narbe über der Backe?« »Ja, wie ein Adler schaut er aus und ist schon uralt.« Und ich war froh, dadurch zu erfahren, daß der alte Freund noch lebte, der 30 Jahre vorher so eindrucksvoll den Jesaias in unserem Osterspiel gespielt hatte.

»Mußt du denn nicht schon längst nach Hause, die Mutter wird sich sorgen?« Es war inzwischen ganz dunkel geworden. Ich erfuhr, daß die Mutter erst sehr spät heimkomme, jeden Abend hole er sie ab. Sie sei in der Küche bei den Amerikanern zum Abspülen und Saubermachen. Dafür dürfe sie Essen für sie beide mit heimnehmen.

Wir verabredeten für den nächsten Tag, an dem ich wieder in Schwabing sein mußte, einen Spaziergang, und damit begann eine Freundschaft, die zwar nur sieben Monate währen sollte, aber um so inniger war.

Beim Nachhausegehen durch die zerstörte Stadt hatte ich immer diese Augen vor mir, die so frei und ernst, so zuschauend und forschend blickten. Was mochten sie gesehen haben? Brände und Trümmer und viele Tote. Aber sie waren nicht verstört und erschreckt, aber auch nicht so wissend und frech wie die Augen vieler anderer Kinder in dieser Stadt.

Ich sah ihn schon von weitem, als wir uns wieder trafen, und da wurde mir bewußt, was ich schon beim ersten Mal halb wahrgenommen hatte: Sein Gang war ganz leicht, aber nie eilig. Die Arme schlenkerten weit hin und her, sie saßen ein wenig locker in den Gelenken.

Noch wußte ich nicht einmal seinen Namen. Er sagte gleich beim Begegnen: »Ich habe der Mutter erzählt, daß ich dich getroffen habe. Sie meint, ob du uns nicht einmal besuchen möchtest? Vormittags ist sie meist zu Hause.« Ganz selbstverständlich klingt in seinem Munde die vertraute Anrede. Freimütig und unbefangen vertraut er sich mir an. Ich fühle die Dankbarkeit, daß jemand einmal Zeit für ihn hat. Alle ringsum sind ja so sehr mit ihrem eigenen Schicksal beschäftigt. »Aber ich weiß ja noch nicht mal deinen Namen«, so frage ich und nenne ihm den meinen. Er steht still, reckt sich ein wenig und sagt fast feierlich: »Beatus Klampfleuthner! Ich heiße nach meinem Großvater.« Da weiß ich plötzlich, an wen mich diese tiefblauen Augen erinnern. Als Bub war ich oft in den Ferien von der Halbinsel Urfahrn im Morgendämmern nach der Insel Frauenchiemsee gerudert in der Notzeit des ersten Weltkrieges; kamen die Fischer von nächtlicher Fahrt heim, konnte man Fische kaufen. Und auf der Insel hatte ich einen guten Freund, den Töpfermeister, dem ich oft stundenlang zuschaute, wenn auf der Drehscheibe unter seinen Händen aus dem Lehmklumpen Milchhafen oder Blumenvasen entstanden. Diese bemalte er dann mit den Motiven uralter Bauernkunst. Ich wollte damals unbedingt Töpfer werden. »Deinen Großvater habe ich gut gekannt«, sagte ich. Wieder wurde ein Schicksalsfaden sichtbar.

Er wollte nun wissen, was ich treibe. Als ich ihm sagte, ich sei Pfarrer, blieb er stehen, musterte mich aufmerksam und meinte dann: »So ein richtiger Pfarrer kannst du nicht sein. Aber gut, daß wir uns getroffen haben. Ich habe so viele Fragen.«

Und damit war der Grundton unserer Begegnung angeschlagen. Aber ich muß zuerst von dem Besuch bei der Mutter berichten. An jenem Vormittag war Beatus beim Professor. So traf ich die Mutter allein in jenem großen Atelierraum unterm Dach eines Schwabinger Hinterhauses. Das Haus war teilweise beschädigt. Der Treppenaufgang schmutzig und finster, denn noch waren nicht alle Fenster wieder verglast, sondern nur verschlagen. Um so überraschter war ich, als ich in das Atelier eintrat. Peinliche Sauberkeit und großzügige künstlerische Raumgestaltung waren vereint. Einige erlesene alte Möbel, mit Kennerblick ausgewählt, standen vor großen bunten Wandbehängen. Natürlich war der nach Norden gerichtete Raum kalt, aber um den kleinen Ofen war mit spanischen Wänden eine gemütliche Wohnecke gebaut. Die Mutter begrüßte mich bei aller Zurückhaltung doch herzlich; sie war dankbar, daß ihr Sohn einen Freund gefunden hatte. Überall standen ungemein lebendige Kleinplastiken: Rehe, Lämmer, Kälbchen, Fohlen, dazwischen Kinderköpfe, in denen ich unschwer den Knaben Beatus in verschiedenen Stellungen erkennen konnte.

An den Wänden hingen Aquarelle, zarte Bilder der Landschaft in den bayrischen Vorbergen.

Die norddeutsche Pastorentochter hatte in München auf der Kunstakademie studiert. Sie lernte den Töpfersohn kennen, der sich auf der Meisterschule für das Malerhandwerk auf die Prüfung vorbereitete – daher die Verbindung zu dem Professor, der dort die Mal- und Zeichenklasse leitete. Der Sohn des Töpfers war Katholik und arm. Aber sie heirateten. Ihre Familie sagte sich von ihr los. Ebenso sein Vater. Denn der junge Künstler war radikal gegen alles eingestellt, was irgendwie mit der Kirche zusammenhing.

Vier Jahre lebten sie in inniger Arbeits- und Lebensgemeinschaft. 1932 wurde Beatus geboren. Seit dem sogenannten Röhmputsch, der auch dem Gutwilligsten die Augen über das Regime öffnen mußte, hatte der Vater des Knaben schon offen seinem Unmut und seiner Verachtung Ausdruck gegeben, so daß er im Jahre 1935 nach Dachau gebracht wurde.

Nur wenige Tage war er dann zu Hause gewesen, bevor er im Jahre 1941 mit einem sogenannten Bewährungsbataillon nach Rußland an die Front kam. Von dort hatte er einige Male schreiben können. Er sei jetzt dort in Gefangenschaft, wie sie von entlassenen Kameraden erfahren habe. Es sei schwer gewesen, in der Lagerzeit dem Knaben das Fortsein des Vaters zu erklären. Von vielen bisherigen Freunden seien sie gemieden worden. Nur der Professor habe treu zu ihnen gehalten. Er habe ihr auch eine Stelle als Zeichnerin in einem Baubüro verschafft. Es sei ja so viel gebaut worden damals. An die Verwandten habe sie sich nicht wenden wollen. Das wäre nicht im Sinne ihres Mannes gewesen.

Dies alles erzählte die Frau sehr schlicht, fast unbeteiligt, als gälte es, das Schicksal einer Fremden zu berichten. Ich mußte ihre Haltung bewundern, wenn ich auch das innere Angestrengtsein ahnte. Sie fügte noch hinzu, daß sie den Knaben ohne jede kirchliche Beeinflussung erzogen habe. Sie habe ihm manches aus der Bibel erzählt, aus Sagen und Legenden und habe viele Lieder, auch geistliche, mit ihm gesungen. Jeden Tag habe sie das Vaterunser mit ihm gebetet. Mehr nicht.

Beatus und ich trafen uns seitdem öfters zu Hause im Atelier oder zu Spaziergängen im Englischen Garten. Und jedesmal hatte er bestimmte Fragen auf dem Herzen. Da war nun ein Kind, das wie ein mittelalterlicher Mensch die ganze Heilsgeschichte nur aus den Bildern kannte; denn er hatte alle Kirchen seiner Heimatstadt durchstreift, von der in strenger Gotik erbauten Frauenkirche bis zu dem im aufgelösten Rokokostil entstandenen Asam-Kirchlein in der Sendlingerstraße.

Aber alles Begriffliche, Dogmatische war ihm ferngeblieben. Ich mußte mich mächtig anstrengen, seinen Fragen gerecht zu werden. Er war streng mit mir, wenn ich nicht klar genug formulierte. »Warum schuf Gott die Schlange, wenn sie doch nur lauter Unheil brachte in seine Schöpfung?« Das Urproblem des Bösen, seines Ursprunges und Sinnes, im Munde eines Knaben, der unerbittlich Antwort heischte. Vor allem aber zog ihn die Gestalt des Erlösers an. Immer wieder wollte er aus den Evangelien erzählt haben. Da war man nun dreiundzwanzig Jahre lang Pfarrer und mußte erkennen, wie wenig man der Ursprünglichkeit dieses religiösen Suchens gewachsen war.

In der noch halb zerstörten Ingenieurschule war ein Saal, der unseren Gottesdiensten diente. Dort spielten wir auch das Paradeis- und Christgeburtspiel. Mit leuchtenden Augen und tiefer Hingabe nahm Beatus daran teil.

Zu Weihnachten hatte ihm der Professor einen großen Kasten wertvoller Pastellkreiden geschenkt, den er aus Amerika von einem früheren Schüler erhalten hatte. Ich hatte in einem Antiquariat eine alte Bibel aufgetrieben, der ich ein großes Paket Kerzen hinzufügte.

An Silvester war ich bei den beiden eingeladen. Ich war ja noch allein in der Stadt; hatte für meine Familie noch keine Wohnung auftreiben können. Wir sangen einige Lieder des Weihnachtsspieles, die Beatus alle lernen wollte. Dann erzählte ich von dem Leben im Osten, wo ich in der Kriegszeit Landwirt gewesen war. Als die Glocken – einige waren ja wieder aufgefunden worden – anfingen zu läuten, zuerst die kleine Schwabinger Silvesterkirche, dann die Ludwigskirche und von ferne die Frauenkirche, und wir uns ein gutes Neues Jahr wünschten, kam Beatus mit einer großen Mappe und sagte: »Jetzt will ich dir meinen Schatz zeigen. Das hat alles der Vater für mich gemalt.« Zuerst Blätter aus Rußland. Weite Schneelandschaften; auf einer waren Scharen von schwarzen Krähen, um kahle Bäume flatternd, zu sehen. Ich erschrak fast und mußte an den Tag unserer ersten Begegnung denken. Dazwischen Bauern, Kirchen mit Zwiebeltürmen, verbrannte Dörfer. Zuletzt lagen da vier große Blätter, die Beatus mit besonderer Feierlichkeit ausbreitete: »Die hat er gezeichnet, als er bei uns war.« Welch eine Wandlung offenbarte sich da. Ich mußte immer wieder aufschauen nach den Tieren, den zarten Aquarellen. Hier war in gewaltigen Strichen mit Kohle auf grauem grobem Papier eine Passion gestaltet. Fast hätte ich die Bilder verbergen wollen vor den Augen des Knaben, denn eine große, verzweifelte Qual sprach aus ihnen. Aber sein ruhiger Blick voll Anteilnahme beschämte mich. Auch lag Stolz auf den Vater darin. Er erlebte nur die Gestaltungskraft, die auch das grausamste Leiden verklärt, ohne selbst jenes Leiden nacherleben zu können. Auch war er ja von den vielen Passionsbildern in den Kirchen her gewohnt, das Leiden Christi anzuschauen.

Die Söldner in SS-Uniform geißelten einen angebundenen Menschen. Aus Stacheldraht schaute einen ein edles Antlitz dornengekrönt unendlich traurig an.

An einem Kreuzgalgen war ein Opfer angebunden, die Arme ausgebreitet, umtanzt fast von höhnenden Schergen in schwarzer Uniform.

Eine Grablegung durch Menschen in gestreifter Sträflingskleidung, bewacht von einem Soldaten mit Maschinenpistole.

Mir wurde klar, was es bedeutet, daß unter dem Kreuz und am Grabe sonst die klagenden Frauen stehen. Hier waren nur Männer; Männer, Schläger und Geschlagene.

»Er hatte nicht viel Zeit, der Vater«, sagte der Knabe. »Er hat gesagt, da fehlen noch Bilder, aber die könne er noch nicht machen.«

Sorgsam packte er seinen Schatz wieder in die Mappe. Die Mutter hatte sich im Dunkel des großen Raumes zu schaffen gemacht, um ihre innere Bewegung zu verbergen.

Nun mußte ich Beatus noch versprechen, mit ihm in den nächsten Tagen zu den Kripperln zu gehen. In jeder Kirche dieser Stadt steht ja in der Weihnachtszeit eine oft wertvolle, kunstvoll geschnitzte Weihnachtskrippe aufgebaut. Ich lud ihn auch noch zu einem Märchenspiel ein in einem Marionetten-Theater, einer Urmünchener Einrichtung, die einige Heimkehrerstudenten wieder belebt hatten.

Einige Zeit danach fand in der Universitätsaula, derselben, in der ich Mutter und Sohn zum ersten Male gesehen hatte, die erste internationale Jugendtagung auf deutschem Boden nach dem Zusammenbruch statt. Beatus bat mich sehr, ihn dorthin mitzunehmen. Er wies darauf hin, daß er doch jetzt kein Kind mehr sei. »Ich bin am Dreikönigstag 14 Jahre alt geworden. Am Tage nach den 12 Heiligen Nächten, an dem auch die Heilige Johanna, die Jungfrau von Orléans, Geburtstag hat.« Immer wieder war ich erstaunt, was für ausgefallene Sachen der Knabe manchmal wußte. Ich konnte ihm seine Bitte nicht abschlagen. Noch sehe ich vor mir die gesammelte Aufmerksamkeit, mit der er zuhörte. Und als der greise französische Dichter André Gide in den Saal rief: »Meine lieben jungen deutschen Freunde, verlieren Sie nie den Glauben an die kleine Zahl«, sah mich Beatus ernst an. Beim Herausgehen sagte er mir: »Gelt, mein Vater gehört auch zu der kleinen Zahl.« Ich konnte es ihm bestätigen.

In den Gesprächen der nächsten Zeit spielten Leiden und Auferstehung des Christus eine wichtige Rolle. – In der Karfreitagspredigt sah ich die beiden. Mir fiel auf, welch bleiches Antlitz der Knabe hatte und wie er offensichtlich tief bewegt war. Ich wurde hinterher von manchen Menschen in Anspruch genommen, so daß ich die beiden nicht mehr gesprochen hatte.

Am Karsamstag in der Frühe erreichte mich ein Anruf der Mutter durch Nachbarn, ob ich nicht kommen könne. Ich wußte nicht, was geschehen war. Ich traf die Mutter, draußen vor dem Atelier auf der Treppe sitzend. Sie schien verstört, und zum ersten Male sah ich diese stolze, verhaltene Frau in Tränen aufgelöst. Allmählich beruhigte sie sich und konnte erzählen. In der Nacht sei sie plötzlich aufgeschreckt, habe das Lager des Knaben neben sich leer gefunden, aber ein Lichtstrahl drang zu ihr aus dem Atelier. Auch hörte sie ihn immer wieder laut sprechen. Beatus saß bei Kerzenlicht am Tisch vor einem großen Zeichenblatt, um ihn verstreut die vielen bunten Pastellkreiden. Mit fieberglänzenden Augen sprach er ins Dunkel zu einem unsichtbaren Gast. »Ja, Vater, ich habe viel gelernt. Nun wollen wir malen, was noch fehlt. O, daß du endlich zu uns gekommen bist.« Dann habe er eifrig gemalt. Er sei überhaupt nicht ansprechbar, nehme höchstens geistesabwesend ein wenig Milch aus dem Glas, das sie ihm hingestellt. Er wehre unmutig ab, wenn man sich ihm nähere. Gegenwärtig male er schon an einem zweiten Blatt. Ihr sei so bange. Wir gingen zusammen hinein. Das volle Licht des Tages zeigte den Knaben so, wie die Mutter ihn beschrieben hatte. Manchmal stand er auf und ging erregt auf und ab, als hielte er die Fülle der inneren Gesichte nicht mehr aus. Dann wieder schaute er auf das Blatt und fragte: »Sieh, ist es recht so, Vater?« Ich war im Grunde nicht beunruhigt. Flüsterte der Mutter zu, man müsse ihn gewähren lassen. Wir sprachen nur wenig, gingen leise hin und her, Notwendiges zu ordnen. Es war wie in einem Sterbezimmer. Die Gegenwart der jenseitigen Welt war spürbar.

Ich betrachtete lange das erste Blatt. Eine große Schar dunkler Gestalten in erdfarbigen, dunkelblauen, violetten

Gewändern drängte zu einem lichten Wesen, das sich tief vor den vorderen beugte und eine lichtflutende Schale zu ihren Füßen stellte. Schon ergriff er ein neues Blatt und malte weiter. So verging der ganze Karsamstag. Inzwischen war ein weiteres Bild entstanden. Erstaunt, fast bestürzt sah ich auf diese Darstellung der Auferstehung. Ich wußte genau, daß der Knabe weder Original noch Abbildung jenes kleinen Auferstehungsbildes, das Albrecht Altdorfer zugeschrieben wird und im Basler Museum hängt, jemals gesehen hatte. Hier war dasselbe Motiv, nur weiträumiger, kräftiger gestaltet. Unten die Höhle voll Lichtglanz, aber als ein leeres Grab. Oben wölbte sich der dunkle Fels wie zu einer bergenden Hülle, und darin stand, gleichsam aus dem Licht hervortretend, in Goldglanz, der Auferstandene. Unten, nur wie in Andeutungen, Gestalten als hingestürzte Wächter, die den Schergen auf den Passionsbildern nachgebildet waren. Ohne zu ruhen, ohne im geringsten von uns Notiz zu nehmen, arbeitete der Knabe weiter die Nacht über; ließ sich wie automatisch kleine Handreichungen gefallen, nahm Erfrischungen zu sich. Vor allem aber blieb er in ständigem Zwiegespräch mit dem unsichtbaren Gast, von ihm wohl auch zuweilen Weisung empfangend.

Der Morgen graute, der Ostermorgen. Da sank Beatus mit einem Seufzer der Befriedigung zusammen, nachdem er eben noch letzte Striche an dem dritten Bild getan hatte. Ich trug ihn zu seinem Lager, die Mutter entkleidete ihn und blieb, als ich in den Ostermorgen hinausging, wachend bei ihm zurück.

Die Osterglocken klangen von allen Seiten. Scharen von Wildschwänen und Graugänsen, die wohl nachts auf den Seen vor den Toren der Stadt geruht hatten, flogen hoch über mir nach Norden. Im Englischen Garten blühten erste Frühlingsblumen. Ich war voller Dank.

Nach dem Gottesdienst schaue ich im Atelier vorbei. Beatus schläft tief, ganz gelöst, alle Anspannung der Nacht ist aus dem Gesicht gewichen. Ich bin ganz beruhigt und ermahne die Mutter, nun auch zu ruhen. Als ich am Ostermontag gegen Abend wieder hinkam, schlief der Knabe immer noch. Die Mutter hatte die sieben Bilder nebeneinander aufgehängt. Die farbige Fußwaschung, die vier schwarzweißen: Geißelung, Dornenkrönung, Kreuzigung und Grablegung. Dann leuchtete die Auferstehung, und nun erkenne ich daneben als letztes die Himmelfahrt. Die Jünger stehen; in ihrer Mitte ist eine blaue Leere, die die Blicke sehnsüchtig nach oben zieht. Und sie bemerken nicht, wie von oben, alles umhüllend, bis in ihre Gewänder dringend, rings ein Lichtregen sie und die Erde überstrahlt. Lebendige Gegenwart des ihnen Entschwundenen. Wir hören, wie der Knabe sich bewegt. Die Mutter beugte sich über ihn. Er richtet sich auf, schlingt seine Arme um ihren Hals und sagt leise: »Mutter, der Vater ist frei.« Und beide wissen wir um die tiefe Wahrheit dieser Worte. Beatus sieht die Bilder, streicht mit der Hand über die Augen, als wenn er sich besinnen müsse. Sagt dann: »Nun ist da, was noch gefehlt hat.« Und sogleich voller Eifer: »Aber die drei müssen gleich fixiert werden, sonst verwischen die Farben.«

Nur zu bald sollte der Abschied kommen. Ein Bruder des Vaters, der nach Amerika ausgewandert war, hatte die Mutter und Beatus endlich ausfindig gemacht. Früher, in der Haftzeit, hatte sich die Mutter des Knaben um Hilfe für seinen Bruder an ihn gewandt. Aber in jenen ersten Jahren war ja die Welt noch blind, und als echter Deutscher hatte der Amerikabruder gemeint, wenn man jemanden einsperrt, dann muß doch was dran sein. Von da ab hatte die Schwägerin radikal mit ihm gebrochen und jede Nachricht uneröffnet zurückgesandt. So war sie eben. Er war nun als Wissenschaftler der Militärregierung zugeteilt und tauchte eines Tages auf. Nach kurzer Zeit war alles Mißverstehen ausgeräumt. Beatus befreundete sich bald mit dem Onkel, der zudem dem Vater ähnlich sah. Energisch sorgte dieser dafür, daß er die beiden mitnehmen durfte.

Noch einmal gingen Beatus und ich durch den Englischen Garten und an unserem See entlang. Es war gleichzeitig ein Abschied von seiner Kindheit. Ein wenig war uns das Herz schwer. Aber er freute sich auf die neue Welt, die ihn erwartete.

Was aus Beatus geworden ist? Lange wußte ich es nicht, obwohl einige Nachrichten noch hin und her gingen. Aber neulich erfuhr ich zufällig, daß er kein Maler geworden ist, wie man meinen sollte. Eine außerordentliche mathematische Begabung zeigte sich bei ihm, und er arbeitet heute als Astrophysiker.

Vater Baum

Es war an einem Johannistag. Wir saßen zusammen auf dem Friedhof unter einer blühenden Linde. Die Totengräber hatten wir fortgeschickt und das Grab zu zweit zugeschaufelt und den Hügel aufgeschichtet. Dann hatten wir die Fülle der Blumen, die vielen Rosen und Lilien darübergedeckt und auch die vielen kleinen Sträußchen von Sommerblumen, die die Kinder gebracht hatten, dazwischengesteckt. Es war eine große Schar Kinder zum Grabe gekommen und viele, viele Erwachsene, meist einfache Leute. Fast scheu hatten sie aufgeblickt zu dem hochgewachsenen uralten Mann, der regungslos stand und wie lauschend in die Ferne blickte. Der laue Sommerwind spielte mit dem silberweißen Haar und dem großen Bart. Keiner hatte gewagt, sich dem alten Mann zu nähern und sein Beileid auszusprechen. Still waren sie alle fortgegangen von dem Alten, der den letzten Menschen, der zu ihm gehörte, zu Grabe getragen hatte. Was hätte man auch sagen sollen zu ihm, den sie alle von Kind auf kannten, zum alten Vater Baum?

Da saßen wir nun, ein wenig müde vom Schaufeln, und schwiegen. Vater Baum war einer der wenigen Menschen, mit denen man schweigen konnte. »Heute ist ihr Geburtstag«, sprach er vor sich hin. »Sie hat sich sehr gewünscht, in dieser Zeit gehen zu dürfen, unser Kind.« Es war der Johannistag, an dem wir ihr nun das Geleit gaben.

Ich schaute zu ihm hin. Wie lange kannten wir uns schon? Im dritten Jahr des Ersten Weltkrieges war es gewesen, daß ich ihm begegnete.

In der Industriestadt, in der ich aufwuchs, war im größten Saale eine Versammlung einberufen durch die Vaterlandspartei. Büsten des Kaisers und des Generalfeldmarschalls ragten aus den Lorbeerbäumen auf dem mit schwarzweiß-roten Tüchern drapierten Podium. Zu Beginn spielte eine Militärkapelle einen Marsch. Der erste Redner trat ans Pult. Es war ein ehemaliger Pfarrer. Es ging in solchen Versammlungen darum, den Widerstandswillen des Volkes aufzurufen. Einige Sätze hatte er gesprochen, da fing irgendwo eine Gruppe Arbeiter an zu singen: »Am Brunnen vor dem Tore...« Hunderte fielen ein. Sie sangen alle Verse, ganz innig, wie auf dem Sängerfest. Am Vorstandstisch entstand Unruhe. Der Redner hob hilflos die Hände. Aber was sollte er machen? Als das Lied zu Ende war, herrschte völlige Ruhe im Saal. Dann ließ man ihn wieder einige Sätze sprechen. Und schon klang es: »Sah ein Knab ein Röslein stehn...« Ich war damals Schüler von 15 Jahren. Ich stand auf der Tribüne und begann laut auf die mir Nächststehenden, von denen viele sangen, einzureden, da ich empört war, daß man den Pfarrer nicht ausreden ließ. Nicht, weil ich besondere Sympathien für die Sache, die dieser vertrat, gehabt hätte, sondern einfach aus einem Gerechtigkeitsgefühl. Schon wollten einige sich meiner annehmen, als ich mich fest am Arm gepackt fühlte und aus der Reihe zum Ausgang geführt wurde. Es war ein riesiger Landsturmmann, der mich anfuhr: »Du Lausbub, du verstehst gar nichts! Dich kenne ich schon. Komm mit herunter.« Draußen wurde er dann ganz gemütlich, ging mit mir durch die Anlagen meinem Elternhause zu und fing an zu erzählen von der eigentlichen Gerechtigkeit, die erst erkämpft werden müsse. Ich stellte wohl einige Fragen, die ihm gefielen, denn er meinte beim Abschied, wenn ich wolle, könne ich ihn ja am nächsten Tag mal besuchen; und er nannte mir Straße und Haus. Mir war aufgefallen, wie meine Angreifer sofort innegehalten hatten und zurückgetreten waren, als er auftauchte. Später lernte ich manches verstehen. Dies war meine erste Begegnung mit dem Vater Baum.

Am nächsten Tag ging ich dann in die düstere Gasse, in der er wohnte. In jedem Stockwerk waren drei Wohnungen, die zusammen nur eine einzige Wasserstelle auf dem Gang hatten. Mehrfach – ich mußte zum 4. Stock hinauf – tat sich eine Tür auf, und ein neugieriges Gesicht sah nach, wer da wohl zu Baums wollte. Die Gerüche vieler Mahlzeiten zogen durch das ungelüftete Treppenhaus. Dann kam die gesuchte Wohnung. Auffallend war ein schön geschnitztes Namensschild. Ich kannte ja solcherart Wohnung mit nur einer Stube, Kammer und Küche oft für ganz große Familien, da ich manche Liebesgaben auszutragen hatte aus dem Pfarrhaus. Nun aber war ich eingeladen. Die Mutter Baum empfing mich, und wie groß war meine Verwunderung, als ich die Stube betrat. Sie war so heimelig. Mehr kann ich nicht sagen. Einfach war alles, aber echt. Ich verstand bald manches besser. In Vater Baum lernte ich einen alten Revolutionär kennen. Da standen aber im Bücherbord neben Marx, Engels, Darwin und Haeckel, neben Kropotkin und dem Erfurter Programm der Sozialdemokraten Goethe und Schiller, Fichte und Schopenhauer, ja, sogar Kant. Vater Baum war einer von den Buchdruckern, die schon immer vornedran waren im Kampf der Partei und der Gewerkschaften. Als junger Mensch war es ihm gerade noch gelungen, in die Schweiz zu fliehen, bevor er wegen Vergehens gegen die Sozialistengesetze eingesperrt werden sollte. Das war in den achtziger Jahren des vorigen Jahrhunderts gewesen. Er hatte wohl heimlich Flugschriften gedruckt und verbreitet. Und nun verstand ich auch die besondere Erscheinung der Mutter Baum. Sie war hochgewachsen, mit rotblondem krausen Haar. Von einem kinderreichen Bergbauernhof war sie als Dienstmagd in die Stadt gekommen und war dann später in die Fabrik gegangen. Vater Baum hatte sie sich aus der Schweiz mitgebracht. Sie war eine Frau, die den Weg des Mannes in allem mitging. »Der Vater weiß schon, wie's recht ist«, sagte sie oft. Von Haus aus fromm erzogen, war sie ihm zuliebe aus der Kirche ausgetreten und fand es ganz in Ordnung, daß ihre Kinder nicht getauft wurden und in der freireligiösen Gemeinde die Jugendweihe empfingen. Doch Märchen hatte sie ihren Kindern erzählt und um sich herum eine Umgebung geschaffen, die von edler bäuerlicher Kultur geprägt war. Sie buk auch noch selbst das Brot; das durfte ich an jenem Nachmittag probieren. Neun Kinder hatte sie geboren. Vier der Kinder waren klein gestorben. Es gab immer schwere Zeiten, Streik oder Arbeitslosigkeit. Die Wohnung bekam keinen Sonnenstrahl. Wie sollte in der Armut Widerstandskraft gegen Krankheit wachsen! Ein Knabe und ein Mädchen waren der Grippe erlegen. Nun war der dritte Sohn gefallen, und darum war der Vater zu Hause auf Urlaub. Die Mutter werkte von früh bis spät, und immer hatte sie für jeden ein gutes Wort. So gelang es ihr auch allmählich, sich in der Hausgemeinschaft durchzusetzen. Es war erst schwer gewesen; ihre fremdartige Sprache, ihre Zurückhaltung von allem Klatsch hatten sie abgesondert von den anderen. Neben der selbstverständlichen Autorität, die Vater Baum von allen im ganzen Viertel zugestanden wurde, war es ihre stete Hilfsbereitschaft, die ihr die Anerkennung der Menschen erwarb. Auch wußte sie immer Rat, kannte viele einfache, aber wirksame Hausmittel für Kranke.

Vater Baum war wohl damals aktiv in der Vorbereitung der Revolution tätig. Ich konnte das nur ahnen. Bald nach unserem Bekanntwerden wurde er vom Militärdienst entlassen. Er war von der Druckerei reklamiert worden. So sahen wir uns manchmal, und ich wurde von ihm in das Ringen der Arbeiterklasse eingeführt. Aus der Bekanntschaft wurde eine Freundschaft.

All dies zog mir so durch den Sinn, als wir auf der Bank saßen. Viele Jahre hatten wir uns nicht gesehen. Er hatte mich gebeten, ein paar Worte am Grabe seiner Enkelin zu sprechen. Ohne jede Zeremonie sollte die Bestattung vor sich gehen.

Plötzlich begann er zu erzählen. »Ich habe dir hoch angerechnet, daß du nie gefragt hast, wie dieses unser Kind zu uns kam. Jetzt sollst du es wissen, dann wirst du manches noch besser verstehen. Ich muß dir von ihrem Vater berichten, dem Friedrich. Den hast du nie kennengelernt. Übrigens« – er schaute ein wenig schalkhaft – »heißt er nicht nach Friedrich dem Großen, sondern nach Friedrich Engels. So wie der Ferdinand, den du ja gekannt hast, nach Ferdinand Lassalle – ein wenig auch nach dem Freiheitssänger Ferdinand Freiligrath. Das sind halt so unsere Heiligen. Der Friedrich war ein stiller Bub. So ein Einzelgänger. Ein heller Kopf, und vor allem hatte er eine geschickte Hand. Er hat es zu was gebracht. Nach der Lehre als Schlosser kam er in ein großes Werk, das für seine Fortbildung sorgte. Abendschule, Technikum bestand er mit Auszeichnung. Daher hat er viel abgegeben zu Hause von seinem Lohn. Ein braver Sohn. Aber er war mir ein wenig unheimlich. Wenn er auch stets freundlich war, so wußte man doch nie recht, was er eigentlich dachte. Er ist viel allein gewandert. Er konnte immer mehr Verantwortung übernehmen, wurde Montageleiter, hatte es, wie schon gesagt, zu etwas gebracht. Aber als ich ihn mal direkt stellte – bei uns ist es ja nicht Sitte, über innere Dinge viel zu reden –, ob er vielleicht Kummer habe, eine Liebesgeschichte oder so etwas, hat er nur gelächelt. Dann kam doch heraus, daß diese ganze Welt der Technik, in der er lebte, nach seiner Ansicht die Menschheit nur in den Abgrund führen konnte. Er suchte etwas, was Nahrung sein konnte für seine Seele.

Ich mußte spüren, wie ich vielleicht mit all meinem Einsatz für Freiheit und Gerechtigkeit den Kindern etwas schuldig geblieben war. Ich kam im Laufe des Gesprächs dahinter, daß er wohl unter meinen Büchern auf den Schopenhauer gestoßen war. Dieser hatte ihn mit der Absolutheit seines Denkens tief angerührt, das Weltverneinung verband mit Geistbejahung. Und bei Schopenhauer war er wohl auf den Buddha gestoßen. Er hatte sich seine Reden gekauft und manche Bücher über ihn und lebte so sein Doppelleben. Gerade damals hatte er einen Dreijahresvertrag unterschrieben. Ein englisches Werk hatte einen Auftrag für Ostasien. Das lockte ihn, die Länder kennenzulernen, wo die Lehre des Erhabenen zu Hause war.

Und jetzt geschah etwas Merkwürdiges. Wie wenn das Leben der Erde noch einmal mächtig nach ihm greifen wollte. Er lernte fleißig Englisch in der Volkshochschule. Da war eine junge Lehrerin, die in ihm eine tiefe Liebe entzündete. Es war wohl das erste Mal in seinem Leben, und er war schon über die Dreißig hinaus. Er war wie verwandelt. Wir waren ganz glücklich. Sie paßte ja eigentlich nicht zu uns armen Leuten. War, wie man sagte, aus besserem Hause. Er brachte sie mit, und vor allem die Mutter hat sie ins Herz geschlossen. Es war wohl wechselseitig. Sie heiratete unseren Friedrich. Drei Monate lebten sie noch glücklich miteinander. Dann mußte er fort. Sobald das Kind, das erwartet wurde, nach der Geburt einigermaßen reisefähig sei, sollten die beiden nachkommen.

Als im ersten Jahr, am Johannistag, das Kind zur Welt kam, starb die Mutter bei der Geburt. Es muß für Friedrich ein schwerer Schlag gewesen sein. Er bat uns, das Kind bei uns zu behalten. So ist es unser Kind geworden. Schon bei der Abreise bestimmte er, daß, falls es ein Mädchen würde, es Maja genannt werden sollte nach der Mutter des Prinzen, der dann der Buddha wurde. Das gab einen Aufruhr auf dem Standesamt. Aber du kennst mich ja, ich kann hartnäckig sein. Ich habe denen weisgemacht, es sei eine besondere Form von ›Maria‹.« Er lächelte etwas grimmig.

So war das also gewesen. Noch sehe ich das Mädchen Maja vor mir auf dem Krankenlager mit ihrem Glöckchenspiel. Tiefschwarzes Haar umrahmte ein bleiches Gesicht, aus dem große blaue Augen schauten. An was erinnert dieses klare, kühle Blau, mußte ich mich fragen? War es nicht Vinca, das Immergrün? Einen großen Strauß davon hatte ich ihr einmal im Walde gepflückt, als ich das entdeckt hatte. Ich muß noch einfügen, daß ich, als ich erwachsen war, Vater Baum gebeten hatte, den Lausbuben von damals weiter du zu nennen. Als ich ihn nun ein wenig fragend anschaute, fuhr er fort: »Du wunderst dich vielleicht und denkst, wo ist denn der Friedrich geblieben? Er kam nicht zurück nach den drei Jahren. Blieb drüben. Die Welt des Ostens muß ihn immer mehr in ihren Bann gezogen haben. Zwar wurde er Leiter des Werkes. Schickte regelmäßig Geld. Schrieb auch manchmal einen Brief, in dem er von der Wunderwelt des Dschungels, den Tieren und den Pagoden erzählte. Aber nach sieben Jahren ist er ins Kloster gegangen. Maja hat immer zwei Bilder bei sich gehabt. Das Hochzeitsbild der Eltern, da war er strahlend neben seiner jungen Braut. Und ein Farbbild von drüben, das viel später kam. Ich mochte es nicht gern ansehen. Ein ernstes, verschlossenes Gesicht über dem langen safrangelben Mönchsgewand, mit kahlgeschorenem Kopf. Aber Maja hat es geliebt und hat es oft in der Hand gehabt und sich mit ihm unterhalten. Er hatte geschrieben: ›Denkt, daß ich gestorben bin.‹ – Als unser Kind vierzehn Jahre alt war, kam ein langer Brief vom Vater an die Tochter. Sie hat ihn mir nicht gezeigt. Auch ihre Antwort nicht. Nur so viel hat sie mir gesagt: ›Vater will, daß ich zu ihm komme. Dort könnte ich auch studieren. Aber ich kann hier nicht fort.‹ Damals war gerade Mutter Baum gestorben. Und all das hatte begonnen, was bis zu Majas Fortgehen immer mehr und mehr anwuchs: Daß sie sich um all die Kinder kümmerte, die auf der Straße herumlungerten, weil ihre Mütter zur Arbeit gingen. Den Kleinen erzählte sie Märchen, den Großen zeigte sie Spiele, bastelte mit ihnen. Mit den großen Jungen diskutierte sie. Wie sie das alles geschafft hat neben der Schule, ist mir ein Rätsel. Wir konnten sie auf eine gute Schule schicken, denn der Vater muß sehr gespart haben drüben. Er hat ein Vermögen für sie auf einer Schweizer Bank hinterlegt, von wo regelmäßig die Zinsen kamen. Auch als unser Geld nichts wert war. Und als sie dann älter war, kamen auch Frauen zu ihr, weinten sich aus, klagten über ihre betrunkenen oder untreuen Männer. Sie konnte trösten, ihnen Mut zusprechen.

Ja, und dann kam die Sache mit ihrem Onkel Ferdinand. Darüber weißt du ja Bescheid. Aber daß der auch plötzlich eines Tages verschwunden war, hat ihr arg zu schaffen gemacht. Sie hat ihn geliebt und verehrt, er ersetzte ihr den Vater.«

Ja, die Sache mit Ferdinand. Den hatte ich gut gekannt. Das war der Jüngste, der war so hochbegabt, daß Vater Baum ihn auf Drängen der Lehrer und auch manches Parteigenossen aufs Gymnasium schickte. Als er im fünfzehnten Lebensjahr war, fiel es Vater Baum auf, daß der Sohn plötzlich immer sonntags eine große Sportbegeisterung zeigte. Vor zehn Uhr fuhr er immer mit dem Rad los zum Arbeiter-Turn- und Sportverein. Aber er erzählte nie, was sie da trieben. Eines Sonntags nimmt der Vater sein Rad und fährt dem Sohn nach. Zu seiner Verwunderung biegt er bald vom genannten Weg ab und fährt zu der größten Kirche der Stadt. Der Vater stellt sein Rad neben das des Sohnes und geht auch hinein. Er wußte, daß dort ein berühmter Kanzelredner Sonntag für Sonntag zu Hunderten von Menschen sprach und daß Menschen aus allen Schichten der Bevölkerung seiner Verkündigung lauschten.

Vor dem Eingang erwartete dann der Vater den Ferdinand, beide schwiegen. Sie fuhren zum nahegelegenen Park und setzten sich auf eine Bank. Da kam es aus dem Sohn heraus: »Vater, ich möchte getauft und konfirmiert werden von diesem Pfarrer. Ich möchte ein Christ werden.« Vater Baum sagte nur: »Wenn du meinst, ich habe nichts dagegen. Der Mann glaubt wenigstens, was er sagt.« Die Weite, die er in sich hatte und auch anderen gegenüber bewies, war das Großartige an Vater Baum. Auch mochte er sich wohl sagen, daß der Sohn etwas suchte, was ihm offenbar fehlte und was er ihm nicht hatte vermitteln können.

Das Weitere ist schnell erzählt. Es kam das Abitur, das Studium. Dort wird er aus der Christussphäre, in der der Lehrer seiner Jugend lebte, herausgerissen in die Intellektualität der theologischen Wissenschaft. Der Student macht ein glänzendes Examen. Er ist ein Feuerkopf, ein glänzender Redner. Ihm ist Jesus vor allem der große Volksmann. Ehrgeiz und Eitelkeit mögen mitgespielt haben, daß er sich oft bitten ließ, in großen Versammlungen zu sprechen. Er wird religiöser Sozialist, bald ein Paradepferd der Partei. Immer mehr gerät er in die Politik.

Nur wenn er bei dem Kinde war, wurde er still und besinnlich. Vor allem mußte Maja ihm vorsingen. Auch lauschte er, wenn sie ihm erzählte, und wenn sie etwas fragte, war alle Gescheitheit und Überheblichkeit verschwunden. Er antwortete behutsam und ging mit ihr um wie mit einer Gleichgestellten.

Es kam der Umschwung von 1933. Er mußte nach Rußland fliehen. Dort kam er, wie viele der deutschen Kommunisten, in eine Säuberungswelle und wurde nach Sibirien verbannt. Das hatte ich alles von den Freunden erfahren. Nun war der Vater Baum ganz allein geblieben mit dem Mädchen Maja. Ferdinand hatte keine Zeit gehabt, zu heiraten.

Wir hatten wohl beide eben über ihn nachgesonnen. Plötzlich sagte Vater Baum: »Ja, ihre Lieder. Die sind nun auch verklungen. Ein kleines habe ich mir gemerkt, das entstand noch vor ihrem vierzehnten Jahr. Immer konnte sie wieder neue Weisen erfinden. Das Glöckchenspiel hatte ihr der Vater selbst gemacht und aus Ostasien geschickt. Nicht so mit Metallplättchen, sondern mit zwölf richtigen Silberglöckchen und einem Kupferhämmerchen zum Anschlagen. So etwas konnte er. Als sie zu schwach wurde, um zu geigen, hat sie im Liegen immer noch darauf spielen können. Das kleine Lied galt wohl dem fernen Vater«:

Klinge kleines Lied
weithin in die Ferne
mit dem Sonnenstrahl,
mit dem Gang der Sterne.

Laß zu seinem Ohr
Gruß der Liebe dringen,

lausche, ob du kannst
Antwort wieder bringen.

Und der alte, fast neunzigjährige Vater Baum sang mit seiner Greisenstimme das Lied in seiner zarten Melodie.

O ja, ich hatte auch manchmal lauschen dürfen, wenn Maja sang, und oft dabei erlebt, daß sie für Seelen singt, die nicht im Raum anwesend sind.

Dann mußte ich mich erinnern, wie mir aufgefallen war, daß auf ihrem Schreibtisch zwei kleine Figuren standen, die nebeneinander wunderlich wirkten: Ein kostbarer Bronzebuddha, in Meditation auf der Lotosblume sitzend, und eine kleine Leninstatuette, der ganze Mensch angespannt, den Fuß vorgestreckt, die Hand in die Masse schleudernd, zu der er spricht. Die eine mochte der Vater geschickt haben, die andere war wohl ein Reiseandenken des Onkels, das er aus Rußland mitgebracht hatte von einem Besuch dort. Oft sah das Mädchen die beiden an.

Aber der Onkel Ferdinand hatte bei all seinen Sachen noch etwas Wichtiges hinterlassen, nämlich eine Bibel. Und der Großvater mußte zuhören, wenn sie laut darin las. Das war im letzten Krankheitsjahr. Sie hatte noch das Abitur gemacht. Dann brach ihre Gesundheit vollends zusammen. Vater Baum hatte erzählt, daß nach Meinung der Ärzte schon im vierzehnten Jahr die Krankheit des Blutes begonnen habe. Bleichsucht sagte man damals, Blutkrebs sagt man heute. Aber die Krankheit war damals nicht in ein akutes Stadium getreten. Vier Jahre lebten sie allein zusammen. Erst versorgte sie den Großvater. Dann pflegte er sie ganz allein. Hier und da mag wohl eine Nachbarin sauber gemacht und die Wäsche besorgt haben.

Im letzten Jahr hat auch die Krankheit dazu beigetragen, daß Maja starke innere Erlebnisse hatte. Manchmal war ich Zeuge solcher Augenblicke. Der Vater erschien ihr, mächtig fordernd, sie zu rufen. Erst erschrak sie, dann aber gewann sie an Kraft, ihm zu widerstehen.

Dann wieder schaute sie ein riesiges Spinnennetz von der Erde bis zum Himmel gespannt. Eine blauschwarze Spinne, tausendfüßig, saß inmitten, und von jedem Fuß ging ein langer Faden, an dem ein Menschlein gebunden war, das hierhin und dorthin zu fliehen versuchte und doch immer wieder zurückschnellte. Solche Bilder quälten sie. Sie rang mit Dämonen.

Immer wieder las sie dem Großvater aus der Bibel vor. Beide Menschen waren ja völlig unbelastet durch irgendeine kirchliche Unterweisung. Sie traten unvoreingenommen an das Evangelium heran. Das Mädchen aus einer inneren Notwendigkeit und einem durch die Todesnähe erweckten Geist. Der Greis in der Demut, die ein ehrliches Kämpferleben verleiht. Und sie begegneten nicht nur der Schrift, sondern dem Wort. Einige Male durfte ich dabei sein.

Vater Baum hatte einen Schrebergarten, wohl schon 60 Jahre lang. Dort hatte die Mutter gewaltet, dort hatten die Kinder gespielt. Er war ein Ausgleich für die karge, sonnenarme Wohnung. Ich hatte Maja kurz vor ihrem Hingang – sie konnte vor Schwäche nicht mehr gehen – im Rollstuhl mit dem Großvater hinausgefahren. Es war ein wunderbares Erlebnis: Von allen Seiten kamen die Kinder und brachten Blumen, baten um eine Erzählung. Lautes Lärmen verstummte. Da und dort wurde ein Radio abgedreht. Freudige Feierlichkeit umgab uns. Nachbarn reichten Früchte über den Zaun. Wir spürten, wie Frieden von ihr ausströmte.

Sie konnte nicht lange bleiben, begehrte heim. Im Hofe stand ein Baum, den liebte sie sehr. Erschöpft lag sie auf dem Lager. Dann sagte sie plötzlich: »Du mußt jetzt ganz still sein, bald singt unsere Amsel ihr Abendlied.« Und da war es schon, das süße, sanfte Flöten. Sie lächelte und schlummerte ein. Plötzlich fuhr sie hoch, die Augen geweitet, schaute, ohne zu sehen, und rief: »Da, in den Flammen, er will auf der Erde stehen, er kann es nicht mehr, der Feuerwirbel reißt ihn immer mit sich in die Höhe.« Dann schloß sie wieder die Augen, richtete sich ein wenig auf und fing an zu klagen: »Überall Eis und Schnee, endlos. Er schleppte sich voran und weiß keinen Weg. Den Kopf zur Erde gesenkt, sucht er, sucht er und findet nicht.« Mit einem tiefen Seufzer sank sie in die Kissen zurück. Sie schlief dann ganz ruhig. Vater Baum und ich sahen uns ratlos an.

Am nächsten Morgen, es war der 21. Juni, ging ich schon früh hin. Sie empfing mich froh und sah fast aus wie eine Genesende. Sie nahm meine Hand und sagte: »Ich muß nun Abschied nehmen. Hab Dank.« Vater Baum saß still in seinem Lehnstuhl, sehr gesammelt. Ich zog mir einen Hokker an das Bett, hielt ihre Hand.

Sie ließ sich wieder vernehmen: »Die beiden brauchen mich nun drüben. Ich will ihnen dort mein Lied singen. Wollt ihr es hören?« Sie sah zur Seite, Vater Baum verstand den Blick und reichte ihr Glöckchen und Hämmerchen. Er wußte, was sie meinte. Zuerst kam ein kleines Vorspiel, dann klang die zarte Stimme:

Siehe, die Taube schwebt ihm zu Häupten:
Lichtvoll tröstet sein Wort, eh' ich verzage.
Siehe, er rührt an die schmerzende Wunde:
Heilendes Leben strömt, eh' ich verblute.
Siehe, ein Quell entspringt seinem Schreiten:
Der erquickt den Müden, eh' ich verschmachte.
Siehe, er wandelt über die Wogen:
Er ergreift meine Hand, eh' ich versinke.
Immer so kommt er zu mir,
Geht er mit mir auf all meinen Wegen,
Liebe leuchtet sein Blick, Treue kündet sein Schritt.

Noch einige Töne auf den Glocken, dann legte sie das Spiel vor sich hin, lag mit klarem Blick und sagte: »Großvater, weißt du es noch: Er muß wachsen, ich muß abnehmen. Er muß wachsen, ich muß abnehmen. Ja!«

Dann schloß sie selbst die Augen, und wir lauschten den Atemzügen, die immer schwächer und schwächer wurden.

Ich schreckte auf. Immer noch spielte der Wind in dem silberweißen Haar des alten Mannes, trug er den Duft der Lindenblüten zu uns. Noch stand die Sonne hoch.

»Ja, heute ist ihr Geburtstag, in Wahrheit ihr Geburtstag«, sagte Vater Baum noch einmal. Dann langte er in die Tasche, zog ein Blatt heraus und gab es mir: »Da«, sagte er, »ich habe es gefunden, du sollst es haben. Ich brauche es nicht mehr.«

Dann stand er auf, gab mir die Hand zum Abschied und ging dem Ausgang zu, ruhig, festen Schrittes, allein, der Vater Baum. Ich sah auf das Blatt. Ich erkannte die Schriftzüge des Mädchens. Es war ihr Lied.

Die Mutter und der Narr

Als ich in die Straßenbahn stieg, die mich hinauf in die Berge, mitten in die Weindörfer bringen sollte – es war an einem der leuchtenden Herbsttage im Tessin –, saß im Nichtraucherabteil bereits eine Frau, das heißt zuerst sah man nur neben ihr, unter ihr, über ihr und auf ihrem Schoß Taschen, Tragbeutel, Körbe. Sie murmelte etwas wie eine Entschuldigung, merkte aber wohl bald, daß mich dies alles nicht störte. Mich fesselte ihre Erscheinung. Kerzengerade saß sie da, unter glatt gescheiteltem schwarzen Haar, das ein schwerer Knoten im Nacken zusammenhielt, ein frisches, sonnengebräuntes Gesicht. Vor allem aber mußte ich immer wieder die Augen anschauen, tiefdunkle Augen mit kleinen goldenen Lichtern; selten noch sah ich so schöne, klare, gütige Augen. – Der wohl selbstgeschneiderte, hochgeschlossene, dunkle Cord-Mantel umschloß eine schlanke, feste Gestalt. Ob sie eine Bäuerin war? Offensichtlich hatte sie einen »Einkaufstag« gemacht in den großen billigen Warenhäusern der Stadt am See. Die Aufschriften der Tragbeutel, das Umschlagpapier der Pakete zeugten davon.

Ich fragte sie danach, mühsam Italienisch sprechend, worauf sie sogleich auf Schriftdeutsch sagte: »Sie sind Deutscher?« Nun ja, man sieht wohl so aus. Als ich bejahte, begann sie zu erzählen, daß sie aus dem Kanton St. Gallen stamme, aber nun schon Jahrzehnte hier lebe. Das Tessin sei ihre Heimat geworden. Manchmal müsse man in die Stadt fahren, es sei alles doch so viel billiger dort. Auch habe man größere Auswahl. Und bei einer großen Familie müsse man sparen. Immerhin seien sie zu fünft im Hause, eigentlich sechs. – Dann lenkte sie gleich das Gespräch auf den guten Herbst und die Weinernte, die zu erwarten sei. Auf meine Bemerkung, daß eine so große Familie doch viel Arbeit mache und sie sicher eine Waschmaschine habe, lachte sie und meinte, sie hätten keinen Starkstrom, die Anlage sei zu teuer, und es ginge gut auch von Hand im Waschhaus am Brunnen. – Ich kannte sie wohl, die Tessiner überdachten Brunnen zum Waschen mit den zwei Trögen, am Rand die steinernen Waschschrägen.

Alles an dieser Frau atmete ruhige Sicherheit und innere Freiheit. Die Stimme war hell und fröhlich. Sie war rundherum beglückend heil. Sie mußte vor mir aussteigen, und ich reichte ihr die vielen Sachen heraus. Zwei Mädchen von neun und dreizehn Jahren – blitzsauber in ihren schwarzen Schulschürzen – erwarteten die Mutter, begrüßten sie stürmisch und verstauten alles Mitgebrachte in einem der großen, unten spitz zulaufenden Weidenkörbe, wie sie landesüblich sind. Mit kräftigem Schwung nahm die Mutter ihn auf den Rücken und schritt, nachdem sie grüßend mir nochmals zugenickt hatte, bergan, an jeder Hand ein Kind.

Tage darauf wandere ich in den Bergen umher. Oben auf den Matten, umsäumt von Buchen und Birken, schaue ich auf den fernen See und auf die Schneegipfel, die sich in der Ferne aus dem Dunst heben. Ich gehe dann enge, brombeerumwucherte Pfade durch steil abfallenden Wald, an tief eingeschnittenen Tobeln vorbei langsam zu Tal. Hier und da höre ich Kastanien dumpf auffallen. In meiner Tasche klappern Nüsse, die ich gesammelt habe. In der Hand halte ich eine große dunkle Traube – unterwegs abgeschnitten – und nasche mit Genuß Beere um Beere. Leuchtendes Laub, goldener Herbst!

Auf einmal taucht ein schlanker, hoher Turm auf, daran geschmiegt ein fast zierliches Kirchlein. Endlich finde ich unversehens, wonach ich lange gesucht hatte: die sehr alte Kirche San Michele! Wie verwunschen liegt sie im Wald versteckt. Auf dem geräumigen Platz stehen ein paar Steinbänke und Steintische. In die verschlossene Kirchentür ist ein vergittertes Fenster eingeschnitten; wenn man kniet, um zu beten, kann man den Altar sehen. Einprägsam ein einfaches Relief über der Tür: ein stillstehender Engel mit großen Flügeln, ein Schwert vor sich gestellt, das den Drachen niederhält. Das Ganze ist großartig schlicht. Ich sitze lange auf einer Steinbank, lausche der Stille.

Der Weg talwärts wird hier nun breiter, gut befestigt mit eingerammten Steinplatten. Er soll wohl den Leuten aus dem Dorf dienen, wenn sie am Festtag des heiligen Michael heraufpilgern.

An einer leichten Biegung mündet ein Pfad von rechts ein, zwischen niedrigen Mäuerchen kommt eine Frau daher, deren Tragkorb hoch mit Holz bepackt ist. Ich bleibe stehen, um zu grüßen; und wieder schaue ich in die wunderbaren dunklen Augen, an die ich die Tage zuvor manchmal hatte denken müssen. Überraschung des Wiedersehens, freudige Begrüßung! Wie man das so macht, bot ich sofort an, ihr den Korb ins Dorf zu tragen. Einen Augenblick Zögern, ein leichtes Lächeln, und dann setzte sie den Korb auf das Mäuerchen. Ich schlüpfte in die Traggurte. Unterwegs mußte ich denken, daß man das gewöhnt sein müsse, denn ich tat mir schwer. Wie schaffen dies nur diese Tessiner Frauen, oft sogar ganz alte, mit ihren Körben voll Holz, voll Gras, voll Früchten?! – Unter mancherlei Geplauder waren wir endlich im Dorf. Sofort fiel mir auf: der vertraute, nachbarliche Gruß, der aus den Haustüren, vom Brunnen her, von Vorübergehenden ertönte, das »buona sera, Barbara«, hatte einen Unterton von Ehrerbietung.

Im Dorf waren manche Ruinen, manche neuen Häuser, doch nahm ich dies nur so halb wahr. Wir kamen zu einem stattlichen alten Haus. Endlich konnte ich meine Last loswerden, mußte natürlich mit eintreten. Vier Mädchen begrüßten den Fremden etwas scheu; sie waren mit Schularbeiten beschäftigt. Die Mutter schickte die zwei großen zum

Aufräumen des Holzes. Die beiden anderen verschwanden in die Küche. Frau Barbara nahm ihr Spinnrad vor.

Wir saßen auf den niedrigen, hochlehnigen Stühlen mit geflochtenem Sitz. Im Gespräch erfuhr ich ein wenig mehr von ihr und ihrem Schicksal: Es war nicht leicht gewesen für die neunzehnjährige Arbeiterin in einer Spitzenfabrik in St. Gallen, ihrem Mann in ein entlegenes Tessiner Dorf zu folgen. Aber sie habe ihn eben liebgehabt. Von den Großeltern her war ihr das Landleben vertraut gewesen. Und nach einer Zeit war sie, die Fremde, »aufgenommen«. Nun habe sie hier ihre Heimat. Viel hätten die Kinder dazu beigetragen. Neun seien es im ganzen, acht Mädchen und ein Knabe. Jetzt seien nur noch vier zu Hause. Ich muß wohl etwas verwundert geblickt haben, denn ein wenig errötend fügte sie hinzu: »Ich bin halt schon bald fünfzig.« Dies allerdings erstaunte mich sehr. Drei ältere Töchter seien verheiratet. Stolz berichtete sie von sieben Enkeln. Die älteste Tochter, die lebenslustigste, gescheiteste sei ins Kloster gegangen damals, als der Vater weit im Norden verunglückte. Sie habe besonders an ihm gehangen. Nun sei sie Schulschwester drüben in Locarno, im Collegio. Den Bub habe sie damals mitgenommen zur Beerdigung. Eine Überführung sei zu teuer gewesen. Als sie so von ihrem Sohn Giovanni sprach, ging ein warmes Leuchten über ihr Gesicht, die Stimme wurde wärmer, so schlicht und sachlich auch weiterhin ihr Bericht war. Er studiere in Zürich auf der eidgenössischen technischen Hochschule, er wolle Architekt werden. Wie sein Vater, der Maurer, wolle er Häuser bauen.

Bei der Gelegenheit erfuhr ich von ihr, daß hier in den Dörfern die Männer alle das gleiche Handwerk trieben. Im einen wohnten lauter Maurer, im andern die Stukkateure, wieder in anderen die Maler und Zimmerleute. Sie seien selten zu Hause, aber schickten fleißig Geld. Ich erinnerte mich, wie diese Tessiner Handwerker jahrhundertelang von Rom bis Stockholm, von St. Petersburg bis London die Häuser gebaut hatten.

Sie bekomme eine kleine Rente, der Weinberg werfe etwas ab, die kleinen Äcker reichten zum Nötigsten an Nahrung. Auch könne sie durch Spinnen und Nähen dazuverdienen. – Welch eine königliche Frau, mußte ich denken, und sie hat doch nur ein Leben lang den ihren gedient.

Plötzlich verdunkelte sich die offene Tür, ein Mann stand darin, die Weinberghaue fast drohend in beiden Händen. Leicht erhob sich Frau Barbara, legte ihm die Hand auf den Arm und sprach sanft zu ihm – im Dialekt –: »Guten Abend, Tonio, das ist ein Freund, er hat mir den Korb getragen.« Der Mann sank ein wenig in sich zusammen, murmelte etwas wie einen Gruß und ging an uns vorbei in die Küche. Man hörte, wie er sich wusch. Dann kam er wieder und setzte sich in die Ecke. Unverwandt schaute er von dort zu uns hin wie ein wachsamer Hund. Er hatte unendlich traurige Augen. Langsam löste sich seine Spannung. Er nahm die Schnitzbank, spannte einen Klotz ein und begann zu schnitzen. – Ich wurde später eingeladen, im Kreise der Familie die Polenta mitzuessen. Das Zusammensein fügte sich unter der Lenkung dieser besonderen Frau harmonisch und unbefangen.

Auf dem Weg zur Station begleitete sie mich, leichten und doch festen Schrittes, schweigsam. Sie hatte darauf bestanden, mir den Abkürzungsweg zu zeigen. Beim Abschied sagte sie entschuldigend, sie habe wohl ein wenig viel geredet. Aber selten treffe man einen Menschen, zu dem man gleich vom ersten Augenblick an Vertrauen habe. Sie würde sich freuen, wenn ich in einem andern Jahr wieder bei ihnen hereinschauen wollte. Dankbar erlebte ich das Geschenk dieser Begegnung.

Monate darauf beobachtete ich in einem Museum der Nordschweiz einen jungen Mann, der mit besonderer Sorgfalt und Liebe eine kleine romanische Madonna abzeichnete. Eine frühe Plastik: die Jungfrau sitzt steil aufgerichtet, den Knaben auf ihren Knien, der segnend dem Beschauer zugewendet ist. Ich freute mich, ich liebte diese Figur, die im allgemeinen kaum beachtet wurde.

Ich ging weiter durch die Säle, bis die Glocke läutete und alle dem Ausgang zustrebten. Unter dem Portal stieß ich wieder auf den jungen Mann. Ich sprach ihn auf die Plastik hin an, und wir kamen ins Gespräch. Plötzlich blieb er stehen, schaute mich an und meinte dann: »Ich kenne Sie; ja, Sie müssen es sein.« Auf meine verwunderte Frage nach dem Woher sagte er: »Haben Sie nicht vor etwa zehn Jahren oben an der Bergbahn einem kleinen Buben ein Sträußchen Alpenveilchen abgekauft? Sie trieben die frechen Mädchen auseinander, die mich weggedrängt hatten, kamen zu mir und gaben mir einen Franken statt der geforderten 50 Rappen.« Nun, ein Mann sieht nach zehn Jahren nicht viel anders aus, wohl aber ein Knabe. Ich war betroffen, wie tief sich der Vorfall dem Kindergemüt eingeprägt hatte. Aber lebendig sah ich jetzt wieder das Sträußchen in meiner Hand mit den duftenden, zartvioletten Blüten, sauber zusammengebunden mit dunklen Blättern, mühsam gepflückt auf den steilen Hängen der dornigen Macchia bei zu Tal rollenden Steinen.

»Das Wiedersehen müssen wir feiern«, sagte ich und lud ihn zu einem Nachtmahl ein. Es stellte sich heraus, daß er Student war und in den Ferien auf dem Bau arbeiten mußte, denn seine Mutter war eine arme Witwe, und er hatte noch unversorgte Geschwister. So innig sprach er von seiner Mutter, und plötzlich wurde ich erst richtig seiner Augen gewahr: Das waren ja dieselben dunklen Augen mit den goldenen Lichtern darin. Ein paar kurze Fragen stellten rasch klar, daß ich Giovanni, den Sohn von Frau Barbara, vor mir hatte. »Ja, Sie haben eine wundervolle Mutter, und ich durfte sie kennenlernen.« Ich erzählte kurz, wir wurden vertrauter, er konnte mir gründlich die Baugeschichte von San Michele erklären. Dann wagte ich die Frage: »Sagen Sie mir bitte, wenn es Ihnen möglich ist: Was ist mit Tonio?« »Il povero Tonio«, fuhr es ihm heraus, »der arme Tonio, so nannte ihn immer die Mutter, schon als ich noch Kind war. Alle anderen nannten ihn nur – ›il pazzo‹ –, den Narren. Ach, das ist eine traurige Geschichte!« Tonio sei wohl als Kind einmal von seinem betrunkenen Vater in die Ecke geschleudert worden. Seitdem habe er eine schwere Zunge gehabt und wohl auch ein langsameres Begreifen und Denken. Die schwindsüchtige Mutter habe sich früh zu Tode gehustet, und den Vater habe man bald darauf einmal auf der Bahre nach Hause gebracht, er war im Dunkeln in den Tobel gestürzt. Das war für das Kind ein neuer Schock gewesen, und es sei dann noch wunderlicher und menschenscheuer geworden. Nur an der Großmutter, der Nonna, die ihn aufzog und versorgte, habe er mit inniger Liebe gehangen. Lernen habe er wenig können. Er sei geschickt und auch fleißig gewesen, sei aber oft tagelang in den Wäldern umhergeirrt, habe viel mit sich selbst gesprochen; so sei er immer mehr zum Spott der Leute geworden. Als er achtzehn Jahre alt war, starb die Großmutter. Nach der Beerdigung war er verschwunden, niemand wußte wohin. In der Nacht brannte das halbe Dorf ab. Auch Tonios Elternhaus. Gott weiß, wie so ein Gerücht entsteht, aber viele meinten, der Narr habe das Feuer gelegt. Er wurde verhaftet, hatte kein Alibi, beteuerte nur immer wieder, er sei im Wald gewesen. Natürlich erfuhr er von den Aussagen der vernommenen Dorfbewohner. Das zog sich eine Weile hin. Schließlich konnte man ihm nichts beweisen und mußte ihn wieder freilassen. Nie mehr betrat er das Dorf. In einem andern Tal fand er zuerst bei einer mildherzigen Frau Unterschlupf. Der Gemeindeschreiber dort half ihm beim Verkauf seines Grundstücks mit der Ruine.

Allmählich war er aus seiner dumpfen Betäubung erwacht. Seinen Weinberg und ein Stück Wald – nicht weit von San Michele – habe er behalten. Dort habe er sich selbst eine feste Hütte gebaut, die Steine gefügt, die Balken gezimmert, das Dach gedeckt. Sorgsam habe er den Weinberg gepflegt. In der Nähe habe er eine Quelle am Berghang gefaßt. Die Ernte und hie und da einen Baum habe er verkaufen können, auch da und dort geholfen bei der Arbeit, aber immer wortkarg und scheu. Abgeschnitten von allen Menschen habe er still gelebt.

»Für mich wurde er der Freund meiner Kindheit, bei ihm, auf seinem Grundstück, fand ich mein Jugendparadies«, sagte Giovanni. »Die Mutter billigte es, daß ich oft bei ihm war. Sie hatte ja stets versucht, ihn zu verteidigen. Wieviel habe ich von ihm gelernt! Lautlos durch den Wald schleichen, um die Tiere nicht zu verscheuchen, Vogelstimmen nachahmen, um die Vögel anzulocken, still den jungen Füchsen zuschauen, die in der Sonne spielten. Aber auch schnitzen, mauern und die Reben beschneiden – Vater war ja die meiste Zeit im Jahr fort. Gemeinsam haben wir Leimruten und Vogelschlingen zerstört, Fangeisen unschädlich gemacht. Das vermehrte den Haß der Dörfler. Nie sah ich ihn lächeln, aber er war immer gut zu mir und geduldig. Nur manchmal saß er – dumpf vor sich hinbrütend – vor seiner Hütte. Dann wußte ich, heute ist kein guter Tag, und ging wieder fort. Er schüttelte oft den Kopf, zuckte mit den Schultern, als stünde er vor einem Rätsel und könne es nicht lösen.«

Der neue, junge Pfarrer habe ihn in der Kirche vermißt und gescholten, er sei eine verlorene Seele. (Wie sollte er denn in die Kirche gehen, wo die vielen Menschen waren, die ihn nur auslachten und höhnten: Seht den Narren!) Aber er – Giovanni – habe ihn manchmal an der Tür von San Michele knien sehen und beten, auch manchmal verzweifelt die Hände ringen.

Einmal im Jahr werde am Fest des heiligen Michael oben in der Kirche die Messe gelesen. Dabei gäbe es ein kleines Volksfest nachher mit Musik und Tanz. Auch eine große Tombola gehöre dazu, zu der jeder etwas stifte; der Erlös sei für die Erhaltung des Kirchleins bestimmt. Er – Giovanni – sei wohl so um zehn Jahre alt gewesen, als die Mutter – es sei schon nach des Vaters Tod gewesen – mit ihm hinaufgegangen sei. Bei diesem Fest wurde auch tüchtig getrunken. Eine Rotte junger Burschen hätte sich besonders hervorgetan, und er habe plötzlich gehört, wie einer den Gedanken aufbrachte, man solle »il pazzo« einen Besuch abstatten, man müsse es ihm eintränken, denn er habe ja doch damals das halbe Dorf abbrennen lassen. – »Blitzschnell rannte ich davon, meinen Freund zu warnen. Unterwegs langte ich mir einen Prügel als Waffe. Friedlich rauchte er vor seiner Hütte seine Pfeife und schaute in die sinkende Sonne. Aufgeregt erzählte ich ihm, was bevorstand. Ich meinte, wir sollten uns in der Hütte verrammeln. Er aber stand ruhig auf und holte sich einen langen Stock. Den hielt er mit zwei Händen, so wie vor Zeiten die Männer Wettkämpfe austrugen: wer dem andern zuerst den Stock aus den Händen schlagen könne. Da kamen die Burschen auch schon im Halbrund aus dem Wald – ein wenig unsicher auf den Beinen, aber laut schreiend. Als sie ihn so ruhig stehen sahen, zögerten sie ein wenig. Ich stand mit meinem Prügel neben ihm. Dann riefen sie im Chor: ›Il pazzo, il pazzo‹, wagten sich aber nur wenig vor, blieben wieder stehen. Da will es das Unglück, daß einer von der Seite her einen Stein schleuderte, der meinen Freund an der Schläfe traf. Er sank langsam in die Knie. Sie schrien: ›Drauf! Auf ihn!‹ – als plötzlich, ehe sie sich noch in Bewegung setzen konnten, eine Gestalt auftauchte, sich aufreckte und sie gebieterisch anherrschte: ›Fort mit Euch! Die Narren seid ihr!‹ Es war die Mutter. Keiner wagte sich zu rühren, Steine und Stecken polterten zur Erde, einer nach dem andern schlich sich davon.

Rasch war die Mutter bei Tonio, nahm sein Haupt auf, sah die klaffende Wunde, hieß mich, die Jacke und das Feiertagshemd abstreifen, riß das neue Hemd in Streifen, befahl mir, Wasser in einer Schüssel aus der Quelle zu holen, wusch die Wunde aus und legte einen festen Verband an. – Tonio war bewußtlos. Sie schickte mich weg, Leute zu holen. Regungslos blieb sie sitzen, sein Haupt in ihrem Schoß, bis wir mit einer Bahre kamen und ihn zu uns ins Haus trugen.«

Seitdem sei er, so fuhr Giovanni fort, bei der Mutter. Sein Sprechen sei seit dem Unfall besser geworden, auch sei er umgänglicher. Er könne viel helfen, da ja der Vater fehle. Der habe doch sonst in Zeiten, in denen er daheim war, alles im Hause wieder in Ordnung gebracht. Das mache nun Tonio. In seiner kleinen Kammer habe die Mutter über seinem Bett ein schönes Bild des heiligen Michael angebracht; sie habe ihm erklärt, der Drache schlüpfe manchmal in die Seele der Menschen und verbreite dort Finsternis und Furcht. Aber der heilige Engel sei stärker als der Drache und mache die Seelen immer wieder hell.

Kurze Zeit nach dem Unglück sei der reichste Bauer – einer von den dreien, die es im Dorf gebe – zum Sterben gekommen. Vor seinem Tod habe er gebeichtet: Er habe damals das Feuer bei sich gelegt, er habe mit der Versicherungssumme neu bauen wollen, um Fremde aufnehmen zu können. Der Wind habe das Feuer aber ausgebreitet. Der Priester solle es den Behörden melden. –

»Tonio interessierte dies wenig. Er war nun ›zuhause‹ bei uns, bei der Mutter, in ihrem Schutz.«

Die Sieberten

Es wanderte sich gut mit Otto. Sein fester Schritt war bedachtsam, aber auch zielstrebig. Er konnte lange schweigen, aber dann auch wieder lebendig erzählen. Ein paar Jahre war es her, da war er eines Tages zu mir gekommen. Man hatte ihm erzählt, daß er vielleicht auf die eine oder andere der vielen Fragen, die ihn bewegten, Antwort finden könnte. Er war noch nicht lange in der großen Stadt. Er hatte sich dorthin versetzen lassen um seiner Fragen willen. Sein Sprechen war stockend, mühsam, so, als wäge er erst jedes Wort, ob es auch wert sei, ausgesprochen zu werden. Erst später erfuhr ich, daß dies auch mit seiner schweren Verwundung am Hals zusammenhing. Unter dichtem gewellten Haar schauten aus dem dunklen Gesicht die Augen ernst in die Welt; ihr Blick war eine einzige verwunderte Frage. Selten nur umspielte ein etwas verlegenes Lächeln seine Lippen. – Dem ersten folgte manches weitere Gespräch. Jedesmal hatte er gemeinsam Gewonnenes weiterbedacht und das Nächste vorbereitet. Erst spät erzählte er so manches von seinem Lebensweg. Der Vater war als Bergmann früh invalid geworden – Staublunge – und dann bald von seinen sechs Kindern weggestorben. Er als der Älteste mußte eine Lehre finden, bei der kein Lehrgeld zu bezahlen war. So lernte er »Scharwerker«, das heißt Maurer, Ofensetzer und Maler in einem. Da verdiente er sogar zehn Pfennig in der Stunde. Bald nach Beendigung der Lehre mußte er in den Krieg.

Das Sterben und die Zerstörung auf den Schlachtfeldern hatten die schweren Zweifel an den überkommenen

Vorstellungen von Gott und der Welt wachsen lassen, die schon sein Lehrer in die Seele des Knaben gesät hatte. Der war Sozialdemokrat und überzeugter, ja begeisterter Freidenker gewesen. Das Erlebnis der schweren Verwundung, die ihn an die Schwelle des Todes geraten ließ, hatte ihn zum Fragen geführt. Der junge Arbeiter suchte da und dort. Abends in der Volkshochschule bei den großen Philosophen und Religionsstiftern der Vergangenheit, in nächtlichen, leidenschaftlichen Disputen mit wenigen Kameraden, die auch durch ihre Zweifel zum Fragen gekommen waren. Da ging es um die politischen Heilslehren der Neuzeit.

Fast zufällig war ihm ein Buch in die Hände geraten, das Buch eines französischen Elsässers: Edouard Schuré. Der Titel hatte ihn angezogen: »Die großen Eingeweihten«. Der Inhalt hatte ihn gefesselt. Von daher waren die Fragen unsres ersten Gespräches ausgegangen. Daß auch heute solche Offenbarungen jedem einfachen Menschen wie ihm wieder zugänglich sein sollten, hatte ihn erschüttert.

Das alles lebte in mir, als wir schweigend durch seine heimatlichen Berge wanderten. Das Ziel unsrer Wanderung war sein Heimatdorf, das heißt eigentlich seine Tante Anna, »die Sieberten«, wie sie weithin im Lande genannt wurde.

Ringsum blühten die Linden, die Ebereschen hatten schon grüne Beerendolden angesetzt. Unwillkürlich summte ich – wie schon als Knabe – das Lied vom Vogelbeerbaum: »Kaan schinnern Baam gits net als aan Vugelbeerbaam...«, er fiel ein, und wir sangen miteinander diesen Lobpreis des eigentlichen Baumes des Erzgebirges, der so genügsam bis auf die sturmgepeitschten Höhen des Kammes hinauf wächst und die tiefroten Beeren den Vögeln, vor allem den Singdrosseln, als Herbstgabe darbietet. Die Eberesche war vor Zeiten – insbesondere bei den Kelten – ein heiliger Baum gewesen.

»Die Anna ist nicht die erste Sieberten«, fing er plötzlich an, »so hieß schon ihre Mutter. Und wie diese kann sie Karten legen und so in die Zukunft schauen. Die Großmutter hat mir aus den Karten vorausgesagt, daß mein Leben nur an einem dünnen Faden hängen würde, wenn ich in den Krieg ginge. Mein Kamerad und ich sind mehr aus Neugierde zu ihr gegangen, als wir Soldaten werden sollten. Ihm sagte sie, er würde gar nicht Soldat. Mir sagte sie das andere. Wir haben natürlich nicht an sowas geglaubt. Aber es kam so. Erst als ich mit dem Halsschuß in hohem Fieber lag und beim drehen des Kopfes hinten etwas Hartes spürte, was der Arzt mir nicht glauben wollte und was zu untersuchen ich ihn fast zwingen mußte – im Feldlazarett gibt es ja kein Röntgen –, wobei sie die zwei Splitter fanden, habe ich wieder an die Sieberten denken müssen. Der Faden ist nicht gerissen, aber beinahe. Jetzt verstehe ich das alles besser.«

Er erzählte weiter, wie die Anna die Mutter lange bis zum Tode gepflegt und versorgt habe und wie sie dann selbst »die Sieberten« geworden sei, die den Menschen die Karten legen konnte, wenn sie in ihrer Not zu ihr kamen. Am Tage werde sie als Hexe gemieden, im Dämmern schlichen sich viele zu ihr. Eigentlich wollte sie aufhören damit. Die Zeit sei vorbei, meinte sie. Die Menschen wollten ja doch nur hören, was sie selbst denken, wollten im Grunde keinen Rat. Doch brauchten sie so ein wenig Zauberei in ihren dumpfen Gemütern. Sie kenne ja die meisten von Kind an. Oft höre sie schon am Schritt, sehe es an ihren Augen, wie es um sie stehe. Oft schweige sie lange, lege einmal, zweimal die Karten, und plötzlich breche aus dem Mädchen oder dem Mann die eigentliche Not heraus, und sie versuche halt zu raten, so gut es ginge.

Otto berichtete weiter, er habe ihr viel von uns erzählt. Sie sei froh, daß er auf einem neuen Weg sei, weg von der Gottesleugnung. Auch habe er ihr schon Bücher gebracht.

Zwei Hauptfeinde habe sie: Erstens den alten Pfarrer, einen streng bibelgläubigen Mann, für den eine solche Fähigkeit Teufelswerk sei. Aber wahrscheinlich möge er sie auch deshalb nicht, weil sie die eigentliche Seelsorgerin des Dorfes sei. Und zweitens den Lehrer Müller, seinen alten

Schulmeister, dem er viel verdanke. Der halte so etwas für finsteren Aberglauben, der seiner Aufklärungsarbeit entgegenstehe. »Weißt du«, fuhr Otto fort, »ihr sind die Gespräche mit den Menschen das Wichtigste. Sie kann aus ihrem großen Herzen und ihrem gesunden Menschenverstand heraus viel helfen. Zum Beispiel die Schwester Radegundis, die das kleine Kloster leitet drüben im böhmischen Grenzdorf über dem Kamm, kommt manchmal zu ihr und berät sich über ihre Sorgen mit ihr. Wenn auch der fanatische Kaplan darüber schimpft – denn von seinen Schäflein gehen viele zur Sieberten –, das stört die alte Schwester nicht.«

Geld nehme sie nie: Dann würde die Gabe schwinden. Auf meine Frage, wovon sie denn lebe, sagte er: »Von ihrem Garten und vom Kräutersammeln. Holz gibt der Wald und auch Früchte. Aber auch Geschenke bekommt sie von dankbaren Menschen.« Der Apotheker sei ihr besonderer Freund. Niemand bringe, so sagt er, so sorgsam gepflückte und getrocknete Heilkräuter wie die Sieberten. Oft sei sie im Hochsommer um drei Uhr nachts unterwegs, denn manches Kraut müsse bei Sonnenaufgang gewonnen werden.

»Die Leute«, fuhr er fort, »bewundern sie scheu, wenn sie kommen und finden die Sieberten beim Lesen in großen alten schweinsledergebundenen Folianten, so als gehöre das zu einer weisen Frau. Die Bücher stammen aus dem Erbe des Großvaters, des Pfarrers. Der war jung von vielen Kindern weggestorben, darum hat ja mein Vater, Annas Bruder, nur Bergmann werden können. Eigentlich aber hatte der Urgroßvater die Bücher gesammelt. Der war Kreisphysikus gewesen, so wurden früher die Ärzte genannt.« – Ich war gespannt auf diese Schätze.

Allmählich näherten wir uns dem Grund, aus dem sich das typische Erzgebirgsdorf kilometerlang emporzog, fast bis zum Kamm des Gebirges. O, ich wußte um die Menschen, die in diesen kleinen Häusern wohnten: Bergleute, Waldarbeiter, Instrumentemacher, Holzschnitzer. Und die Frauen und die Kinder klebten an den langen Winterabenden zierliches Spielzeug in Heimarbeit. Im Sommer sammelten sie Beeren und Pilze.

An der stattlichen Kirche vorbei zog sich die Straße immer höher und höher, und als das letzte Haus erreicht war, ging ein Pfad, mit Vogelbeerbäumen bestanden, den Hang hinauf, dem Waldrand zu. Dort stand einsam das Haus der Sieberten. »Einen Hund hat sie nicht«, scherzte Otto, »der würde auch nicht zu ihr passen. Aber einen schönen schwarzen Kater, wie er zu einer Hexe gehört.« Der Garten überraschte. Er war nicht nur sorgsam gepflegt, sondern auch kunstvoll angelegt: Bauernblumen, Blumen wie Moosröschen und Kaiserkronen, Rosmarin und Lavendel blühten hinter der Hecke. Mancherlei Kräuter wie Pfefferminz und Kamille waren wohl für die Apotheke gezogen. Das Haus, das – wie immer – offenstand, war leer. Wir setzten uns auf die Bank unter der duftig-blühenden, bienendurchsummten Linde, schauten ins Tal und ruhten aus von der weiten Wanderung. Endlich kam Anna, einen Riesenstrauß Johanniskrautblüten im Arm. Hochgewachsen stand sie vor uns, das braune Gesicht strahlte uns aus den tiefblauen Augen an. Sie war eher eine altgermanische Seherin als eine Hexe aus dem Bilderbuch. Und mir war, als kennten wir uns schon lange.

Erst mußten die Kräuter unter dem Dach sorgsam ausgebreitet werden, dann wusch sie sich, band eine frische Schürze um, und danach kam sie, uns zu begrüßen. Otto stellte mich vor. Er hatte mich schon vorbereitet, daß sie zu allen Menschen du sage. Sie schaute mich von der Seite an und sprach: »Du bist gar kein richtiger Pfarrer.« Das war alles, was sie sagte. Ich faßte es als Lob auf. »Ich habe gewußt, daß ihr heut kommt. Ist vielleicht auch ganz gut«, meinte sie vieldeutig. Dann gab es Blaubeeren mit Milch. Anschließend ein Gespräch auf der Gartenbank.

Im Dämmern in der Stube wurde sie sehr ernst: »Da unten im Dorf braut sich was zusammen gegen mich. Vielleicht geht ihr morgen mal in die Kirche.« Auf den verwunderten Blick von Otto fuhr sie fort: »Ich geh ja nie hin. Nicht, als ob ich die Gemeinde meide. Aber ich würde nur stören. Viele würden im Gottesdienst nach mir gucken und über mich tuscheln. Ich gehe nur manchmal abends auf den Friedhof und sitze da. Wer sollte sonst die armen Seelen trösten?«

Vor ein paar Tagen, erzählte sie, sei eine verzweifelte Mutter zu ihr gekommen: Ihr Kind sei so sehr krank. Sie solle ihr doch die Karten legen. Sie habe nicht gewollt, habe eigentlich schon länger damit aufgehört. Aus Erbarmen habe sie es dann doch getan, einmal, zweimal. Dann habe sie die Karten durcheinandergeworfen, habe gesagt, sie sei zu müde, es ginge heute nicht. Sie hätte der Mutter doch nicht sagen können, daß das Kind schon tot sei. Sie habe sie nur auf Gottes Gnade verwiesen, der das Rechte fügen würde. – Jetzt habe sie gehört, daß die vor Schmerz fast irre Frau ihr die Schuld am Tode des Kindes gebe. Sie sei gewarnt worden. Sie sei ganz ruhig, würde aber gern Bescheid wissen. – Nun aber wollten wir wichtigere Dinge besprechen.

Ich fragte sie nach ihren Büchern. Ach, das seien solche, die kein Mensch heute mehr lese. Sie habe dem kranken Großvater oft daraus vorlesen müssen, und er habe ihr manches erklärt. Nun studiere sie weiter in ihnen. Mir stockte der Atem, als ich die Schätze sah. Da waren einige Werke von Paracelsus, das Wichtigste von Jakob Böhme, von dem Pfarrer und Mystiker Valentin Weigel aus Zschopau drüben die Bücher »Erkenne dich selbst« und »Vom Ort der Welt«. Der hatte seine Schriften zu Lebzeiten verboten halten müssen. Erst nach seinem Tod wurden sie bekannt. Angelus Silesius war mit seinem »Cherubinischen Wandersmann« vertreten, und dann stand da als besondere Seltenheit »Die Kirchen- und Ketzerhistorie« von Gottfried Arnold.

Das wurde ein langes Abendgespräch. Sie war dankbar, einen Menschen zu finden, der für ihre Geisteswege Verständnis hatte. Mit der Schwester Radegundis könne sie auch Derartiges besprechen, erzählte sie. Die armen Leute seien so bedrängt von ihrem Leben, da habe sie halt ein wenig wegweisen wollen. Aber die verkehrten doch alles immer mehr ins Egoistische. Man dürfe ihnen nichts mehr vorhersagen. Auch aus Mitleid mit ihrer Herzensnot nicht.

Am nächsten Tag, dem Sonntag, war die Kirche gedrängt voll. Über der Menge lag eine knisternde Spannung. Das Lied erscholl kräftig: »Erhalt uns, Herr, bei Deinem Wort und steure Deiner Feinde Mord, die Jesus Christus, Deinen Sohn, wollen stürzen von Deinem Thron.« Aha, mußte ich denken, das fängt gut an. Die Liturgie fand wenig Interesse. Alles wartete auf die Predigt. Als Text hatte der Pfarrer aus dem Alten Testament das achtundzwanzigste Kapitel aus dem ersten Buch Samuelis gewählt. Nun wußte ich Bescheid: Er wird Öl ins Feuer gießen, der alte Eiferer: Saul bei der Hexe von Endor, die für ihn den Geist Samuels beschwört! Der bestätigt ihm den Zorn des Herrn und verkündet ihm sein eigenes baldiges Ende. Und nun kam die Predigt. Ohne direkte Beschuldigung – wußte er doch, wie viele seiner Gemeinde die Sieberten dankbar verehrten – sprach er doch deutlich: »Da gibt es auch heut noch Leute, die lieber aus der trüben Lache der Wahrsagerei trinken als aus dem reinen Quell des Gottesworts. Aber auch sie wird Gottes Zorn treffen wie einst den Saul!« Und so eine Zeitlang fort. – Wir waren betroffen und eilten nach Hause. Von ferne hörten wir Anna singen das wunderbare Lied des Angelus Silesius: »Ich will dich lieben, meine Stärke, ich will dich lieben, meine Zier…« Wir fanden sie heiter gelassen. Vor ihr lag aufgeschlagen das Johannes-Evangelium im 14. Kapitel, das beginnt: »Euer Herz erschrecke nicht…«

»Wartet ein wenig, ich habe euch ein gutes Mahl bereitet.« Mit diesen Worten verschwand sie in die Küche. Und in der gelassenen Heiterkeit, die von ihr ausging, verlief das Mittagsmahl. Als wir vom Pfarrer erzählten, lächelte sie nur und meinte: »Der arme Mann. Laßt nur, es wird schon richtig laufen.«

Nachmittags waren wir in den Wald gegangen. Doch wegen der drückenden Schwüle saßen wir bald wieder im kühlen Zimmer in der Fortsetzung des Abendgespräches. Plötzlich ertönten erst fern, dann näher Volksgemurmel und viele Schritte. Als wir hinunterschauten, sahen wir den Hang herauf eine Schar erregter Männer und Frauen ziehen, angeführt von jener Mutter. Im Hintergrund der Lehrer Müller, der zu beschwichtigen suchte. Der Pfarrer war nicht zu sehen. Wir überlegten, was wir tun könnten, um Anna zu schützen. Sie aber sagte nur: »Ihr bleibt drinnen. Ich brauche euch nicht, mit denen werde ich allein fertig!«

Schon hörte man Schreie: »Schlagt sie tot, die alte Hexe, jagt sie fort!« Es fielen sogar schon, mehr von hinten geworfen, einige Steine. Manche Leute hatten Knüppel. Anna trat seelenruhig unter die Tür, auf dem Arm den schwarzen Kater, dessen Fell sie beruhigend streichelte. Auf dem hochgeschlossenen Sonntagsgewand funkelte die alte Granatkette. Der Haufen blieb verdutzt stehen. Da schrie die Mutter hysterisch: »Was hast du mit meiner Bärbel gemacht, du hast sie verhext!« Und wieder ertönten aus der Menge wilde Rufe.

Im Rücken der Leute, von Südwest, zog eine schwarze Wolkenwand hoch, aber niemand achtete darauf. Verstummt standen sie der hochaufgerichteten weisen Frau gegenüber, die ruhig ihre Blicke über sie gleiten ließ. Da zerriß ein blendender Blitz und ein mächtiger Donnerschlag die unheimliche Stille. Und schon prasselte es aus der Wolke in schweren Tropfen auf die Menge nieder. Die stand eine Weile wie gebannt, und dann machten alle in wilder Flucht kehrt. Die Frauen schlugen die Röcke über den Kopf, die Männer die Jacken. Wie ein Spuk war im Nu alles zerstoben. Ein sanfter gleichmäßiger Regen tränkte die Erde. Dann versiegte auch der, und die Sommersonne strahlte wieder über das Land. Die Luft war gereinigt.

Mit einem tiefen Seufzer wandte sich Anna um, schüttelte den Kopf, setzte sich in den Lehnstuhl, schloß die Augen, die Hände ruhten im Schoß. So saß sie eine Zeit ganz still. Dann aber nahm sie das Gespräch an der Stelle wieder auf, wo der Tumult es abgebrochen hatte, ein Gespräch, wie es einem selten im Leben gewährt wird. Wir mußten bald gehen, wollten noch den letzten Zug erreichen. Schweigend wanderten wir zurück – von manchem neugierigen Blick hinter den kleinen Fenstern verfolgt.

Im Zuge meinte Otto trocken: »Jetzt werden sie behaupten, die Anna habe das Gewitter herbeigehext.« Aber die Anna hatte seit diesem Vorfall Ruhe.

Kurz nach dem zweiten Krieg – es lagen schwere Jahre dazwischen – traf ich Otto. Ich erkundigte mich gleich, was aus Anna geworden sei. Er erzählte, daß nach dem Zusammenbruch befreite Zwangsarbeiter, die plünderten, ins Häuschen gekommen sein müßten. Es ging ja immer das Gerücht, sie verberge dort Schätze. Dann sei einer ganz verstört ins Dorf gekommen und habe gerufen, man möge nach der Anna sehen. Man fand sie, die Augen geschlossen, das Haupt leicht geneigt, die Hände gefaltet, im Lehnstuhl sitzend. Sie habe wohl bewußt, zu ihrer Stunde, die Schwelle des Todes überschritten. Nichts sei angerührt gewesen, nur der alte Peter habe kläglich miaut.

Otto erzählte weiter, sie habe ihren Grabstein schon vorher anfertigen lassen. Nur der Todestag habe gefehlt. Trotz der wunderlichen Inschrift habe er es durchgesetzt, daß er aufgestellt wurde über ihrem Grab. Die Leute der ganzen Täler ringsum seien zusammengeströmt zur Beerdigung. Selbst die alte Schwester Radegundis habe sich hinfahren lassen. Die Grabrede habe sich Anna verbeten. Nur ein Kapitel aus dem Johannes-Evangelium, das siebzehnte, sollte verlesen werden, und ein Vaterunser sollte gesprochen werden. Der neue junge Pfarrer habe das in würdiger Weise gemacht. Das Vaterunser hätten Hunderte gemeinsam gebetet.

Auf dem Grabstein stand zu lesen:

Der Urständer wartet.
Anna Siebert
6.I.1875–10.V.1945
E.D.N.
I.+M.
P.S.S.R.

Ich erklärte Otto, die Buchstaben stammten aus dem alten Buch von Gottfried Arnold. Dort werden sie als Grabschrift des Christian Rosenkreuz erwähnt. Sie bedeuten:

Aus Gott sind wir geboren – In Christus sterben wir – Durch den Heiligen Geist leben wir wieder auf.

Wenn auch die Leute über den wunderlichen Grabstein den Kopf schüttelten, wurde sie nur noch gerühmt, die letzte Sieberten.

Zwei Briefe

In einem Kriegswinter saßen wir viele Stunden eingeschneit im Schnellzug, der nach Osten fuhr. Es war unmöglich, einen Ort zu erreichen, so tobte der Schneesturm. Wir mußten Geduld haben. Ringsum in den Abteilen hörten wir eifriges Disputieren über die Möglichkeiten, die uns drohten, wie Einfrieren der Maschine, Versagen der Heizung, Mangel an Nahrung. Der Sturm hatte auch die Fernsprechleitungen zerstört. Bei uns beiden, dem Major und mir, herrschte Stille, die wie eine Mauer alles ausschloß. Außer kleinen Höflichkeiten hatten wir den ganzen Tag kein Wort miteinander geredet. Es fing an zu dämmern; ich ließ das Buch auf den Schoß sinken und sann den Bildern nach, die ich im Lesen aufgenommen hatte. Wir saßen in einer sanften Helligkeit, mit der der Schnee hereinleuchtete. Der Sturm hatte sich gelegt, aber unaufhörlich schneite es in stillem Treiben weiter.

Der Schaffner sagte an, daß ein Bote auf Schneeschuhen einen Hilfszug angekündigt habe, er hoffe, daß wir in einigen Stunden würden weiterfahren können. Nun hörte es auch auf zu schneien, und langsam drang das Mondlicht durch die Wolkenschleier. Das Gesicht meines Fahrtgenossen war hell erleuchtet. Wie schon den ganzen Tag schaute er in weite Fernen. Ich kam ins Träumen mit offenen Augen; immer wieder mußte ich dies graue, fast unbewegliche Antlitz anschauen. Vor mir erstand das Bild des heimlichen Königs aus dem Büchlein, das ich eben gelesen hatte. So hatte ihn Walter Flex gezeichnet: Wie er lauschend in die Ferne schaut, das Schwert auf den Knien, und herbei wogen die Scharen der grauen Soldaten. Er hatte die tiefliegenden Augen derer, die zu jung schon im Ersten Weltkrieg gefochten hatten. Er trug auch das Kreuz des ersten Krieges. Seine Augen standen wie zwei blaue Lichter unter der hohen, gefurchten Stirne. Trug er nicht auf dem grauen Haar den Stahlhelm, um den die Krone leuchtete? Draußen fing es an zu frieren, das Fenster bezog sich mit feinen Eisblumengebilden, die das Licht des Mondes dämpften. Im Zug war es ruhig geworden. Die meisten schliefen wohl.

Ich schreckte aus meinen Träumen auf, als das Bild plötzlich zu reden begann. Der Major fragte mich, ob ich nicht Licht haben wollte, um weiterzulesen. Ich verneinte mit dem Hinweis, daß ich das Buch fast auswendig kenne und es nur in dieser Weihnachtszeit wieder vorgenommen hätte, um die Erinnerung zu beleben. »Gibt es wohl in Deutschland noch Menschen, die so etwas lesen?« fragte er leise, wie zu sich selbst sprechend. Ich antwortete, daß ich es nicht wisse, aber es seien wohl nur noch wenige. Mit einem feinen Lächeln meinte er, das sei nicht wichtig, wie viele es seien; doch bäte er um Verzeihung, daß er mich in meinem Nachsinnen gestört habe. Ich war innerlich berührt, wie klar er mich wahrgenommen hatte, und versicherte, daß ich gern ein wenig plaudern würde.

So entstand jenes Gespräch, das nur behutsam geführt wurde, so, als müsse jedes unnütze Wort vermieden werden. Auch waren beredte Pausen eingeschaltet.

Wir fanden bald heraus, daß wir beide der Jugendbewegung angehört hatten, wenn auch in entfernten Gauen Deutschlands; auch gehörte er jener älteren Generation an, die unsere Führer gewesen waren, bevor sie in den ersten Krieg zogen. Wir erinnerten uns eines Treffens im Schwarzwald mit Frontsoldaten, dem wir beide beigewohnt, ohne uns zu begegnen. Dort hatte sich zum erstenmal deutlich jene Kluft aufgetan zwischen den Generationen, die sich nie mehr schließen sollte und an der die Gemeinschaft zerbrach.

Wir gedachten gemeinsamer Freunde, die damals nicht zurückgekehrt waren. »Es ist wirklich wahr, was Walter Flex in diesem Weihnachtsmärchen geschaut hatte«, begann er nach längerem Schweigen ganz unvermittelt und bestimmter, als er bisher geredet hatte. »Die Tränen rinnen in den großen See wie damals, und die Boten gehen aus von dem heimlichen König wie damals. Aber immer mehr kehrten traurig zurück, denn ihre Botschaft dringt nicht durch die Härte der Herzen und den vielen Lärm. Es ist alles soviel lauter als damals. Dann verstummten die Toten, und das ist schlimm.«

Ich schwieg. Was sollte ich auch dazu sagen. Empfand ich doch ebenso.

»Nein«, fuhr er fort, »sie verstummen nicht. Sie werden weiterpochen an die Herzen, bis ihnen aufgetan wird und sie gehört werden. Wir werden nicht aufhören, um die Seele dieses Volkes zu ringen.«

Fast unbeachtet stand dieser Satz da, der so deutlich wieder an mein Ohr klingen sollte, als ich Wochen später ein Zeitungsblatt aus einer fernen Stadt las, das in einem Päckchen zu mir kam und in dem die Nachricht vom Tode dieses Majors stand, der in den erbitterten Rückzugskämpfen jenes Winters gefallen war. –

Er erzählte damals, er käme von der Beerdigung seines Sohnes – »Ich hatte ihn viele Jahre nicht gesehen, wir waren uns ganz entfremdet. Ich kam zu spät, um ihn noch zu sprechen.« Er sei schwerverwundet aus einem Kessel herausgeflogen worden. Habe lange im Lazarett gelegen. Am Tage vor seiner Ankunft sei er gestorben. »Auch er ist dem großen Rattenfänger nachgefolgt«, fuhr er fort. »Das hat uns endgültig getrennt. Er hielt mich wohl für einen Verräter am Vaterland. Aber schon vorher herrschten starke Gegensätze zwischen uns. Diese jungen Menschen waren ja so ganz anders als wir. Für alles Technische begabt und begeistert. Sport, Tanz und Politik erfüllten sie ganz. Es war wohl auch eine Art Idealismus. Ich war traurig, daß er nicht

Landmann werden wollte wie ich. Doch es drängte ihn in die Stadt, wo das Leben, wie er meinte, stärker pulsiere und die großen Probleme unserer Zeit gelöst werden müßten, irgendwie Technik und Gemeinschaftsleben richtig zusammenzubringen.

Auch war er nicht einverstanden mit meiner Art, das Land zu bebauen. Wenn nicht gleichzeitig drei Trecker über den Acker ratterten, war das für ihn keine neuzeitliche Landwirtschaft. Dabei hatte ich nur einen kleinen für Transportzwecke. Überdies pflanzte ich noch überall Hecken, um Lebensräume für die Saaten zu schaffen und um den Vögeln Heimat und Nahrung zu geben, die mir die Schädlinge vom Leibe halten sollten. Es war ihm alles zu eng. Er meinte, ich sei rückständig. Es war sehr schmerzlich für mich, als er mich verließ. Ich hatte doch nur diesen einzigen.« Wieder schwieg er lange, um unvermittelt zu sagen: »Wir werden einen überaus harten Winter bekommen. Die Eichelmast war zu reichlich, und als wir um Allerheiligen Holz schlugen für Stellungen, war der Saft schon weit zurückgezogen. Die Bäume wissen, daß sie sich wahren müssen.« Ich fühlte, wie er in Gedanken bei seinen Leuten weilte, zu denen er fuhr.

»Übrigens hat er mir einen Brief geschrieben«, fuhr er fort. »Am Tage vor seinem Tode. Die Schwester gab ihn mir.«

Er entnahm seiner Brieftasche einen Umschlag, schaute ihn lange an und sagte: »Ja, da liegen die zwei Briefe nun beieinander.« Er schaute auf und fragte, ob ich Fritz J. gekannt hätte. Ich erinnerte mich seiner. Einer der wenigen, die mir im Gedächtnis geblieben waren. Ein junger Lehrer, der kurz vor dem ersten Krieg so begeistert auf einem Bundestag der Jugend gesprochen hatte von den Zielen der allgemeinen Erneuerung, die uns vorschwebten, daß es sich dem kleinen Jungen, der ich damals war, eingeprägt hatte. Er war des Majors bester Freund gewesen. Zusammen waren sie ins Feld gezogen, zusammen in Flandern verwundet worden.

Später waren sie getrennt worden, und ganz zufällig erfuhr mein Fahrtgenosse, daß der Freund erneut schwer verwundet in einer benachbarten Stadt im Feldlazarett liege. »Ich eilte hin, ich sah, daß er sterben werde und daß er es wußte. Ich nahm Abschied. Ich rang mit Gott, daß ich für ihn sterben möge. Fritz J. mit seiner reinen Hingabekraft, seinem durchdringenden Verstand und seinem glühenden Herzen war so viel wichtiger als ich für die Zukunft. So viele gerade von den Besten waren gefallen. Ich kam mir wie ausgestoßen vor aus ihrer Gemeinschaft. So, als wäre ich nicht wert, das Opfer meines Lebens zu bringen. Ich ging mit dem festen Entschluß, an der Front den Tod zu suchen. Auch war ja zu sehen, daß der Sieg genommen war. Wenige Tage später bekam ich diesen Brief des Freundes.

Beim Schein einer Taschenlampe las er ihn, wie ein Priester das Evangelium liest, das er auch längst auswendig weiß:

»Mein lieber Ernst – es bedarf zwischen uns kaum der Worte. Aber ich muß Dir noch etwas zum Abschied sagen. Du warst zu aufgewühlt, um gut zu hören. So schreibe ich Dir. Als ich die ersten Tanks auf uns zurollen sah, wußte ich, es kommt eine andere Zeit. Die Zeit der Massen und der Maschinen.

Wir haben nach den Sternen geschaut, wir haben die Natur lebendig gefühlt, wir haben die Gemeinschaft der Freien gelebt und die Quellen des Volkes erspürt. Aber es hat nicht genügt. Suche Du weiter mit der Sehnsucht, die uns immer heilig war. Ich glaube, wir müssen das Geheimnis des Todes ergründen. Heil! war unser Gruß. Wir liebten das Gesunde, das Heile. Wir werden aber zu Heilern werden müssen. Dazu müssen wir auch das Kranke verstehen und lieben. Wir werden uns wohl doch noch mit dem Christentum auseinandersetzen oder, besser gesagt, um es ringen müssen. Vielleicht waren die Kirchen dazu da, uns abzuschrecken, damit wir es selbst neu für unsere Zeit finden können. Du mußt leben, um das zu tun, was wir unvollendet lassen mußten.

Dein Fritz.«

Er fuhr fort: »Dies war mir Vermächtnis und ernste Verpflichtung. Aus diesen Worten, die ich immer bei mir trug, schaute mich wie ein großes Licht das Antlitz des Freundes an, wenn ich zweifelte oder verzweifelt war. Und das war oft. Sie kennen ja den Weg: Leutnant mit 20 Jahren, Kompanieführer, Landsknecht im Dreck der Gräben.

Dann die Revolution, die Heimkehr. Sollte ich weiterstudieren? Es gab keine Lehrer. Sie kamen mir vor wie Maulwürfe, die im Dunkeln Gänge gruben. Ich fand meine Frau, die wies mir den Weg zur Erde. Irgendwo ein Stück Land heil zu machen, fruchtbar zu machen, wurde mir zum Ziel. Es war sehr schwer, und allein hätte ich es nicht geschafft, wenn auch mancher Grund gelegt war durch unsere Wanderjahre und unsere Bauernfreundschaften. Wir fanden auch einen Lehrer zusammen, der zwar nicht mehr lebte, aber durch seine Schriften uns Wege zum Geist und zur Seelenschulung wies. Ich fühlte mich auf einem Wege, der im Sinne jenes Vermächtnisses lag. Ich durfte gesunden an Leib und Seele. Und dann mußte ich erleben, daß ich meinem Kind nicht helfen konnte, es nicht vor Irrwegen – wie ich meinte – bewahren konnte, niemanden hatte, der meine Arbeit fortsetzen würde. Aber wir sind ja so blind und so ohne Vertrauen.

Hören Sie nun den zweiten Brief, den Brief meines Sohnes. Ich hatte ihm nach langer Zeit zum erstenmal wieder geschrieben. ›Mein lieber Vater – so viele Jahre waren wir durch uns selbst getrennt. Und jetzt, da die Brücke von Herz zu Herz wieder geschlagen ist, versagt uns das dunkle Geschick, uns noch einmal Auge in Auge gegenüberzustehen, und meine Hand, die die Deine sucht, von der sie fühlt, daß sie sich entgegenstreckt, wird nie mehr deren festen Druck spüren, der so viel sagt und die Worte entbehrlich macht. Ich danke Dir für Deinen Brief. Nun ist alles gut. Im Grunde hast Du mich wohl immer verstanden, aber geglaubt, ich ginge einen falschen Weg, und wolltest mich den Deinen führen, den Du selbst so spät gefunden hast. Und ich mußte doch den meinen selbst suchen.

Ich habe Dir einmal einen ganz großen Schmerz bereitet, unter vielen anderen. Ich war noch ein Junge, da lasest Du uns einmal ein Kriegsbuch vor in der Adventszeit, ein Weihnachtsmärchen von Walter Flex. Das war alles so feierlich und heilig, und ich konnte nichts damit anfangen. Ich lächelte wohl etwas frech; Du spürtest es, und ich sehe noch heute lebendig vor mir, wie Du totenblaß aufstandest, das Buch langsam schlossest, es in die Tasche stecktest und wortlos hinausgingst. Stundenlang liefst Du in der Nacht draußen im Schnee herum, so daß die Mutter schon Sorge bekam, die doch manches in dieser Richtung gewohnt war. Ich aber verstockte mich nur trotzig. Heute weiß ich vieles besser. Schau, ich würde so gern leben. Ich habe mir viel vorgenommen.

Aber nun weiß ich auch, daß es den heimlichen König wirklich gibt. Und daß, die zu ihm gehören, weiterschreiten und leben werden. Weißt Du noch ›im Reich der tausend Sinne‹. Ich muß doch zugehört haben damals. Es ist mir alles wieder eingefallen.

›Es ist täglich ein andrer und immer derselbe.‹

Ich habe viel im Evangelium gelesen und gute Gespräche darüber gehabt mit einem Kameraden, der vorige Woche gestorben ist. Ich glaube, er gehörte zu Deinen Leuten. Ich habe sehen gelernt. Und manches durchschauen. Der heimliche König ist ER. Das hat der Walter Flex nicht so genau sehen können. ER geht über die Schlachtfelder, er trägt unser erdgraues Gewand und beugt sich über die Sterbenden und Leidenden. Und sein Antlitz leuchtet. Wieder ist die Zeit des großen Abendmahles. Ich werde bei IHM sein.

In Liebe Dein Sohn.‹«

Er faltete den Brief zusammen, steckte ihn wieder in den Umschlag zu dem anderen, verwahrte diesen in der Brieftasche.

»Sehen Sie«, schloß er ab, »darum weiß ich, daß die Toten nicht verstummen werden. Ich bin ganz friedevoll. Wie es weitergehen wird, weiß ich nicht. Das kümmert mich auch nicht viel. Es gilt das aufzunehmen, was als tägliche Aufgabe mir zukommt. Meine Leute draußen warten auf mich. Vorerst gilt es diesen Winter zu bestehen.«

Wir wurden aus unserer Stille geschreckt. Der Hilfszug war gekommen. Wir haben noch zusammen ein paar Stunden Schnee geschaufelt. Das war ein guter Abschluß unseres Gespräches. Auf der nächsten Station trennten sich unsere Wege. Wir tauschten unsere Anschriften. Längere Zeit danach sandte mir seine Witwe eine Abschrift der beiden Briefe. Sie schrieb, es sei dies sein ausdrücklicher Wunsch gewesen.

Die ganze lange Fahrt die Rheinebene hinauf hatte ich ihn immer wieder verstohlen anschauen müssen. Ich kannte ja diese Antlitze, in denen zu den noch jünglingshaften Zügen die tiefliegenden wissenden Augen eines alten Mannes solch seltsamen Gegensatz bildeten. Auch die scharfe gerade Stirnlinie, die zur Nasenwurzel führte und die dem Gesicht etwas Gespanntes gab, so wie wenn einer ständig einem Rätsel nachsänne, das er nicht lösen kann, war mir vertraut.

Ich wußte auch den streng geschlossenen Mund zu deuten und hatte das Schweigenwollen, dies: »Ach, es lohnt sich nicht mehr zu reden«, das er aussprach, geachtet.

Der abgetragene Soldatenrock und der eine lose herabbaumelnde Ärmel sagten genug. Ich hatte mich gehütet, in einigen Augenblicken, die es nahelegten, helfend beizuspringen. Ich kannte dies schroff ablehnende »Danke, es geht schon so«, das der Beschämung entspringt, zu gut. Das bleiche, abgezehrte Gesicht deutete auf eine noch schwerere Verwundung als den bloßen Verlust des Armes. Warum ich ihn aber immer wieder anschauen mußte, war etwas anderes. Über das ganze Antlitz war ein leuchtender Friede gebreitet – und das war durchaus ungewöhnlich.

Ruhe strömte aus von diesem jungen Menschen, nicht die Ruhe der Erschöpfung und der Resignation, sondern jene Stille, die einen Menschen erfüllt, der über die Schwelle gegangen war in das Land der unhörbaren, unsagbaren Wirklichkeit, ins Land des inneren Lichtes, und der von dort zurückgekommen war. – Im überfüllten Abteil – es gingen so wenige Züge damals und die nur sehr langsam – wogte es hin und her. Jeder mußte ja damals sein unbegreifbares, unverarbeitetes Schicksal loswerden, und hielt der eine inne, brach es aus dem anderen heraus.

Unberührt, wenn auch nicht unbeteiligt – dies mag widerspruchsvoll klingen, ist es aber nicht – saß er dabei, wehrte jede Anspielung oder neugierige Frage mit einem leisen Kopfschütteln und einem »da ist nichts zu erzählen« ab. Er schaute meist hinaus auf das verschneite Land, in die sinkende Dämmerung, blickte höchstens manchmal einen Sprecher, der sich in seine Geschichte hineinsteigerte, ruhig und lange an, ohne Vorwurf, ohne Spott, ohne Zweifel, sondern nur im Schauen den anderen stellend. Und sogleich fiel der andere ins rechte Maß zurück.

So waren wir lange gefahren. Als die Grenze sich näherte, befiel ihn eine gewisse Unruhe, und schließlich überwand er sich und wandte sich an mich, wohl weil ich seines Schweigens Genosse gewesen war. Er fragte, ob er wohl Schwierigkeiten haben werde, in die Schweiz zu kommen. Er sei zwar ordnungsgemäß entlassen, aber von den Amerikanern, und er habe gehört, daß die Franzosen dies manchmal nicht anerkennen würden. Er habe auch auf eine Einladung von dort ein kurz befristetes Visum des Schweizer Konsulates bekommen. Er lächelte sogar ein wenig, als er sagte: »Es geht mir nicht um die Schokolade, den Kaffee und die Zigaretten. Ich habe deshalb auch nicht länger beantragt. Aber ich muß unbedingt hinüber. Ich muß die Antwort auf eine Frage holen; die ist lebenswichtig für mich.« Ich beruhigte ihn und sagte ihm zu, daß ich mich zu ihm halten wolle, vielleicht sogar mit meinem Französisch ihm beistehen könne. Ich selbst wolle auch über die Grenze. Der Zug hatte sich zusehends geleert. Es gab nur wenige Menschen, die ins Nachbarland durften. War doch sogar der Grenze entlang ein mehrere Kilometer breiter Sperrstreifen gezogen, der nur mit einem Sonderausweis der Besatzungsmacht betreten werden durfte, obwohl dort Deutsche wohnten und er zu Deutschland gehörte.

Es gab natürlich Schwierigkeiten – wo hätte es sie damals nicht gegeben –, und ich konnte dem jungen Mann ein wenig beistehen. Mein Amt und der Sonderausweis eines politisch Verfolgten mußten herhalten. Nun waren wir glücklich drüben. Betäubt blieben wir einen Augenblick vor dem Bahnhof stehen. So also sah eine Welt aus, die äußerlich unzerstört war. Ein wenig hilflos schaute mein junger Begleiter in das Getriebe. Ich fragte ihn nach der Anschrift seiner Freunde. Da mußte ich nun lächeln, denn es war genau der Schicksalskreis, um dessentwillen ich die Reise unternommen hatte. Er wollte zu der Großmutter des Kindes, das ich taufen sollte. »Es ist eigentlich die Freundin meiner verschollenen Patentante und meiner Mutter, ich selbst kenne sie gar nicht.« Ich wies ihm den Weg und meinte beim Abschied, daß wir uns wohl in dieser Stadt wieder begegnen würden. Dies geschah auch schon am nächsten Abend. Wir saßen in dem großen Zimmer, dessen hohe Fenster auf den verschneiten Garten führten, in dem Vorort gegen den Schwarzwald zu, nahe der Grenze. Es war Adentszeit, Kerzen brannten. Wir wollten zur Vorbereitung des Sakramentes ein gemeinsames Gespräch haben. Ein Pate, eine junge Krankenschwester, war schon da. Mit der Wahl des anderen Paten sei sie noch etwas in Verlegenheit, sagte die junge Mutter. Sie habe eigentlich ihre eigene Mutter bitten wollen, aber das sei vielleicht doch nicht so ganz das Richtige. Damit würde nicht ein neuer Mensch in den Schicksalsumkreis des Kindleins einbezogen. Sie habe darüber mit mir noch sprechen wollen. Schon läutete die Hausglocke, und die Großmutter erschien – mit meinem jungen Reisegefährten. »Entschuldige, Annegret«, begann sie gleich, »aber ich mußte ihn mitbringen. Er ist endlich da, der Patensohn von Tante Alice. Ihnen«, sie wandte sich zu mir, »brauche ich ihn nicht erst vorzustellen. Sie kennen sich ja schon.« Scheu und etwas unbeholfen verbeugte sich der junge Soldat vor der jungen Mutter, und als wir saßen, sprudelte die alte Dame in ihrem köstlichen Temperament gleich hervor: »Entschuldigen Sie, Herr Pfarrer, aber es wäre mir so sehr lieb, wenn Hans an der Besprechung teilnehmen könnte und vielleicht vorher noch ein wenig von sich erzählen dürfte. Seine Mutter und seine Patentante waren meine besten Freundinnen, wir haben zusammen in Zürich studiert. Sagt Ihnen der Name Alice D. etwas?« Nun war es an mir, überrascht zu sein. Es tauchten eigene Jugenderinnerungen auf. Es stellte sich heraus, daß der Reisegefährte aus meiner Vaterstadt stammte und daß jene drei Studiengenossinnen zu der Generation jener Frauen gehörten, die vor dem Ersten Weltkrieg sich das Studium erkämpften und dem öffentlichen Wirken der Frau Bahn brachen. Zwei von ihnen hatten, wenn auch spät, geheiratet. Alice D. aber war in meiner Vaterstadt eine geachtete, segensreich wirkende Leiterin des Fürsorgerinnenseminars und Stadtverordnete geworden. Von Haus aus Jüdin, hatte sie allsonntäglich unter der Kanzel meines Vaters gesessen. Da ich früh von zu Hause weggekommen war, hatte ich nicht mehr erfahren, daß sie Taufpatin des Sohnes ihrer einen Freundin geworden war. Auch ich wußte nur, daß sie verschollen war. Sie, die öfters in meinem Elternhause geweilt hatte, gehörte zu den Erwachsenen, die ich als Kind hatte verehren dürfen. Nun war die Frage des jungen Mannes auch die meinige geworden. Die alte Dame wiederholte kurz, was sie wußte. Alice D. war wie alle anderen ihrer Rasse und ihrer politischen Überzeugung sofort bei Anbruch des »Dritten Reiches« von allen ihren Ämtern entfernt worden. Einflußreiche Freunde und der Dank der Bevölkerung hatten sie eine Zeitlang schützen können. Sie widmete, obwohl selbst Christin geworden, ihre freigewordenen Kräfte der Hilfsorganisation der Juden, bis auch sie selbst nach der Kristallnacht in ein Lager im Süden des Landes gebracht worden war. Ihrer überragenden Persönlichkeit gelang es bald, eine Art Vertrauensstellung bei der Lagerleitung zu erringen, mit ihrem bescheidenen, aber bestimmten Einsatz vermochte sie manche Erleichterungen zu erwirken. Heimliche Verbindungen ergaben sich zu der Schweizer Freundin. Schwer ließ sie sich nach langem Zögern überzeugen, daß sie gerettet vielleicht noch mehr wirken könnte für ihre unglücklichen Leidensgenossen. Man glaubte ja noch vor Kriegsausbruch an den Einfluß der öffentlichen Weltmeinung auf die deutschen Machthaber. Ein Versuch, sie über eine fremde Gesandtschaft freizubekommen und ihr die Auswanderung zu ermöglichen, scheiterte. Sie hatte sich früher durch ihre unbestechliche und energische Amtsführung wohl auch einflußreiche Feinde geschaffen. Da sie sich verhältnismäßig frei bewegen konnte, hoffte man, durch Bestechung sowie mit Hilfe eines bereitgestellten Autos und eines für sie gültigen Schweizer Passes ihre Flucht zu ermöglichen. In der dafür ausersehenen Nacht war Nebel eingebrochen. Sie konnte die verabredete Stelle nicht finden und lief einer Streife in die Arme. Vergebens hatten die Freunde auf sie gewartet. Sie war sofort hart bestraft und dann nach dem Osten abtransportiert worden. Seitdem fehlte von ihr jede Spur. Hans hatte sich Gewißheit über ihr Schicksal verschaffen wollen. Er hatte von seiner Mutter nur kurz erfahren: Tante Alice ist auch abgeholt worden. Er war damals in einem Landschulheim in Bayern, das sich anfangs dem »neuen Geist« noch hatte halbwegs entziehen können. »Und nun«, wendete sich die alte Dame an ihn, »bitte erzählen Sie diesem kleinen Kreis noch einmal, was Sie erlebt haben, um so mehr, als ja der Pfarrer Ihre Tante gut gekannt hat.«

So begann er von seiner Zeit in Rußland zu erzählen, von dem Vorwärtsstürmen der Heeresmassen, von den großen Eindrücken der weiten Landschaft, den mächtigen Flüssen und Wäldern. Und dann war jenes plötzliche Stocken des Vormarsches eingetreten und jener ungewöhnlich harte, schwere Winter über die dafür nur mangelhaft ausgerüsteten deutschen Truppen gekommen. In früheren Zeiten hätte man wohl dies Ereignis bildhaft so beschrieben: »Und der

Engel des Herrn trat ihnen mit dem Schwert entgegen und gebot ihnen Einhalt.« Er war an der Nordfront geblieben. Stellungskrieg, Kesselschlachten, langsames, aber stetiges Zurückgedrängtwerden, heroischer Einsatz, um den Einbruch zu verhindern, Niederlagen waren einander gefolgt. »Bei einem Durchbruch der russischen Panzer«, erzählte er schlicht, »war ich am Arm verwundet und von meiner Einheit abgesprengt worden. Erschöpft suchte ich mich durchzuschlagen. Tief verschneit war alles ringsum. Auf der Rollbahn zu gehen, bedeutete sichere Gefangennahme. Mühsam schleppte ich mich vorwärts. Oft wollte ich mich in den Schnee sinken lassen und für immer einschlafen. Ich raffte mich wieder auf, aber ich spürte, wie die Widerstandskraft schwächer wurde. Ich hatte viel Blut verloren. Da sah ich plötzlich wie im Traum vor mir das Gesicht meiner Patentante, ihre klaren grauen Augen, die sanft geschwungenen Brauen über der gebogenen Nase, das tiefschwarze Haar. Zum Greifen deutlich stand sie vor mir. Ich rief in die öde Schneewüste laut: ›Tante Alice, hilf mir, hilf mir doch!‹ da hörte ich ganz deutlich ihre mir so vertraute Stimme sagen: ›Ich will dir helfen, aber du mußt weitergehen, du *mußt* weitergehen!‹ Und es war mir, als durchzöge mich ein warmer Strom neuer Kraft. Ich stapfte weiter. Da kam ich an einen Hohlweg. Ich stand oben am Rand. Das war wichtig. Denn eng an der Böschung stand ein Pferd neben einem toten Soldaten. Ganz ruhig stand es da. Nie wäre ich mit meinem zerschossenen Arm hinaufgekommen. So konnte ich mich langsam von oben gleichsam draufrollen lassen und mit dem heilen Arm und den Schenkeln festklammern. Kaum spürte es den Reiter, da setzte es sich in Bewegung. Ich weiß nicht, wie lange es dauerte, ich war nicht ganz bei mir, ich dachte an Tante Alice, ich wußte nun, daß sie nicht mehr auf der Erde weilte. Plötzlich stand das Pferd, und ich wurde von Kameraden herabgehoben, ich fiel in tiefe Bewußtlosigkeit. Erst im Feldlazarett erwachte ich mit nur noch einem Arm und einer schweren Lungenentzündung. Es dauerte lange, bis ich wieder aufsein konnte. Inzwischen war meine Vaterstadt zerstört worden. Mein Vater war bei den Rettungsarbeiten umgekommen. Nun lebe ich mit der Mutter auf einem Dorf im Odenwald. Ich suche meinen Weg.«

Neben der jungen Mutter stand die Wiege mit dem kleinen Kinde. Sie hatte, während sie intensiv zuhörte und den Sprecher nicht aus den Augen ließ, wie schützend die Hand um sein Köpfchen gelegt. Wir saßen eine Zeitlang schweigend und schauten in den Kerzenschein.

»Ich möchte Ihnen danken«, begann die junge Frau, »daß Sie uns dies erzählt haben. Es ist doch sehr wichtig, daß Sie gerade an diesem Abend bei uns sind. So wie es wundersam ist, daß Sie noch am Leben sind. Und nun möchte ich Sie etwas bitten. Ich setze das Einverständnis unseres Herrn Pfarrers voraus. Wollen Sie für diesen meinen Jungen das Amt des Paten übernehmen? Bitte sagen Sie noch nichts« – der junge Mann war rot geworden und hatte ein wenig hilflos in leiser Abwehr die Hand erhoben –, »ich weiß, was Sie sagen wollen, wir kennen uns kaum, Sie wissen Ihren Weg nicht, Sie sind ein Krüppel und was alles noch. Bevor Sie antworten, hören Sie unsere Geschichte an«, sie schaute dabei schmerzlich froh auf ihr Kind, »dann dürfen Sie auch ruhig Nein sagen, die Bitte war ganz freilassend gemeint.«

Und sie begann zu erzählen, daß dies Kind schon vor seiner Geburt den Vater verloren habe. In der klaren, sachlichen und doch tief menschlichen Art, wie sie manchmal Menschen haben, die aus innerer Berufung Arzt sind, schilderte sie die Begegnung mit ihrem Mann in gemeinsamem Streben nach dem Berufe des Heilers. Eine Begegnung, die noch vertieft wurde durch ein Sichverstehen im Bemühen um ein neues Menschenbild als Grundlage dieses Wirkens.

In den verhältnismäßig gesicherten Umständen eines neutralen Landes waren sie von Stufe zu Stufe ihrer Ausbildung, sich gegenseitig fördernd und stützend, vorangeschritten, um nach bestandenem Examen dann die Verbindung fürs Leben zu wagen. Erst das Ende ihrer Assistentenzeit hatte ihnen wieder ein gemeinsames Tätigkeitsfeld in der französischen Schweiz gebracht. Diese Arbeit sollte der Übergang sein zum Ergreifen einer gemeinsamen selbständigen Praxis.

In dem großen Krankenhaus hatte eine schwere Grippeepidemie auch einen Teil der Ärzte und des Pflegepersonals ergriffen. Durch die große Armee, die die Grenzen bewachen mußte, waren an und für sich Menschen knapp. Das junge Ehepaar hatte sich weit über seine Kraft eingesetzt und nach dem Ende der Epidemie den wohlverdienten Urlaub angetreten.

Beide von Jugend auf gewandte Bergsteiger und Skiläufer – auch diese gemeinsame Liebe verband sie –, beschlossen sie noch eine Winterhochtour zu unternehmen, bevor sie nach Hause fuhren. »Wir kannten diese Gegend in den Walliser Alpen gut«, erzählte die junge Mutter, »das Wetter war nicht ungünstig, als wir von der Hütte aufstiegen, wenn auch nicht ganz sicher. Ein plötzlicher Umschlag mit Schneetreiben zwang uns, vor dem Gipfel zu biwakieren. Ein überhängender Fels bot einen guten Platz, wir waren mit allem Notwendigen ausgerüstet und derartiges gewohnt. Nie werde ich diese Nacht vergessen. Gegen Morgen klarte es auf, und die Sterne leuchteten in wunderbarem Glanz über uns. Lange hatten wir uns nicht in Ruhe gesprochen. Der Dienst war verschieden und die Last der täglichen Arbeit groß. Nun waren wir allem entrückt, und unsere Seelen kamen sich nah im Berühren tiefer Fragen und im Mitteilen mancher Antworten, die in der Stille gereift waren. Wir erschauerten fast vor dem überwältigenden Glück solchen Einverständnisses.

Der grauende Morgen ließ uns aufbrechen. Auf dem Gipfel grüßte uns die strahlende Morgensonne. Da lag unsere geliebte Bergwelt vor uns ausgebreitet und, war die Nacht in ernster Besinnung vergangen, erfüllte uns jetzt lodernde Lebenslust. Vor dem heftigen Wind auf dem Gipfel flohen wir dann ein wenig abwärts, um uns vor der langen

Abfahrt an einer geschützten Stelle zu stärken. Wir saßen ein wenig voneinander entfernt, warfen uns manches heitere Scherzwort zu, als ich plötzlich sah, wie mein Mann ein wenig einsank; ich rufe ihn an, er will sich aufrichten, da ist er auch schon bis zu den Schultern im Schnee. Ich springe auf, suche festen Stand, reiche ihm den Stock und kann ihn eine Zeit halten. Er muß gespürt haben, daß meine Kräfte erlahmten. Er bat mich, loszulassen. Wir nahmen bewußt Abschied. Er legte mir nahe, alles zu versuchen, um heil nach unten zu kommen; da versank er auch schon in dem unsichtbaren Spalt.

Einen Augenblick stand ich betäubt. Es war mir, als sei der Himmel eingestürzt. Dann schnallte ich in Eile meine Schneeschuhe an, ließ alles liegen und raste in gefährlicher Schußfahrt zu Tal. Die Hoffnung, vielleicht doch noch Rettung für ihn zu holen, verlieh mir Kraft, und«, sie hielt inne und schaute auf das Kind, »dieser Knabe hier, den ich unterm Herzen trug, hat mich wohl bewahrt.« Sie fuhr fort zu erzählen, daß sie völlig erschöpft zusammengebrochen sei vor der Hütte. Die Rettungsmannschaft, die aufstieg, habe nichts mehr ausrichten können. Der junge Arzt blieb verschwunden. Der Schicksalsauftrag des in ihr werdenden neuen Lebens habe sie aufrechterhalten und wieder gesunden lassen.

Die Kerzen waren heruntergebrannt. Wir schauten draußen auf den Schnee, der im Lichte unseres Raumes in leise fallenden Flocken aufglitzerte.

Unser junger Freund erhob sich, nahm mit seiner linken Hand ehrfürchtig die Hand der jungen Mutter, drückte scheu einen Kuß darauf und sagte dann, sie mit ernsten Augen anblickend: »Ich danke Ihnen sehr, ich will versuchen, das Vertrauen, das Sie in mich setzen, zu rechtfertigen.«

Nun konnte noch nach dem Nachtmahl die vorbereitende Besprechung für die Taufe stattfinden. Und bei der Feier am nächsten Tage war wohl allen Teilnehmenden die

Anwesenheit der beiden in der Geisteswelt weilenden Seelen spürbar.

Mein Reisegefährte hat seinen Weg gefunden. Die alte Dame ermöglichte ihm ein Studium in der Schweiz. Seine Patenpflichten hat er treu und mit seltener Erfindungsgabe erfüllt.

Die Botschaft

Das war mit das Schwerste nach den Jahren, die die Welt durcheinanderrüttelten, und nach dem Zusammenbruch: die Ungewißheit darüber, wer sich aus dem Brande hatte retten können und wer von ihm fortgenommen war. Gedachte man eines Freundes, stand immer die Frage vor der Seele: In welcher Welt weilt seine Seele? Und dann ereigneten sich jene wundersamen Wiederbegegnungen, unvermutet an den merkwürdigsten Orten, oft erst erschrekkend und dann tief beglückend.

Alexander und ich waren uns auf der Universität begegnet in den bewegten Jahren nach dem Ersten Weltkrieg. Die kurze Zeit des gemeinsamen Studiums hatte uns eng verbunden. Jeder fand beim andern, was ihm fehlte; der Naturwissenschaftler und der Historiker ergänzten sich gegenseitig. Und daraus entstand eine der seltenen Freundschaften, die ohne äußere Begegnung durch wenige, aber gewichtige Briefe und durch das Wissen um den andern durch lange Zeiten weiterwachsen. Der junge Arzt war ins Ausland gegangen; zuerst zu Albert Schweitzer und dann lange Jahre nach Indien. Dort hatte er auch Susanne gefunden, die auf einer Missionsstation Krankenschwester war, und sie hatten sich verbunden. Ich hatte sie nie gesehen, aber sie war mir durch ihn ganz vertraut. Es war zu spüren, daß hier eine der wenigen gültigen Ehen gelebt wurde, die im immerwährenden Lebendig-Halten des Schicksalsentschlusses wurzeln. Wenn auch die Kinderlosigkeit zuweilen einen Schatten darüber gehen ließ.

Die beiden waren gerade zurechtgekommen zum Kriege. Ein Heimaturlaub, der auch ein Wiedersehen mit mir bringen sollte, hatte sie nach Deutschland geführt. Susanne und Alexander taten Kriegsdienst. Sie in der Heimat als Krankenschwester, er als Arzt an der Front. Wenige Nachrichten hatten mich noch erreicht. Dann kam das große Verstummen.

Kurz nach dem Kriege konnte ich eines der Kinderheime in der Schweiz besuchen, in denen Waisenkinder aller Nationen Heimat finden sollten. Es lag im Vorland der Berge, kleine Häuser verstreut in großen Obstgärten. Der Leiter empfing mich freundlich, entschuldigte sich aber gleich, daß er mich trotz meiner Anmeldung nicht selbst führen könne, da er zur Behörde müsse. Aber er werde mich Schwester Susanne anvertrauen, die alles noch besser überschaue als er selbst, die gleichsam die Seele des Kinderdorfes sei. »Mischa«, rief er einem vielleicht zwölfjährigen Knaben zu, der gerade vorbeiging, »ruf bitte die Mutter!« Und bald stand sie vor mir, wie sie aus Bildern mir wohlvertraut war – die Frau meines Freundes Alexander, unter weißen Haaren ein gütiges Antlitz, die Augen leuchtend, aber mit einem Licht, das wie über einem dunklen See liegt. Als sie meinen Namen hörte, sagte sie nur schlicht: »Endlich kommen wir zusammen. Längst hätte ich geschrieben, hätte ich nur eine Anschrift herausbekommen können.«

Ich schaute auf den Knaben, ich fragte nach dem Freund. Sie sagte: »Hab Geduld! Erst wollen wir unsere Arbeit erledigen. Du mußt doch einen Bericht geben.« Der Knabe war ein wenig gespannt, fast mißtrauisch dabeigestanden. »Komm, Mischa, sag Grüß Gott! Dies ist der beste Freund deines Onkels Alexander!« Und schon war die Brücke geschlagen. Zutraulich gab mir der Junge die Hand.

Wir besichtigten nun alles Notwendige, um einen Eindruck des Ganzen zu bekommen. Ich war berührt von der klaren, sachlichen Art, mit der Susanne mir alles erklärte; vor allem aber auch von der selbstverständlichen, freudig anerkannten Autorität, die sie überall auf dem Gelände genoß, wenn sie Anordnungen traf oder freundlich, aber bestimmt etwas zurechtrückte. Endlich war es soweit, daß wir in ihr kleines persönliches Reich gehen konnten. Eine fast strenge Schlichtheit war gemildert durch wenige eindrucksvolle Bilder. Sie bat mich, auf einem Lehnstuhl am Fenster Platz zu nehmen. »Du wunderst dich vielleicht über mein weißes Haar. Das verdanke ich der Hölle von Dresden. Dort arbeitete ich in einem Lazarett, als die Vernichtung über uns hereinbrach. Was ich da erleben mußte, verfolgt mich noch heute bis in meine Träume.« Sie entnahm einem kleinen Kästchen ein Päckchen zerlesener Briefe und ein goldenes Medaillon aus Großmutters Zeiten. Sie öffnete es: »Schau dir dies Bild an, es ist das einzige, was ich besitze von Alexander, und einige seiner letzten Briefe aus Rußland. Alles andere habe ich verloren; dies trug ich immer bei mir.«

Sie bat mich, bis sie sich umgekleidet hätte, mich einen Augenblick damit zu beschäftigen. Ich schaute in sein feines, durchgeistigtes Antlitz, leidgezeichnet. Schon nahm ich die Briefe zur Hand. Das waren sie, diese klaren, aber zierlichen Schriftzüge, die den stillen und doch so zielbewußten Menschen kennzeichneten. Ich wollte nicht in den Briefen lesen. Sie selbst sollte mich vertraut machen mit dem, was ihr wichtig daran war. Ich schaute in den blühenden Garten. Von ferne hörte man Kinderstimmen einen Chor üben.

Nun saßen wir uns gegenüber. »Alexander weilt nicht mehr auf der Erde. Drei Jahre wußte ich nichts von ihm. Bis er mir dann die Botschaft sandte.« Sie fing dann an, von den Kindern zu erzählen, die hier zusammengekommen waren. Wie schwer es sei, ihr Vertrauen zu gewinnen und die tiefen Schäden an Leib und Seele auszuheilen. Da war einer, der immer wieder roh auf die andern einschlug, um dann selbst wie ein verwundetes Tier sich zu verkriechen und zu weinen. Oder ein Mädchen, das zuerst immer nur lügen konnte und vor dessen flinken Augen und Händen nichts sicher war. Mit unendlicher Geduld konnte manches wenigstens gelindert, wenn nicht geheilt werden. Vor allem hatte ihr ein Knabe Kummer gemacht. Man hatte ihn Michael genannt, da niemand seinen Namen wußte. Er war wie versteinert. Sprach kein Wort, konnte weder lachen noch weinen. Stand immer abseits, wenn die anderen spielten. Mühsam hatten sie ihn langsam in die deutsche Sprache eingeführt. Dabei war er äußerst geschickt und von großer Umsicht. Das bewies er, sobald es etwas instandzusetzen galt. »Ich rang um seine Seele. Ich suchte nach der Tür zu seinem Herzen. Aber nichts wollte gelingen. Ich fühlte allmählich seine Zuneigung, doch konnte er sie nicht äußern. Ein erstes Mal taute er ein wenig auf, als wir Advent feierten. Er durfte die erste Kerze auf dem großen grünen Kranz anzünden. Als wir dann sangen, suchte er meine Hand und sagte leise: ›Wie schön!‹

Dazu muß ich dir einen der Briefe lesen.« Und sie las den Brief Alexanders aus Rußland.

»Wie dank ich Dir für die vier roten Kerzen, die Du mir sandtest. Sie kamen zurecht zum Advent. Zweige, einen Kranz zu flechten, haben wir ja in diesen unendlichen russischen Wäldern genug. Am Vorabend des ersten Advent zündete ich für die Verwundeten und Pfleger die erste Kerze an. Wir sangen das alte Lied: Macht hoch die Tür, die Tor macht weit, es kommt der Herr der Herrlichkeit. Unsere Russen kennen diese Sitte nicht, aber sie waren dankbar. Schwester Anastasia, die sonst so schweigsame, von der ich kaum wußte, ob und wieviel sie Deutsch versteht, sagte still vor sich hin: ›An Weihnachten stellen wir eine große Kerze in die Mitte; dann leuchtet das Kreuz, wenn alle brennen.‹ Ich wollte ihr eine Freude machen. Sie ist für mich die reinste Verkörperung der Seele Rußlands, die in dienender Liebe lebt und doch so viel Weisheit birgt. Zum erstenmal seit langer Zeit – wie verschüttet ist doch alles durch das Grauen des Krieges – kamen mir wieder Verse. Ich schrieb sie für sie auf und schreibe sie nun Dir.

Wächst der Baum nach allen Seiten,
Greifen Zweige in die Weiten –
Osten, Süden, Westen, Norden
Sind einander fremd geworden.

Liebe flicht den Kranz aus Zweigen,
Läßt sie sich einander neigen,
Setzt im Kreuze auf die Kerzen,
Und vergessen sind die Schmerzen. –

Leuchten nun ins Herz dem Müden –
Ost und Westen, Nord und Süden –
Der auf weiten, irren Pfaden
Sich mit mancher Schuld beladen,

Bittre Fremde mußte kosten –
Süden, Westen, Norden, Osten.
Doch in Osten, Nord, Süd, Westen
Findet endlich er den besten

Führerfreund, auf allen Wegen
Kommt er liebend ihm entgegen,
Leihet Kraft dem schwanken Schritte,
Leitet ihn zurück zur Mitte.

So weit der Brief. Du kannst dir denken, wie sehr mir diese Briefe Trost und Halt gaben, wenn ich todmüde und verzagt abends hier saß. Trotz der guten Kameradschaft unter den Mitarbeitern und der dankbaren Zuneigung, die allmählich bei manchen Kindern aufkeimte, fühlte ich mich sehr einsam. Dazu immer wieder die quälende Frage: Lebt der geliebte, vertraute Mensch noch auf Erden, oder weilt er im Seelenreiche?« Sie habe manchmal, so berichtete sie weiter, daran gedacht, eines der Kinder zu adoptieren. Aber ein unbestimmtes Gefühl ließ sie zögern. Sie erzählte von einem besonderen Erlebnis, das sie vor einiger Zeit mit einer Frau gehabt habe, die wegen der Annahme eines Kindes ins Heim gekommen war. Als sie mit ihr durch den Gang eines der

Häuser ging, kam ein Knabe aus dem Klassenzimmer, den sie selbst noch kaum kannte, da er erst kürzlich aufgenommen war. Kaum sah er die Frau, ging ein Leuchten über sein Gesicht, er sprang auf sie zu und rief: »Grüetzi Muetter!« Fast erschrocken war die Frau und hatte Tränen in den Augen. Sie sahen noch manche Kinder und lasen die wenigen Aufzeichnungen, die im Heim über ihre Vorgeschichte vorhanden waren. Aber die Frau habe darauf bestanden, jenen Knaben zu sich zu nehmen. Sie hätte lange schon den Entschluß, ein Kind zu adoptieren, gefaßt gehabt, aber immer wieder es hinausgeschoben, bis sie vor wenigen Tagen im Traum eine Stimme vernommen habe: Das Kind ist bereit. Und daraufhin sei sie hergekommen.

»Ach, wenn man bedenkt«, schloß Susanne ihren Bericht, »was diese Kinder erlebt haben mögen, bevor sie zu uns kamen, überkommt einen das ganze Weh der Welt.«

Sie nahm zwei weitere Briefe auf und sagte: »Damit du recht verstehst, was ich dir berichten will, möchte ich dir diese Briefe lesen.« Der erste lautete:

»Unweit des Feldlazaretts, das wir in einem Walde aufgeschlagen haben, entdeckte ich in einer Lichtung eine halbzerfallene, uralte Kapelle. Die Leute sagen, sie sei in vergangenen Zeiten ein Gnadenort gewesen, zu dem von weither die Menschen herbeikamen, um zu beten. Aber niemand konnte mir so recht sagen, was sie hier suchten. Der Ort zieht mich seltsam an; ich habe ihn mir zur Zuflucht erwählt, um dort in innerer Sammlung neue Kraft zu holen, wenn ich durch Tage und Nächte hindurch am Operationstisch gestanden hatte. Seit welch alten Zeiten mag dort der heilige Dienst verrichtet worden sein? Wer war wohl der letzte, der am Altar stand, der vor dem Gnadenbilde kniete?

Immer wieder muß ich dir von Schwester Anastasia schreiben. Kaum jemals hat mich eine Begegnung so berührt wie die mit dieser russischen Frau. Unermüdlich und schweigend geht sie mir zur Hand. Nie versagt sie, zu allen ist sie hilfreich und verbreitet Frieden um sich. Aber nie habe ich von ihr etwas über sie selbst gehört, man weiß nie, was in ihr vorgeht. Nur wenn man sie mit dem kleinen Jungen sieht, den sie mitbrachte und den sie durch alle Schwierigkeiten bei sich behalten hat, da ist sie ganz da, jungfräulich-mütterlich möchte ich sagen.

Längst habe ich es aufgegeben, über sie und ihr Schicksal etwas zu erfahren. Alle empfinden sie wie eine Heilige oder einen Engel.

Ich wüßte nicht, wie ich ohne sie durchkäme. Sie bildet eine Brücke zu den anderen Russen, die in unseren Diensten stehen, zu den verwundeten Gefangenen, und beschämt uns alle durch ihren Einsatz. Dabei zeigt sie außerordentliche medizinische Kenntnisse und pflegerisches Können, so daß sie mich rein durch ihr Dasein zu äußerster Leistung nötigt.«

Sie unterbrach die Lesung und sagte: »Nun kommt das Eigentliche, das Bezug hat auf das, was wir vorher besprachen, es steht in einem späteren Brief.«

Sie nahm ihn auf und las: »Heute ging ich wieder zu meiner Kapelle. Es galt Abschied zu nehmen. Die Ereignisse an der Front zwingen uns, das Lazarett zurückzuverlegen. Im Halbdunkel sah ich einen Menschen knien. Fast war ich ein wenig gekränkt, daß noch jemand anderer diese Zuflucht entdeckt hatte, als ich Schwester Anastasia erkannte. Ich entfernte mich still, um sie nicht zu stören. Draußen setzte ich mich auf einen umgestürzten Baum und wartete auf sie. Nach einer Weile trat sie heraus, schien aber gar nicht erstaunt, mich hier zu finden. Ich begrüßte sie stumm, und sie setzte sich neben mich. Auf meine Frage, wie sie hierhergefunden, bedeutete sie mir, daß sie es mir verdanke, diesen Ort auch für sich entdeckt zu haben. Um ja die Verbindung mit mir zu halten, falls etwas Unvorhergesehenes einträte, habe sie den Knaben auf meine Spur gesetzt, und so habe sie gewußt, wo ich sei. Und habe auch für sich manchmal hier geweilt. Ich war froh, einmal mit ihr sprechen zu können. Ich fragte sie nach dem Gnadenort, dessen tiefere Bedeutung mir verschlossen sei, wenn ich auch seinen Segen verspüre. Sie schien genau Bescheid zu wissen über Alter und Bestimmung. Sie ging mit mir hinein und deutete mir ein altes Wandgemälde, auf dem für mich kaum etwas zu erkennen gewesen war und das unter ihren Worten Gestalt und Farbe gewann. Unter dem weiten, über die Lande gebreiteten goldenen Mantel einer Gottesmutter erschienen unzählige zarte Kinderantlitze. Es waren die unschuldigen Kindlein, die Herodes getötet hatte. War ein Kind krank oder früh gestorben oder in Gefahr zu verderben, auch wenn eine Frau vergebens bisher ein Kind ersehnte – wie sehr mußte ich dabei an uns denken –, dann pilgerten die Menschen hierher, um zu beten.

Mir zog durch den Sinn, was ich in diesen Jahren an Qual und Leid von unschuldigen Kindern hatte anschauen müssen. Wie nah war ich oft daran gewesen, mit Dostojewskijs Iwan Karamasow an die Herrschaft des Teufels zu glauben in einer Welt, in der Kinder unschuldig leiden müssen.

Ich deutete so etwas an. Da schauten mich ihre großen dunklen Augen fast mitleidig an, und sie sagte nur schlicht, daß ja jene Kindlein leiden mußten, weil Christus in die Welt kam, daß sie für sein Kommen gestorben seien als die ersten Märtyrer. Es gebe noch ein anderes schönes Bild. Von Raffael. Da sehe man sie als Strahlenumkreis der Mutter mit dem Kinde, das zur Welt kommt, sie zu erlösen.

Ich wagte, nach dem Jungen zu fragen. Ich erfuhr, daß sie ihn gerettet habe, als seine Eltern vor seinen und ihren Augen ermordet wurden; nun sei er bei ihr. Sie erhob sich, und wir gingen wieder zu unserer gemeinsamen Arbeit.«

Susanne und ich saßen eine Weile schweigend; durch das Fenster schien ein lichtes Abendrot. Eine Amsel flötete auf dem Dachfirst des Nachbarhauses.

»Dies war der vorletzte Brief«, fuhr Susanne fort. »Vielleicht kannst du nachfühlen, wie mir diese abendlichen Zwiegespräche mit Alexander eine Hilfe waren. Vieles, was der Tag gebracht hatte, ordnete und klärte sich dann. Wenn Gram oder Sehnsucht mich überwältigen wollten, klangen in mir seine letzten Worte beim Abschied: ›Das Schicksal ist Herr über unser Leben, nicht der Krieg. Wir werden immer umeinander wissen, wenn wir uns suchen.‹

Wenn ich beim Kerzenschein in den Briefen las – längst wußte ich jedes Wort auswendig, aber ich mußte die Schriftzüge sehen –, hatte ich das Medaillon offen vor mir liegen und fühlte durch das Bild hindurch seine Gegenwart, wie seine Augen mich anschauten. So auch eines Abends, als ich den letzten Brief vornahm. So hatte er geschrieben: ›Das Chaos wächst. Sei unverzagt, wenn Du keine Nachricht mehr von mir erhältst. Ich werde einen Weg zu Dir finden durch alle Hindernisse. Unser letzter provisorischer Verbandsplatz lag auf einer Anhöhe in einem Hof; drunten im Tal floß ein Bach; drüben der Feind mit Scharfschützen. Wir brauchen Wasser. Keiner will gehen. Die Sanis nicht, die Russen nicht. Ich sage ihnen, daß ich gern gehen wolle, aber wer hilft den verwundeten Kameraden, wenn ich nicht wiederkomme? Während ich noch mit ihnen ringe, geht Anastasia mit zwei Eimern an uns vorbei. Ich möchte rufen, sie zurückhalten, rufen: Nein, du nicht – aber wir stehen wie gebannt. Ganz langsam, ohne Eile geht sie zum Bach, Schüsse peitschen herüber, wir schauen atemlos. Ruhig kommt sie den Hang herauf, erreicht uns, macht alles zurecht. Dies werde ich nie vergessen. Alle die Männer waren voll Scham. Und sie übergeht das Ganze zart mit ein paar die Arbeit betreffenden Worten. So haben wir noch nie gearbeitet wie an diesem Tag.

Wir müssen weiter. Susanne, wir werden verbunden bleiben durch alle Zeiten. Der Brief geht mit dem Transport nach hinten. Behüt dich Gott!‹

Während ich noch lese, klopft es, ich werde zu einem plötzlich erkrankten Kind gerufen. Schnell decke ich noch ein Buch über den Brief. Alles andere, auch die brennende Kerze, lasse ich, wie es war. Zum Glück hatte das plötzliche hohe Fieber des Kindes eine harmlose Ursache, wie ich feststellen konnte. Zurückgekehrt in mein Zimmer, entdecke ich, daß das Medaillon fehlt. Sonst war nichts angerührt. Ich war tief betroffen. Die Diebstähle hatten aufgehört seit einiger Zeit. Und nun gerade dies für mich kostbarste Stück! Ich zwang mich zur Ruhe. Noch einmal las ich den letzten Brief.« Susanne schwieg. Sie durchlebte wohl wieder das Überwältigende des Ereignisses in der Erinnerung. Der Schluß wurde dann knapp und ruhig erzählt. Sie hatte ein Geräusch an der Tür vernommen. Als sie öffnete, stand Michael im Schlafanzug, am ganzen Leibe zitternd, vor ihr, schlüpfte rasch ins Zimmer, dessen Türe sie schloß. Das Gesicht des sonst so verschlossenen Knaben verriet höchste Erregung. Sie bemerkte, wie er in der geschlossenen Faust etwas verbarg. Sie wollte die Hand öffnen. Er wehrte sich und schrie plötzlich verzweifelt: »Woher hast du das Bild von meinem Onkel Alexander, er gehört mir, niemandem anders.« Und dann begann der Knabe hemmungslos zu weinen. Sie nahm ihn auf ihren Schoß, an ihr Herz, und langsam beruhigte sich der von Schluchzen immer wieder Geschüttelte. Stoßweise kamen nun die Worte. Er hatte ihr ganz allein gute Nacht sagen wollen, sie nicht angetroffen und bestürzt das Bild gefunden. Er hatte es genommen und war geflohen, dann aber zurückgekommen, sie zu fragen.

Langsam erstand ihr aus den Erzählungen des Knaben das Bild der letzten Tage und Stunden ihres Mannes. Die vordringenden Sowjettruppen waren gekommen und hatten Waffen gefunden im Lazarett. Niemand wußte, woher sie stammten. Alle waren im Krankensaal zusammengetrieben worden. Die russischen Verwundeten baten um das Leben des geliebten Arztes. Umsonst. Wie die Eltern war er vor den Augen des Knaben erschossen worden. Auch Schwester Anastasia töteten sie, weil sie den Deutschen geholfen hatte. Er selbst hatte sich versteckt und war von den Deutschen, die vorübergehend wieder vorgedrungen waren, mitgenommen worden.

Der Knabe erfuhr in dieser Nacht, daß Schwester Susanne die Frau seines geliebten Onkels Alexander war, daß sie nun seine Mutter sein wolle und er werde ihr Kind sein. Sie schloß ihren Bericht:

»So ist nun Mischa bei mir. Alexander hat mir Botschaft gesandt durch ihn. Wie gut, daß du kamst. Du kannst dies alles verstehen. Ich muß nun meinen Abendrundgang machen. Das gemeinsame Essen haben wir schon versäumt. Ich werde den Wagen für dich bestellen, sonst verfehlst du deinen Zug. Komm bald einmal wieder!« So nahmen wir Abschied.

NITA LINDENBERG

Sich selber fremd

Ein Leben der Begegnungen mit kranken Menschen

3. Auflage, 136 Seiten, kartoniert

»In diesen Geschichten von Knechten und Gräfinnen, von Kindern und Bettlern werden die Zeichen einer außerrationalen Humanität sichtbar.« *Die Zeit*

FRIEDA MARGARETE REUSCHLE

Im Zeichen der Menschlichkeit

Zehn Lebensbilder

4. Auflage, 168 Seiten, 10 Abbildungen, kartoniert

Inhalt: Bettina von Arnim, Walther Rathenau, Anne Sullivan, Käthe Kollwitz, Karl Thylmann, Elséard Bouffier, Thomas A. Dooley, Brigitta Wolf, David Wilkerson und Karl König.
Allen diesen großen Menschen ist ihre selbstlose Liebe, ihre Genialität im Erkennen und Tun des Notwendigen und ihr weites menschheitliches Denken gemeinsam; das macht sie zu modernen Samaritern.

BARBARA NORDMEYER

Zeitgewissen

Biographische Skizzen

9. Auflage, 179 Seiten, 11 Abbildungen, kartoniert

Inhalt: Dag Hammarskjöld – Claude Eatherly und Günther Anders – J. Robert Oppenheimer – Teilhard de Chardin – C. G. Jung – Martin Luther King – Boris Pasternak – Hermann Kükelhaus – Nelly Sachs – Emil Bock

BARBARA NORDMEYER

Profile des Jahrhunderts

Durchblicke

3. Auflage, 116 Seiten, 9 Abbildungen, 1 Karte, kartoniert

Inhalt: Alexander Block – Janusz Korczak – Alexander Solschenizyn – Andrej Sinjawskij – Eugène Ionesco – Thornton Wilder – Jerome D. Salinger